全新譯校 經典新版世界名著 27

The Nick Adams Stories

尼克的故事

〔美〕海明威 著

秦懷冰 譯

The Nick Adams Stories

尼克的故事

目錄

【出版總序】

文學的陽光VS.生命的陰霾：
海明威和他的作品

著名文化評論家
陳曉林

一九五三年，海明威獲得諾貝爾文學獎，評獎委員會所公布的理由，主要是宣稱他對「小說敘事藝術那強而有力、饒具風格的精湛駕馭」；但事實上，眾所周知的是，海明威的作品之所以受到舉世讀者的喜愛與肯定，並非只因在文學技法上的精擅或突破，而更是由於在主題、內容和價值觀上，對現代西方文壇的衝撞和啓發。

就這個意義而言，因爲評獎委員們在視域和膽識上的保守自閉，以致一再與真正偉大的作家、作品失之交臂的諾貝爾文學獎，在當年頒給了海明威，固然是使海明威在文學創作上的成就得以實至名歸的適時之舉；然而，又何嘗不是這個獎藉著對海明威的文學譽望錦上添花，而自證其畢竟尚能慧眼識才的一次契機？事實上，到了海明威推出令世界文壇震撼的名篇《老人與海》之際，他在歐美文學界的地位，及在讀者大眾心目的形象，均已經戛戛獨絕，而且屹立不移了。

現代文學的掌旗人

長年以來，海明威是公認的現代主義文學旗手及二十世紀美國傑出作家；但海明威的作品何以既予人以戛戛獨絕的「存在」感受，而又能被推崇為具有普世共通的「經典」意義，卻一直是個眾說紛紜的謎題。海明威作品的魅力，其實就潛藏在這個看似相當弔詭的謎題中。

包括不少詳研海明威生平的傳記作者，以及深入剖析海明威作品的文學評論家在內，一般咸認海明威是陽剛、勇敢、雄偉、簡潔、明朗的表徵，無論就人格特質或就寫作風格而言，均是如此。這當然是顯而易見的。不過，若是仔細參詳海明威生平及作品可資互相對映之處，便不難發覺：他在文學創作上一貫追尋、探索、表現某種令人神往的明朗與雄偉之境界，與他一直試圖克服生命中那種若隱若現、但呼之欲出的厭煩、壓抑與陰霾，乃是互有關連的情景。

換言之，海明威藉由文學創作來召喚生命的陽光，庶幾可以克服或抑制那些蠢蠢欲動的陰影。自小，海明威就擁有一顆特別善感的文學心靈，例如他在六歲時即對「人必將死亡」一事有著獨特的感知，並為之顫慄；又如他對性格專斷、不苟言笑、嚴持基督教規戒的母親在感情上十分疏離；對身為醫生的父親在他幼年時帶著他狩獵、釣魚，養成了他日後熱愛大自然的性向非常感念，但對父親在母親面前窩囊瑟縮、一籌莫展，他則深惡痛絕，（**父親終於在長期壓抑後自殺，更是海明威一生未曾擺脫的夢魘**）。

海明威作品中，對「父與子」錯綜情結的反覆探索、對兒時與父親在湖畔度假、在印地安營地交朋結友的一再緬懷，都反映了他心中的陽光與陰霾在交互糾纏。

心靈善感，對生命的陰霾從小就有深刻的體驗；然而稟性英勇，面對死亡的挑戰非但毫不畏懼，還要主動迎上前去。這就是海明威人格特質的殊異之處，也正是海明威文學魅力的核心所在。十八歲，他欲從軍參加一次世界大戰，雖因視力不及格而未果，但他鍥而不捨，次年改以紅十字會救護員的身分投入歐洲戰場。結果卻在首次出勤時即奮不顧身地在炮火中搶救袍澤，敵方大炮轟來，他身中數百塊彈片，體無完膚，不啻死過了一次。後來，他更以報社記者的身分參加西班牙內戰及二次大戰，無不實際投身在隨時可能喪命的第一線。

海明威作品揭示的真相

對死亡敏感，卻不斷向死亡迎面挑戰，是海明威呈現的人生真相，也是海明威作品的重要主題。正因為死亡是如此的可怖，戰爭是如此的殘酷，一個人要活下去，就必須對生命中正面的價值或意義，具有明晰的感應。然而，一切所謂神聖的、崇高的、正義的、偉大的宣示或鋪陳，其實都是詐騙；列強為了爭奪資源和市場而狗咬狗的世界大戰，動輒就殺傷上千萬的無辜軍民。在歐洲戰場，海明威看透了英美方面和德義方面都是一丘之貉；然而，人生畢竟需要有救贖，需要有陽光。而愛情的喜悅、審美的意趣，就成為海明威筆下的殘酷世界中最動人、也最引人的救贖。

從《戰地春夢》到《戰地鐘聲》，再到後期的《渡河入林》，海明威作品一方面揭露了望之儼然的西方文明在本質上所體現的詐騙性與殘酷性，另方面則以愛情和審美作為現代人生所剩餘的唯一救贖。他和《大亨小傳》的作者費茲傑羅、《荒原》的作者艾略特等名家，被歐美文壇公推為「失落的一代」，無非是由於他們以敏銳的文學心靈洞徹了現代人的真實處境，以及現代文明的虛無本質。有了海明威等人，現代文學及時出現了在主題和技法上均迥異於傳統文學的「群聚效應」，足以與現代主義的藝術潮流交光互映了。

愛情、戰爭、冰山理論

戰爭、愛情、死亡、狩獵、鬥牛、拳擊、海洋、捕魚……大抵是海明威作品中恆常呈示的場景；以文學創作來召喚生命的陽光與救贖，則是他念茲在茲的題旨。然而，母題儘管顛撲不破，海明威卻精擅於以多重的變奏來敘述故事，鋪陳情節，從而營造出他所獨具的風格與氛圍。以愛情這個母題而言，除了《戰地春夢》的摯愛悲情、《戰地鐘聲》的生死契闊之外，如《太陽依然昇起》的荒蕪之愛、頹廢之美，《伊甸園》那放浪形骸到近乎變態的畸愛，均是別開生面的敘事。而即使同為以成長、啓蒙、洞察真實人生為題旨的短篇小說集，《勝利者一無所獲》、《沒有女人的男人》與《尼克的故事》也皆有各自獨具的結構和意涵。《有錢．沒錢》更為嘲謔貧富懸殊的現代社會，及由此衍生種種不公不義的人生情境，提供了極尖銳的小說範本。

而海明威能夠如此「強而有力、饒具風格」地駕馭他的作品，主要關鍵在於他對敘事文體的運用，一貫要求做到「極簡」。他出身於報社記者，當年駐外記者報導新聞，為了節省經費，採用所謂「電報體英文」，避用形容詞、副詞，只要精簡明瞭、直接達意即可。海明威在撰寫文學作品時體悟到：「極簡」反而可以創造出獨有的、明朗的風格，故而他刻意以「電報體」作爲自己主要的敘事語言；並由「極簡」風格的文字敘述，進而提煉出他自己獨樹一幟的文學創作論綱，即「冰山理論」。海明威認爲，文學作品的敘事，除了刻畫必要的場景，便只需寫出動作和對話即可，其餘的一切，應留待讀者自行感知和領會；因此，好的文學作品猶如一座浮在海面的冰山，敘述出來的只有八分之一，另外的八分之七則不需贅述，有如冰山留在海面下的主體。

「冰山理論」的輝煌例證，當然就是爲海明威博得舉世稱道的《老人與海》了。這個情節極單純、但寓意極豐富的中篇小說，迄今仍是英美各名校的文學系必讀必研的小說典範。海明威對生命的終極體悟：「人可以被毀滅，但不可被打敗」，便出現在其中。看來，海明威以文學的陽光克服生命的陰霾，也是在本篇中臻於登峰造極之境。

賞味《尼克的故事》：
海明威的文學自傳

秦懷冰

海明威在短篇小說上的成就，一直受到歐美文壇格外的重視，某些著名大學的文學課程，教授常以用以作爲授課的範例。海明威所寫的短篇小說爲數上百，其中有廿六篇的主角名爲尼克·亞當（Nick Adams），後來將這廿六篇小說結集出書，便成了這本《尼克的故事》。

這些以尼克爲主角的短篇小說，雖也有若干篇曾收在海明威其他的作品集中；然而，將它們全部串連起來，形成一個有機的整體，卻是饒具意趣的安排。因爲，透過這樣的安排，人們可以清楚地感知到：尼克成長、啓蒙、歷險與省悟的過程，其實處處都有海明威本人的影子。換句話說，尼克的故事，就是小說化、藝術化了的海明威自傳。海明威生平的諸多謎團，都可以在其中找到破解的線索。

第一部「北方的森林」，以隱含深情的筆調，抒寫他少年時期在密西根湖畔與印第安人相處的際遇與感觸。那些在山林中討生活的印第安人，單純、淳樸，與人爲善，卻往往命運悲慘，走投無路。海明威對印第安人的命運顯然深爲同情，對白人長期侵凌原住民尤其不以爲然，他的人道主義情懷，應是種因於此。

接著是「關於他自己」，抒寫青年時浪遊和落拓的情懷，對不幸沈淪到社會底層的弱勢者特別關注。筆觸冷凝、簡明、內斂，是所謂「海明威體」文風的典型之作。其中的傑構如「殺人者」，更是膾炙人口的名篇：尼克在一家餐廳打工，兩名冷酷的職業殺手進來，準備狙殺該餐廳的常客、拳擊名將安德瑞森。他們將尼克和廚子綁起，關入廚房，只讓店主喬治露面，以免安德瑞森產生警覺。隨著掛鐘的指針向前走動，對決的時刻不斷逼近，緊張的氣氛繃到極致。然而，安德瑞森並未出現，兩名殺手終於離去；但當尼克趕去警告安德瑞森時，昔日的拳擊名將竟毫無採取任何行動的打算，擺明了只能坐以待斃。顯然，這是關於人生困局的一種象徵性表述。海明威安排尼克作爲身在局中的旁觀者，正可暗寄悲憫之情。

然後便是「戰爭」的部分。海明威參加兩次世界大戰及土希戰爭、西班牙內戰，對戰爭的殘酷、血腥、愚昧，以及人們在戰爭的摧殘下，肉體和精神所承受的種種苦難，所產生的種種變異，經由親身體驗，簡直已是刻骨銘心。參戰是海明威成年生涯的一大重點，也是他文學創作的重要題材；透過尼克的視角和思維，海明威將生平參戰經驗所積澱的感悟加以細緻的表述，其感染力直撼人心。

在戰爭中倖存的參與者，一旦終戰，當然會各奔前程；所以，接下來是有關「士兵在鄉」的情節。海明威對少年時期隨父親到湖畔去露營、釣魚、打獵的情事，一直念念不忘，這儼然成爲他內心深處的「原鄉」；另方面，海明威雖然先後有過四次婚姻，內心卻仍珍惜那時與印第安少女交友所感受的「童稚之愛」。當然，文學寫作更是海明威畢生志業的重中之重。於是，尼克脫下軍服，所從事的種種活動，無論是舊地重遊，到大雙心河垂釣、狩獵、訪友，或是對往日情懷的追憶，抑或對文學創作經驗及理念的探討，其實都活脫脫是海明威自己生命歷程的投射。「士兵在鄉」，無非就是海明威在過他心目中最嚮往的日子。

至於最後一部「兩人同行」，則是藉由尼克的淑世活動、奇特際遇、人際交往，取其在藝術處理上可以聚焦的故事，寫下了海明威自己在冒險、刺激生涯之外，對世間、對友人以柔情相待的一些剪影。尤以「父與子」最具代表性，篇幅不大，卻將海明威與父親那矛盾而微妙的感情，以及海明威對兒子那單純而深摯的關愛，刻畫得入木三分。海明威的寫作功力，至此已爐火純青。

尼克的故事，就是海明威的文學自傳，從中亦可以看出他的風格在一步步趨向明朗與成熟。

第一部

北方的森林

1 三聲槍響

尼克正在營帳裡脫衣服。藉著營火的微光，他看見他父親和喬治叔叔的身影襯著火光投射在帳棚的帆布上。他覺得非常不安，也很不好意思，就趕緊把衣服脫了，整整齊齊地疊放在一邊。他感到不好意思，是因爲他邊脫衣服邊想起前一天晚上的事情。那使他今天一整天都有些心神恍惚。

前一天晚上，他父親和叔叔吃完晚飯後，拎著手提燈到湖上去打魚。他們把船推到水裡之前，父親告訴他：他們走了之後，如果發生什麼特殊情況，他可以用來福槍鳴射三響，那他們就會立即趕回來的。尼克從湖邊穿過林子回到營地，黑暗中他聽得見船上划槳的聲音。他父親在划槳，他叔叔在船尾唱歌。他父親將船推出去的時候，叔叔已經拿著釣竿坐定在那裡了。尼克聽到他們往湖上划去，直到他聽不見任何槳聲爲止。

尼克從湖邊穿過森林回來的時候，開始驚恐起來。他在夜裡對森林總有些害怕。他打開營帳的垂簾，脫掉衣服，靜靜地躺在毯子裡。外面的篝火已燒成一堆炭了。尼克靜靜躺著，開始打瞌睡。四下沒有一點聲音。尼克覺得，他只要聽見一隻狐狸、一隻貓頭鷹或者別的動物的叫聲，他就沒事了。只要可以確認是什麼聲音，他就不害怕。可是現在他非常害怕。突然之間，他害怕自己死掉。幾個星期之前，在家鄉的教堂裡，他們唱過一支聖歌：「銀線遲早會斷掉」。他們在唱這歌的時候，尼克領悟到他遲早是會要死的。想到自己總有死的一天，這念頭使他覺得有些心煩，這在他還是頭一次。

那天夜裡，他坐在客廳裡那盞照明燈下讀著《魯濱遜漂流記》，免得去想銀線遲早會斷的事。保姆看見了，說他如果再不去睡覺，就要去告訴他父親。他進去睡了，可是一等保姆回到自己屋裡，他又來到客廳看書，一直看到天亮。

昨天夜裡，他在營帳裡又有了和那天同樣的恐懼。他只有在夜裡才有這種感覺。開始時不是害怕，而是一種領悟。但這感覺總是與之相隨著，只要開了頭，它就會變成害怕。等到真正感覺害怕的時候，他拿起了來福槍，把槍口伸出在營帳前面，放了三響。來福槍的後座力相當大。他聽見子彈穿過樹幹、樹幹的呼嘯聲。當他放完槍後，他覺得一切安然無事了。

他躺下等父親回來，但沒等他父親和叔叔在湖對岸熄掉手提燈，他已經睡著了。

「該死的小鬼，」他們往回划的時候，喬治叔叔罵道。「你跟他怎麼說的，他叫我們回去幹什麼？說不定他是害怕什麼東西。」

喬治叔叔是個捕魚迷，是他父親的弟弟。

「哦，是啊，他還小。」他父親說。

「根本不該讓他跟我們到森林裡來的。」

「我知道他很膽小，」他父親說，「不過我們在他那個年齡也都很膽小的。」

「我受不了他，」喬治說。「他這麼愛撒謊。」

「好了，算了吧。反正魚夠你捕的就是了。」

他們走進帳棚。喬治叔叔用手電筒照尼克的眼睛。

「怎麼啦，尼克？」他父親問道。尼克從床上坐起來。

「那聲音介乎狐狸和狼之間，在帳外面打轉，」尼克說。「有點像狐狸，但更像狼。」

「介乎……之間」這個詞是尼克從他叔叔嘴裡學來的。

「他可能是聽到貓頭鷹的尖叫。」喬治叔叔說。

第二天清晨，他父親發現有兩大棵菩提樹交錯在一起，風一吹就會互相摩擦碰撞。

「你看是不是這聲音，尼克？」父親問。

「也許是……」尼克說。他不想去回憶這件事。

「以後到森林裡來，其實不用害怕，尼克。不會有什麼東西傷害你的。」

「打雷也不用怕？」尼克問。

「不用怕，打雷也不用怕。碰到大雷雨，你就到空地上去。或者躲在樺樹底下。雷絕對打不到你。」

「絕對？」尼克問。

「我從未聽說有誰被雷打死過。」他父親說。

「哇，樺樹管用，太好了。」尼克說。

眼下他在營帳裡脫衣服。他發覺到帳壁上映射出兩個人的影子，雖然他並沒有看見他們。接著他聽見船拖到岸邊的聲音，兩個人影不見了。他聽見他父親和什麼人在說話。

接著他父親叫道：「穿上衣服，尼克。」

他快快穿上衣服。他父親走進來，在露營袋裡摸索著。

「穿上大衣，尼克。」他父親說。

2 印第安人營地

又一條小船拉上了湖岸。兩個印第安人站在湖邊等待著。

尼克和他的父親跨進了船尾，兩個印第安人把船推下水去，其中一個跳上船去划槳。喬治叔叔坐在露營用的小船尾部。那個年輕的印地安人把營船推下了水，隨即跳進去給喬治叔叔划船。

兩條船在黑暗中划了出去。在濃霧裡，尼克聽到另一條船遠遠地在前面傳來槳架的聲響。兩個印第安人一槳接一槳，不停地划著，掀起了一陣陣水波。尼克斜躺著，倚偎在父親的胳膊裡。湖上很冷。給他們划船的那個印第安人使大勁在划，但是另一條船在霧裡始終划在前面，而且越來越領先了。

「我們上哪兒去呀，爸爸？」尼克問道。

「上那邊印第安人的營地去。有一位印第安婦人病勢很重。」

「哦！」尼克說。

划到湖灣對岸，他們發現那另一條船已靠岸了。喬治叔叔正在黑暗中抽雪茄。那年輕的印第安人把船推上了沙灘。喬治叔叔給兩個印第安人每人一支雪茄。

父子倆從沙灘走上去，穿過一片露水浸濕的草坪，跟著那個年輕的印第安人走，他手裡拿一盞燈籠。接著他們進入了林子，沿著一條運木材的小道走去，小道的盡頭就是一條伐木的大路。這條路向小山那邊折去。到了這裡就明亮得多，因為兩旁的樹木都已砍掉了。年輕的印第安人站住，吹熄了燈籠，五個人一起沿著伐木大路往前走去。

他們繞過了一處彎道，有一隻狗汪汪叫著，奔出來。前面，從印第安人住的棚屋裡有燈光透出來，又有幾隻狗向他們衝過來。兩個印第安人把這幾隻狗都趕回棚裡去。最靠近路邊的棚屋有燈光從窗口透射出來。一個老婦人提著燈站在門口。

屋裡，木板床上躺著一個年輕的印第安婦人。她要分娩已經兩天了，孩子還生不下來。營裡所有的老年婦人都在幫忙她。男人們都遠遠避開，跑到聽不見她叫喊的地方，在黑暗中坐下來抽菸。尼克和那兩個印第安人，跟著他爸爸和喬治叔叔走進棚屋時，她正在尖聲嘶叫。她躺在雙層床的下鋪，蓋著被子，肚子鼓得高高的。她的頭側向一邊。上鋪躺著她的丈夫。三天以前，他不慎把自己的腿砍傷了，是斧頭砍的，傷勢很不輕。他正在抽著菸斗，屋子裡氣味很壞。尼克的父親叫人放些水在爐上燒，在燒水時，他就跟尼克說話。

「這位太太快生孩子了，尼克。」他說。

「我知道。」尼克說。

「你不會明白的，」父親說。「聽我說吧。她現在正在忍受的叫做陣痛。嬰兒快要生下來了，她竭力要把嬰兒生下來。她全身肌肉都在用勁要把嬰兒生下來。方才她大聲嘶叫就是這麼回事。」

「我明白了。」尼克說道。

正在這時候，產婦又尖叫了起來。

「噢，爸爸，你不能給她吃點什麼止痛藥，好讓她不再這麼一直叫嗎？」尼克問道。

「不行，我沒有帶麻醉藥來，」他的父親說道。「不過讓她去叫吧，沒關係。我不去聽那喊叫聲，就是因爲那沒有關係。」

那做丈夫的在上鋪轉過身去面對著牆。

廚房裡那個婦人向醫生做了個手勢，表示水熱了。尼克的父親就走進廚房，把大壺裡的水倒了一半在盆裡。然後他解開手帕，拿出一點藥放在壺裡剩下的水中心。

「這半壺水一定要燒開。」他說，並且用營裡帶來的肥皂，在一盆熱水裡把手洗擦了一番。尼克望著父親滿是肥皂的雙手互相擦了又擦。他父親一面小心地把雙手洗得乾乾淨淨，一面說道：「你瞧，尼克，小孩出生時一般是頭先出來，但有時卻並不這樣。如果不是頭先出來的話，那就要給大家添不少麻煩了。說不定我要給這位太太動手術呢。等會兒就知道了。」

大夫認爲自己的一雙手已經洗乾淨了，於是便進去準備接生了。

「把被子掀開，好嗎，喬治？」他說。「我最好不碰它。」

過一會兒，他要動手術了。喬治叔叔和三個印第安人按住了產婦，不讓她動。她咬了喬治叔叔的手臂。喬治叔叔說：「該死的婆娘啊！」那個給喬治叔叔划船的年輕印第安人聽到，就笑了出來。尼克給他父親端著盆子，手術做了很長一段時間。

他父親將嬰兒倒提起來拍打一番，使他得以呼吸，然後把他交給老婦人。

「瞧，是個男孩，尼克，」他說道。「做醫師助理，你喜歡嗎？」

尼克說：「好吧。」他把頭轉過去，不敢看他父親在幹什麼。

「好吧，這就可以啦！」他父親說著，把什麼東西放進了盆裡。

尼克看也不去看一下。

「現在，」他父親說，「要縫上幾針，看不看隨便你，尼克。我要把切開的口子縫起來。」

尼克沒有看。他的好奇心早就沒有了。

他父親做完手術，站起身來。喬治叔叔和三個印第安男人也站立起來。尼克把盆子端到廚房去。喬治叔叔看看自己的手臂。那個年輕的印第安人意味深長似地微笑著。

「我給你塗點過氧化氫，喬治。」醫生說。

他彎下腰去看看印第安產婦，這會兒她安靜下來了，她眼睛緊閉，臉色灰白。孩子怎麼樣，她不知道——她什麼都不知道。

「我早晨要回去，」尼克的父親站起身來說，「到中午時分會有護士從聖依格納斯來，我們需要些什麼東西，她都會帶來。」

這時候，他的勁兒來了，開始多話了，就像一場比賽後，足球員在更衣室裡時那樣興奮和多話。「這個手術真可以上醫藥雜誌了，喬治，」他說。「用一把摺刀做剖腹生產手術，再用九英尺長的細腸線縫起來。」

喬治叔叔靠牆站著，看看他的手臂。「噢，你是個了不起的醫生，真的。」他說。

「該去看看那個喜事臨門的父親了。在這些小事情上做爸爸的往往是受罪最少的，」醫生說。「我得說，他倒是真能沉得住氣。」

他把毯子從那個印第安人的頭上揭開來。他把毯子這麼往上一揭，手卻沾濕了。他踏著下鋪的床邊，一隻手提著燈，往上鋪一看，只見那印第安人臉朝著牆躺著。他把自己的喉管自兩耳之間都割斷了。鮮血直冒，流成一大灘，他的屍體使床鋪往下陷。他的頭枕在左臂上。一把剃刀打開著，鋒口朝上，掉在毯子上。

「快把尼克帶到屋外去，喬治。」醫生說。

用不著多此一舉了。尼克正好在廚房門口，把上鋪看得清清楚楚，那時他父親正一手提著燈，一手把那個印第安人的腦袋輕輕推過去。

他們沿著伐木道走回湖邊的時候，天剛剛有點亮。

「這次我真不該帶你來，尼克，」父親說，他做了手術後那種得意的勁兒全沒了。「真是糟透了——把你帶來從頭看到尾。」

「女人生孩子都得受這麼大的罪嗎？」尼克問道。

「不，這是很少、很少見的例外。」

「他幹嘛要自殺呀，爸爸？」

「我說不出來，尼克。我猜是他這人受不了這種事。」

「自殺的男人是不是很多呀，爸爸？」

「不會很多，尼克。」

「女人呢，多不多？」

「難得有。」

「有沒有呢？」

「噢，呃，有時候也有。」

「真的？」

「是呀。」

「喬治叔叔上哪兒去了？」

「他會來的，沒關係。」

「死，難不難？爸爸？」

「不，我想死很容易的吧，尼克。要看情況。」

他們上了船，坐下來，尼克在船梢，他父親划槳。太陽正從那邊昇起。一條鱸魚跳出水面，在河上激起一圈水花。尼克把手伸進水裡，跟船一起滑過去。在清冷的早晨，水裡倒很溫暖。

在湖上的清晨，尼克坐在船尾，他父親划著船，他滿有把握地覺得自己永遠不會死。

3

醫生與醫生太太

狄克·波爾頓從印第安人的營地過來，幫尼克的父親砍木頭。狄克帶了他兒子艾迪和另一個名叫比利·塔比索的印第安人。他們是穿過林子從後門進來的。艾迪拿著鋸樹身的長鋸子。鋸子在他肩上抖動，他邊走邊發出好聽的聲音。比利拿著兩只大彎鉤。狄克脅下夾了三把斧子。

他轉身關上門。其他兩人繼續往前到湖邊去，木料就掩埋在湖邊的沙地裡。

這些木料是「魔術號」汽船拖木料去工廠的途中從大木柵上掉下來的。它們漂到岸上，如果不先下手，「魔術號」上的人遲早會划艇到岸上來，找到這些木頭，在每根木料的一端用大鉚釘釘上，然後把它們拖下湖去，做成新的木柵。但是，伐木的也許不會來，因爲只幾根木頭不值得花這些人力來找回去。如果沒有人來找，這些木料經過浸泡會爛在沙灘上。

尼克的父親擔心會發生這種情形，就雇了印第安人從營地來用長鋸子鋸斷這些木頭，用大鋸先把木頭鋸開，再用尖鋸劈分後，紮成一捆捆長方形的木堆和生爐火用的大木塊。

狄克·波爾頓繞過農舍來到湖邊。一共四根山毛櫸大木料，幾乎都埋在沙地裡。艾迪把鋸子柄掛在一個樹叉上。狄克則將三把斧子放在停泊小船的地方。狄克是一個混血兒，湖濱的農民認爲他實際上是白人。他很懶，但勁頭一來，活兒幹得非常好。他從兜裡掏出菸草，嚼了一段，用印地安的奧吉勃威語和艾迪和比利・塔比索說話。

他們把彎鉤釘進一根木料的一頭，並用力來回搖晃，想使它從沙土裡鬆動。他們藉著彎鉤的力量用力搖。木頭鬆動了。狄克・波爾頓轉向尼克的父親。

「呃，醫生，」他說，「你偷了一根好木料。」

「不許這麼說，狄克，」醫生說。「這是漂過來的。」

艾迪和比利已經把木料從濕沙土裡搖出來，並把它向水裡滾去。

「放進水裡去。」狄克・波爾頓喊道。

「你們這是幹什麼？」醫生問。

「洗一洗。洗掉沙子才能鋸。我要看看這木料是誰的。」狄克說。

木料正在湖裡洗。艾迪和比利用力拉著他們的彎鉤，太陽曬得他們直淌汗。狄克跪在沙地上看伐木人在木頭上留下的錘子印痕。

「這木料是懷特和麥克納利的。」他邊說邊站起來，拍掉褲子膝蓋上的沙土。

醫生顯得不很自在的樣子。

「那你們就別鋸了吧，狄克。」他回答得很乾脆。

「別發火，醫生，」狄克說。「別發火。我不管你偷誰的。這不關我的事。」

「你要是怕木頭是偷來的，你就別鋸，拿你工具回營地去吧。」醫生說。他的臉紅了。

「不要半途而廢嘛，醫生，」狄克說。他把菸草汁吐在木頭上。汁液滑流下去，化在水裡。「你我都明白這是偷的。跟我不相干。」

「好。你怕是偷的，你拿傢伙走吧。」

「我說，醫生——」

「收拾你的傢伙走開。」

「聽我說，醫生。」

「你再叫我一聲醫生，瞧我把你門牙打進你喉嚨裡去。」

「不，你不要這樣，醫生。」

狄克．波爾頓瞧著醫生。狄克個子魁梧得很。他知道自己個子魁梧。他很喜歡打架。艾迪和比利倚著他們的大鉤子望著醫生。醫生用牙咬咬下嘴唇的鬍子，看著狄克．波爾頓。接著他轉過身去，上山回農舍。他們從他的背部看得出他有多生氣。他們都望著他上山，走進農舍裡去。

狄克用奧吉勃威語說了句什麼話。艾迪大笑，但是比利．塔比索神色嚴肅。他聽不懂英語，但是吵架的時候他一直在冒汗。他長得胖，只有幾根鬍子，像個中國人。他拿起兩個大彎鉤。狄克撿起斧子，艾迪從樹叉上取下鋸子。他們上路，走坡地經過農舍，出後門進入森林。狄克沒關門。比利．塔比索返回來把門關上。他們穿過林子走了。

醫生在農舍裡，坐在自己屋裡的床上，看見櫃子旁邊地板上一堆醫學雜誌。它們還包著，沒有拆開。他見了就惱火。

「你不回去工作了嗎？」醫生的妻子問，她是在她自己屋裡，關著百葉窗躺在床上。

「不去了！」

「出什麼事了嗎？」

「我和狄克・波爾頓吵了一架。」

「啊，」他妻子說。「你沒發脾氣吧，亨利。」

「沒有。」醫生說。

「要記住，經上說，『治服己心的，強如取城』。」他妻子說。她是個相信基督教義可以作精神治療的虔誠信徒。她屋裡的床頭桌上放著她的《聖經》、《科學與健康》，還有她訂的《季刊》。

她丈夫沒有答話。他正坐在床上擦槍。他在彈膛裡裝滿沉甸甸的黃色子彈，再噗的一下推了出來。子彈撒落在床上。

「亨利，」他妻子喊。過了一會兒。「亨利！」

「哎！」醫生說。

「你沒有說什麼惹波爾頓生氣的話吧，說過嗎？」

「沒有。」

「那是什麼事呢，親愛的？」

「沒什麼事。」

「亨利，你跟我說。請你不要瞞我。爲了什麼事吵起來的？」

「呃，我治好了他老婆的肺炎，狄克欠了我好多錢，我看他是想吵一架，就不用給我幹活還債了。」

他妻子默不作聲。醫生用布仔細擦他的槍。他把子彈壓住彈簧放回彈膛。他坐在那裡，槍放在膝上。他很喜歡這管槍。接著他聽見他妻子在暗黑的臥房裡傳來的說話聲。

「親愛的，我以爲，我真的以爲沒有人會做這樣的事情。」

「沒有人？」醫生說。

「沒有人。我真不相信有人會有意這樣做。」

醫生站起來，把手槍放在梳妝台後面的角落裡。

「你出去嗎，親愛的？」他妻子問。

「我要出去散步。」醫生說。

「你要是看見尼克，親愛的，你跟他說他媽媽要見他，可以嗎？」他妻子說。

醫生走到門廊處。紗門在他身後砰的一聲關上。門關的時候，他聽見他妻子嘆了一口氣。

「對不起。」他在她拉下的百葉窗外面說。

「沒關係，親愛的。」她說。

他來到太陽底下，出了門，沿路向杉樹林走去。這麼熱的天，林子裡還是涼爽的。他看見尼克背靠著樹在看書。

「你媽媽叫你去看看她。」醫生說。

「我要跟你去。」尼克說。

他父親低頭看著他。

「好吧。那走吧，」他父親說。「把書給我，我把手它放在口袋裡。」

「我知道哪兒有黑松鼠，爸。」尼克說。

「好吧，」他父親說。「咱們就到那兒去。」

4 十個印第安人

一次獨立節的慶祝活動過後，天色已經很晚，尼克與裘加納一家人乘大篷車從城裡回家，在路上遇到過九個喝得爛醉的印第安人。他記得有九個人：裘加納在塵土飛揚中駕車前進的時候，不得不勒住馬，跳下車到路中央將一個印第安人拖出車轍。這個印第安人臉部伏在沙土上睡著了。裘加納將他拖到灌木叢裡，然後回到駕駛座上。

「算上他，就是九個了，」裘加納說，「從郊根到這兒，不過就這樣一段路。」

「他們是印第安人！」裘加納太太說。

尼克跟裘加納的兩個男孩子坐在車後座上。他從後面座位上望出去，足能看見裘加納沿路邊拖曳著的那個印第安人。

「這是不是比利・塔比索？」卡爾問。

「不是。」

「從他的褲子看，非常像比利。」

「印第安人全都穿同一種褲子。」

「我根本就沒有看見，」法蘭克說。「爸爸到路上去了一會便回來了，我什麼也沒看見。我以爲他在殺一條蛇呢。」

「今天夜裡許多印第安人要殺蛇，我猜。」裘加納說。

「這些印第安人！」裘加納太太說。

他們驅車前進。篷車離開大公路轉入通往山裡的小道。篷車爬坡十分艱難，於是孩子們下車步行。路面有許多沙土。尼克從校舍一旁的山頭向後望去，只見波達斯克燈火輝煌，在小特瓦斯灣彼岸不遠地方的斯普多港也燈火明亮。他們又爬到車上去了。

「他們應當在那段路上鋪些礫石。」裘加納說。馬車沿著林中的道路行駛。裘加納和裘太太緊挨著坐在前面的座位上。尼克坐在他們兩個男孩子中間。路的前面出現一片空曠地帶。

「爸爸就是在這兒壓死了那隻臭鼬的。」

「還要更前面一些呢。」

「不管在哪裡都一樣，」裘加納連頭也沒有回，說：「在這個地方或另外一個地方輾過臭鼬，都是件好事。」

「我昨天夜裡看到過兩隻臭鼬。」尼克說。

「在哪兒？」

「就在湖邊呀。牠們正在沿著湖岸尋找死魚呢。」

「牠們也許是浣熊吧。」卡爾說。

「是臭鼬。我敢說我是認得出臭鼬的。」

「你應當認識，」卡爾說。「你還有個印第安女朋友呢。」

「不准那樣講話，卡爾。」裘加納太太說。

「可是，大家都這麼說。」

裘加納嘿嘿地笑了。

「你也別笑，加納，」裘太太說，「我可不准卡爾那樣講話。」

「你有個印第安女朋友，尼克？」裘加納問。

「沒有。」

「他真的有，爸爸，」法蘭克說。「普魯娣是他的女朋友。」

「她不是。」

「他天天都去看她。」

「我沒有。」這時，陰影下坐在兩個男孩當中的尼克，因他們提到了普魯娣，內心裡感到既不好意思，卻又無限喜悅。「她不是我的女朋友。」他說。

「聽他說呢！」卡爾說。「我看見他們天天在一起。」

「卡爾可不會有女朋友，」他母親說，「連個印第安女朋友也沒有。」

卡爾不作聲了。

「卡爾在女孩子跟前就沒本事了。」法蘭克說。

「閉上你的嘴。」

「你沒有錯呀，卡爾，」裘加納說。「女孩子不會隨便找一個男兒漢的。瞧瞧你們的爸爸。」

「好啦，你一定會說這種話的，」裘太太在車子顛簸的時候，坐到了裘加納的身邊。「而且，你當年還有許多女朋友呢。」

「我打賭我爸爸從來不會交印第安女朋友。」

「你不要胡思亂想吧，」裘加納說。「你得多留神，別把普魯娣丟了，尼克。」

他太太與他竊竊私語，隨後裘加納便大笑起來。

「你在笑什麼？」法蘭克問。

「你可不能說呀，加納。」他太太警告他說。裘加納便又笑了起來。

「小尼克會得到普魯娣的，」裘加納說。「這樣我就有個好女孩。」

「你就是喜歡說這一套。」裘加納太太說。

篷車顛簸不停，飛奔下一個長長的山坡。他們到家以後，個個都跳下車。裘太太敞開屋門，到裡面拿出一盞燈。卡爾和尼克將車廂後面的東西搬下來。法蘭克坐在前面的座位上，將車趕到牲口棚，卸下馬來。尼克走上台階，推開廚房的門。裘太太正在生爐子。當她向木柴上倒煤油的時候，她轉向尼克。

「再見，裘加納太太，」尼克說。「謝謝你帶我出去玩。」

「啊，沒什麼，尼克。」

「我玩得快活極了。」

「我們也都歡迎你來玩。你不等一下吃完晚飯再走嗎？」

「我還是走吧。我想，爸爸也許在等我呢。」

「好吧，那就不留你了。你叫卡爾回家來，好不好？」

「好。」

「再見，尼克。」

「再見，裘加納太太。」

尼克走出院子，直奔牲口棚。裘加納和法蘭克正在擠奶。

「晚安，」尼克說。「我玩得真痛快。」

「晚安，尼克，」裘加納高聲說。「你怎麼不留下吃了飯再走呢？」

「不要了，不能等了。你告訴卡爾，說他媽媽叫他，好不好？」

「好的。再見，尼克。」

尼克在穿過牲口棚下面草地的一條小路上赤著腳走著。道路平坦，露珠滴落在他那光著的腳板上，感覺到涼沁沁的。在草地的盡頭，他超越籬笆障礙，向一條深谷走去，他的腳被沼澤的泥水打濕了。然後，他攀越過乾燥的樺樹林，望見了自家茅屋中熒熒的燈光。他跨過自家籬障，轉到房前的門廊上。從窗口望見他父親坐在桌子邊，在一盞燈下讀書。尼克開了門，走進屋內。

「噢，是尼克，」他父親說，「今天玩得好嗎？」

「很好，爸爸。這真是一個愉快的獨立節呀。」

「你餓了吧？」

「當然。」

「怎麼你的鞋子呢？」

「掉在裘加納家的篷車上了。」

「快到廚房裡來吧。」

尼克的父親提著燈走在前面。他在冰箱跟前停下，打開蓋。尼克徑直走進廚房。他父親用盤子給他盛來一塊凍雞，拿來了一罐牛奶，將它們放在尼克跟前的桌面上，隨後把燈放下。

「還有餡餅，」他說。「你喜歡吃嗎？」

「好極了。」

他父親坐在罩有油布的飯桌一旁的椅子上。他在廚房的牆壁上映射現了一個巨大的身影。

「球賽誰贏了？」

「佩特斯克。五比三。」

他父親坐在一邊注視著他吃飯，還拿奶罐往他的玻璃杯裡倒牛奶。尼克喝了牛奶，拿起餐巾擦了擦嘴。他父親從碗櫥上取下餡餅，給尼克切了一大塊。這是一種越橘餡餅。

「你今天做了什麼呀，爸爸？」

「今晨我釣魚去了。」

「你釣到了什麼魚？」

「只有鱸魚。」

他父親坐著看他吃餡餅。

「你下午幹什麼來著？」尼克問。

「我到印第安營地散步去了。」

「你遇見過什麼人沒有？」

「印第安人都在城裡喝醉了。」

「你什麼人也沒有看見嗎？」

「我見過你的朋友，普魯娣。」

「她在哪兒？」

「她跟法蘭克．華斯本在樹林裡。我是偶然遇上的。他們在一起很久了。」

他父親沒有望尼克。

「他們在做什麼呢？」

「我看不出來。」

「告訴我，他們在做什麼？」

「我不知道，」他父親說。「我只聽見他們在嬉笑喧鬧。」

「你怎麼知道是他們倆呢？」

「我看到他們了。」

「我以爲你說你沒見到他們呢。」

「哦，是的，我看見他們了。」

「是誰跟她在一起呀？」尼克問。

「法蘭克．華斯本。」

「他們——他們——」

「他們什麼？」

「他們快樂嗎？」

「我想是快樂的。」

他父親在餐桌旁站了起來，從廚房的紗門門口走了出去。當他回來的時候，尼克正目不轉睛地注視著自己的盤子。他剛才哭泣過。

「再多吃些吧？」他父親拿起刀來切餡餅。

「不要了。」尼克說。

「你還是再吃一塊吧。」

「不，我一點也不要了。」

他父親將桌面擦拭乾淨。

「他們在林子的什麼地方？」尼克問。

「就在印第安營的後邊。」

尼克盯著自己的盤子。

他父親說：「你最好去睡吧，尼克。」

「好吧。」

尼克走進自己的房間，脫下衣服，上了床。他聽到他父親在客廳裡來回踱步。尼克躺在被窩裡，臉埋在枕頭中。

「我的心碎了，」他想。「我這麼痛苦，我的心一定是碎了。」

過了一會兒，尼克聽見他父親吹熄了燈，走進自己的房間。他聽到外面樹林裡刮起了一陣風，而且感覺到它涼颼颼地從紗窗吹進屋裡。他將臉伏在枕頭上躺了很長時間，但不久便忘了去想普魯娣，而終於睡著了。當他在夜間醒來的時候，他聽到了屋外鐵杉林中的風聲和流水沖蕩湖濱的波浪聲，然後他重又入睡了。

早上刮起了大風，一時湖岸邊水波洶湧，尼克醒來老半天才想起他的心已碎了。

5 印第安人搬走了

彼托斯基公路從培根爺爺的農莊一直向山上延伸過去。他的農莊是在路的盡頭。不過，看來這條路總像是從他的農莊開始去彼托斯基似的，一路上挨著樹木的邊緣爬上又陡又長的山丘，沿途都是一片沙石。公路最後消失在林間，長長斜坡上的田野就到此爲止，背後則全是雜木林。

這條路進入林間就涼爽了，因爲潮濕的緣故，腳下的沙土顯得較爲硬實了。它穿山越林時上下起伏，兩旁是結漿果的灌叢和山毛櫸的樹苗，須得定期修剪，以免枝葉遮住公路。夏天的時候，印第安人沿這條路採擷草莓，拿到山下農舍來賣。那是紅色的野草莓，裝在桶裡，因爲分量太重，常常都壓碎了，上面蓋著菩提樹葉子，可以保持清涼：還有就是裝成一桶桶的黑草莓，顆粒結實，鮮得發亮。印第安人穿過樹林把它們拎到湖邊的農舍來。你從來聽不見他們來的聲音，可他們卻是來了，站在廚房門口，拎著盛滿草莓的洋鐵桶。

有時候，尼克躺在吊床上讀書，聞得到印第安人進門經過木柴堆繞過房門的氣味。印第安人的氣味都差不多。這種嗅起來甜滋滋的氣味，凡是印第安人都有。他最早聞到那股氣味是在培根爺爺租給印第安人的岬邊那間小木屋裡，印第安人離去之後，他進木屋去，裡面盡是這股氣味。培根爺爺後來沒法把這間小木屋租給白人了，也再沒有印第安人來租過，因爲租那間木屋的印第安人，在七月四日獨立節那天去彼托斯基時喝醉了酒，於回來的路上躺在皮耳馬克特鐵軌上，被半夜駛來的火車輾斃。他是一個非常高大的印第安人，曾給尼克做過一個划獨木舟的木槳。他獨自住在小木屋裡喝酒，晚上一個人在林間散步。許多印第安人都是這樣。

印第安人大抵沒有發跡的。從前的老印地安人還不乏擁有和經營農場的，他們努力耕作，雖終將老去，卻已滋養了許多子女和孫輩。像住在霍頓斯灣經營一個大農場的西蒙．格林這樣的印第安人。不過，西蒙．格林死了之後，他的子女已經賣掉農場，分了錢款，到別處去了。

尼克記得西蒙．格林坐在霍頓斯灣鐵匠鋪門前一張椅子上，在陽光下冒汗，等候他的馬在裡面釘好馬蹄鐵。尼克到棚屋簷底下鏟起冰涼的濕土、用手在土裡找小蟲時，聽得見鐵錘敲打在馬蹄鐵上的急碎鏘鏘聲。他篩點土倒進蟲罐頭裡，再把他鏟的土塡回去，用鏟子拍平。西蒙．格林坐在外面太陽底下的椅子上。

「你好，尼克。」他在尼克出來時打招呼說。

「你好，格林先生。」

「釣魚去？」

「是的。」

「好熱的天氣，」西蒙微笑著。「告訴你爸爸，說今年秋天我們又有大群的鳥兒可以射獵了。」

尼克經過店後面的一片田地，回家去取竹竿和魚籃。在他去小溪的路上，西蒙．格林坐著馬車從公路上經過。尼克剛剛進入樹叢，西蒙沒有看見他。這是尼克最後一次見到西蒙·格林。那年冬天他就去世了，第二年夏天他的農場被賣掉了。他除了農場沒有留下什麼。他把一切都投進農場去了。他有一個兒子想繼續經營農場，但其他兒女作主把農場賣掉了。沒想到，所得的價款連行情價的一半都沒有。

格林想繼續務農的兒子艾迪在春溪後面買了一片土地。其他兩個兒子在貝爾斯頓買下一家賭場。後來他們虧了本，又把賭場賣掉了。這幾個印第安人就是這樣搬走的。

第二部

關於他自己

6 世界之光

那酒保看見我們進門，抬眼望了望，就伸出手去把玻璃罩子蓋在兩盤快餐上面，遮了過來。

「給我來杯啤酒。」我說。他把啤酒倒滿，用抹奶油的刀子把酒杯上面那一層泡沫刮掉，手裡卻握著杯子不放。我在酒桶上放下五分鎳幣，他才把啤酒往我這兒滑送過來。

「你要什麼？」他問湯姆說。

「啤酒。」

他倒滿一杯啤酒，刮掉泡沫，等看見了錢，才把那杯酒推過來給湯姆。

「怎麼回事？」湯姆問道。

酒保沒搭理他，徑自朝我們腦袋上面看過去，衝著剛進門的一個人說：「你要什麼？」

「黑麥威士忌酒。」那人說道。酒保拿出酒瓶和杯子，還有一杯水。

湯姆伸出手去揭開快餐上面的玻璃罩。這是一盤醃漬豬腿，盤裡擱著一把像剪子似的木製物，頭上有兩個木叉，供人叉肉。

「沒有了，」酒保說著就把玻璃罩重新蓋在盤子上。湯姆手裡還拿著木叉。「放回去。」酒保說道。

「不必多說了。」湯姆說。

酒保在酒櫃下伸出一隻手來，瞪著眼睛看著我們倆。我在酒桶上放了五毛錢，他才挺起身。

「你要什麼？」他說。

「啤酒。」我說。他先揭開兩個盤上的罩子再去取酒。

「你們店的混帳豬腿是臭的，」湯姆說著把一口東西全吐在地上。酒保沒有說什麼。喝黑麥酒的那人付了帳，頭也不回就走了。

「你們自己才臭呢，你們這幫無賴全都是臭貨。」酒保說。

「他說咱們是無賴。」湯姆跟我說。

「聽我說，咱們還是走吧。」我說。

「你們這幫無賴快給我滾蛋。」酒保說道。

「我說過我們要走，」我說，「但不是你叫我們走，我們就走。」

「回頭我們還要來。」湯姆說道。

「最好你們不要來。」酒保對他說。

「教訓他一下，讓他明白自己的無禮。」湯姆回過頭來跟我說。

「走吧。」我說道。

外面空氣很好，但卻一片黑漆漆的。

「這是什麼鬼地方啊？」湯姆說道。

「我不知道，咱們還是上車站去吧。」我說。

我們從這一頭進城，從那一頭出城。城裡一片皮革和鞣料樹皮的臭味，還有一大堆一大堆鋸木屑的味道。我們進城時天剛黑，這時候天已經又黑又冷，路上水坑都快結冰了。

車站上有五個風塵女子在等火車進站，還有六個白人，四個印第安人。車站很擠，火爐燒得燙人，煙霧騰騰，一股混濁的氣味。我們進去時沒人在講話，售票間的窗口關著。

「請關上門，行不行？」有人說。

我看看說這話的是誰。原來是個白人。他穿著截短的長褲，套著伐木工人的膠皮靴，花格子襯衫，跟另外幾個一樣穿著，不過沒戴帽子，臉色發白，兩手也發白，瘦瘦的。

「你到底關不關門啊？」

「關，關。」我說著就把門關上。

「謝謝你。」他說。人群另外有個人嘿嘿笑著。

「跟廚子開過玩笑嗎？」他跟我說道。

「沒有。」

「你不妨跟這位開一下玩笑，他可喜歡那樣呢。」他瞧著那個當廚子的。

廚子眼光避開他，把嘴唇閉得緊緊的。

「他手上抹了檸檬汁，所以死也不肯泡在洗碗水裡。瞧這雙手多白。」

有個風塵女放聲大笑。我生平還是第一回看到個頭這麼大的窯姐兒。她穿著一件已變了色的絲綢衣裳。另外兩個窯姐兒的體態跟她差不多，不過這最大個兒的準有三百五十磅。你瞧著她的時候還不相信她是真的人呢。這三個身上都穿著變了色的絲綢衣裳。她們並肩坐在長凳上。身軀都很龐大。另外兩個窯姐兒尚算長得不離譜，頭髮染成了金黃色。

「瞧瞧他的手。」那人說著朝廚子那兒點點頭。那窯姐兒又笑了，笑得前仰後合的。廚子回過頭去，連忙衝著她說：「你這個一身肥肉的臭婆娘。」

她還是哈哈大笑，身子直顫抖。

「噢，我的天哪，」她說道。嗓子怪甜的。「噢，我的老天哪，」

另外兩個體形高大的窯姐兒倒顯得安安分分，似乎尚沒有理解到其中的妙處。不過她們的個頭也確實都很大，跟個頭最大的一個差不多。她們都足足有兩百五十磅。都表現得儼然一本正經。

男人中除了廚子和說話的那人外，還有兩個伐木工人，一個在聽著，雖然感到有趣，卻紅著臉兒，另一個似乎打算說些什麼；此外還有兩個瑞典人。有兩個印第安人坐在長凳那一端，另一個則靠牆站著。

打算說話的那傢伙悄聲向我說：「包管像躺在乾草堆上那樣的味道。」

我聽了不由得大笑，並把這話說給湯姆聽。

「憑良心說，像那種地方我還從沒見識過呢。」他說道。

「瞧這三個大塊頭姨。」廚子終於開腔了：

「你們哥倆兒多大啦？」

「我九十六，他六十九。」湯姆說。

「呵！呵！呵！」那大塊頭窯姐兒笑得直打顫。她嗓門的確甜。另外幾個窯姐兒可沒笑。

「噢，你嘴裡沒句正經話嗎？我問你算是對你友好的呢。」廚子說道。

「我們一個十七，一個十九。」我說道。

「你這是怎麼啦？」湯姆衝著我說。

「沒有關係的啦。」

「你叫我艾麗斯好了。」大塊頭窯姐兒說著，身子又笑得打顫了。

「這是你的名字？」湯姆問道。

「那可不，就叫艾麗斯呀。」她說著，回過頭來看著坐在廚子身邊的人。

「一點也不錯，叫艾麗斯。」

「這是你們另外取的那種名字，花名。」廚子說道。

「這是我的真名字。」艾麗斯說道。

「另外幾位姑娘叫什麼啊？」湯姆問道。

「何絲兒和伊絲兒。」艾麗斯說道。何絲兒和伊絲兒微微一笑。她們不大高興。

「你叫什麼名字？」我問另一個金髮娘們。

「法蘭西絲。」

「法蘭西絲什麼？」

「法蘭西絲．威爾遜。你問這幹嘛？」

「你叫什麼？」我問另一個姑娘。

「噢，別貪多嚼不爛了！」她說。

「他無非想跟咱們大夥交個朋友罷了。難道你不想交個朋友嗎？」喜歡講話的那人說道。

「不想。不跟你交朋友。」頭髮染成金黃色的娘們說道。

「她真是個潑辣貨。一個道地的小潑婦。」那人說道。

一個金髮娘們瞧著另一個，搖搖頭。

「討厭的鄉巴佬。」她說道。

艾麗斯又哈哈大笑了起來，笑得前仰後合。

「有什麼可笑的？」廚子說，「你們大夥都笑，到底有什麼可笑的呢？你們兩個小伙子，上哪兒去啊？」

「你自己又上哪兒去？」湯姆問他道。

「我要上卡迪拉克。你們去過那兒嗎？我妹子住在那兒。」廚子說道。

「他自己也是個妹子。」穿截短的長褲的那人說道。

「你別說這種話行不行？咱們不能說說正經話嗎？」廚子說道。

「卡迪拉克是史蒂夫．凱切爾的故鄉，艾達．沃蓋斯特也是那裡人。」害臊的那人說。

「史蒂夫．凱切爾，」一個金髮娘們尖聲說道，彷彿這名字像槍子兒似的打中了她。「他的親老子開槍殺了他。唉，天哪，親老子。再也找不到史蒂夫．凱切爾這號人了。」

「他不是叫做史丹利．凱切爾嗎？」廚子問道。

「噢，少廢話！你對史蒂夫瞭解個啥？史丹利。他才不叫史丹利呢。史蒂夫．凱切爾是前所未有的大好人、美男子。我從沒見過像史蒂夫．凱切爾這麼乾淨、這麼純潔、這麼漂亮的男人。全天下找不出第二個來。他行動像老虎，真是前所未有的大好人，花錢最爽快。」金髮娘兒說道。

「你認識他嗎？」一個男人問道。

「我認識嗎？我認識他嗎？我愛他嗎？你問我這個幹嘛？我跟他可熟的很呢，就像你跟世上任何藉藉無名之輩一樣熟，我愛他，就像你愛上帝那樣深。史蒂夫・凱切爾哪，他是前所未有的大偉人、大好人、正人君子、美男子，可是他的親老子竟把他當條狗似的一槍打死。」

「你陪著他到沿岸各地去了嗎？」

「沒有。在這之前我就認識他了。他是我唯一愛過的人。」

頭髮染成金黃色的娘們兒把這些事說得像演戲似的，人人聽了都對她肅然起敬，但艾麗斯又打著顫了。我坐在她身邊感覺得到。

「可惜你沒嫁給他。」廚子說。

「我不願妨害他的前程。我不願拖他後腿。他要的不是老婆。唉，我的上帝呀，他真是個了不起的人哪！」頭髮染成金黃色的娘們兒說道。

「這樣看倒也不錯。可是傑克・約翰遜不是把他打倒了嗎？」廚子說道。

「這是耍詭計。那大個兒黑人偷打了一下冷拳。本來他已經把傑克・約翰遜這大個兒黑王八打倒在地。那黑鬼碰巧才得勝的。」頭髮染成金黃色的娘們說道。

這時票房間的窗口開了，三個印第安人走到窗口。

「史蒂夫把他打倒了。他還衝著我笑呢。」染金頭髮的娘們說道。

「剛才你好像說過你陪著他到沿岸各地去。」有人說道。

「我就是為了這場拳賽才出門的。史蒂夫衝著我笑，那個該死的黑王八蛋跳起身來，給他一下冷拳。按說這號黑雜種一百個也敵不過史蒂夫。」

「他是個拳擊大王。」伐木工人說道。

「他確實是拳擊大王。現今確實找不到像他這樣好的拳手了。他就像位神明，真的。那麼純潔，那麼漂亮，就像頭猛虎或閃電那樣出手迅速，乾淨俐落。」染金頭髮的娘們說道。

「我在拳賽電影中看到過他。」湯姆說道。我們全都聽得很感動。艾麗斯渾身直打顫，我一瞧，只見她在哭。幾個印第安人已經走到月台上去了。

「天底下哪個做丈夫的都比不上他。我願意在上帝面前立刻嫁給他，這樣我就登時成了他的人，往後一輩子都是他的人了。我整個兒都是他的。我不在乎我的身子。人家可以糟蹋我的身子，可是我的靈魂卻永遠是屬於史蒂夫．凱切爾的。天哪，他真是了不起的男子漢。」

人人都感到不是味兒。這是一幕哀傷而又尷尬的情景。後來，那個還在打顫的艾麗斯開口說話了，嗓音顯得低沉。「你睜眼說瞎話，你這輩子根本沒跟史蒂夫．凱切爾睡過，你自己心裡有數。」

「虧你說得出這種話來！」染金頭髮的娘們神氣活現地說。

「我說這話就因爲這是事實。這裡只有我一個人認識史蒂夫．凱切爾，我是從曼斯洛納來的，在當地認識了他，這是事實，你明明也知道這是事實，我要有半句假話，就讓我被天打雷劈。」艾麗斯說道。

「要我天打雷劈也行。」染金頭髮的娘們說道。

「這是千真萬確的，千真萬確的，這個你明明知道，不是瞎編的。他跟我說的話我句句都清楚。」

「他說些什麼來著？」那染金頭髮的娘們得意洋洋地說。

艾麗斯哭得淚人兒似的，身子顫動得連話也說不出。「他說：『你真是可愛的小寶貝，艾麗斯。』這就是他親口說的。」

「這是鬼話。」染金頭髮的娘們說道。

「這是真的，他的確是這麼說的。」艾麗斯說道。

「這是鬼話。」染金頭髮的娘們神氣活現地說道。

「不，這是真的，千真萬確，面對耶穌和瑪利亞，我都敢說這是真的。」

「史蒂夫絕不會說出這話來，這不是他平常說的話。」染金頭髮的娘們趾高氣昂地說道。

「這是真的，」艾麗斯嗓門怪甜地說道。「隨你信不信。」她不再哭了，總算平靜了下來。

「史蒂夫不可能說出這種話。」染金頭髮的娘們揚言說。

「他說了。記得當初他說這話時，我確實像他說的那樣，是個可愛的小寶貝，哪怕眼前我還是比你強得多，你這個舊熱水袋乾得沒有一滴水啦。」

「你休想侮辱我，你這個大膿包。我記性可好得很呢。」染金頭髮的娘們說道。

「哼。你記得的事有哪一點是真的？你只記得你幾時月經來，幾時去打胎，和幾時吸上古柯鹼跟嗎啡。其他什麼事你都是報上剛看來的。我是乾淨的，這點你也知道，即使我個頭大，男人還是喜歡我，這點你也知道，我絕不說假話，這點你也知道。」艾麗斯以她那甜美的聲音說道。

「你管我記得哪些事？反正我記得的淨是些真事、美事。」染金頭髮的娘們說道。

艾麗斯瞧著她，再瞧著我們，她臉上憂傷的神情消失了，她笑了一笑，這時她那臉蛋簡直是我所見過最美麗的。她有一張漂亮的臉蛋，一身細嫩的皮膚，一副動人的嗓子，而且她人也真的很溫柔。可是，天哪，她塊頭真大。她的塊頭有三個娘們兒那樣大。湯姆看見我正瞧著她，就說：「好了，咱們走吧。」

「再見。」艾麗斯說。她的聲音確實很甜美。

「再見。」我說道。

「你們哥倆往哪條路走啊？」廚子問道。

「反正跟你走的不是一條路。」湯姆對他說道。

7 戰鬥者

尼克站了起來。居然一點事也沒有。他抬頭望著鐵軌，目送末節貨車拐彎，天黑得看不見燈光，只有車上透出的微光隱約可見。鐵軌兩邊都是水，落葉松全浸在水中。

他摸摸膝蓋，覺得很疼。褲子劃破了，皮膚也擦破了，兩手都擦傷了，指甲裡都嵌著沙子和煤碴。他走到路軌另一邊，沿著小坡到水邊洗了洗手。他在涼水裡仔細洗著，把指甲裡的污垢洗淨。他蹲下來，洗了洗膝蓋。

那個鐵路扳閘工真是可惡的東西。他總有一天要找到那傢伙，絕不會饒過他的。不過，那傢伙的辦法倒是妙的很。

「到這邊來，孩子，我給你看樣東西。」那傢伙說道。

他就這麼上當了。這玩笑開得實在令人難堪。下回他們休想再這樣騙他。

「來啊，孩子，我給你看樣東西。」正說著，啪的一下，他雙手雙膝就磕在路軌旁邊了。

尼克揉揉眼睛。已經腫起了一個大疙瘩。唉，眼圈定是一片烏青了。已經感覺到痛了。都是扳閘工那個混帳傢伙！

他用手指摸摸眼睛上的腫塊。哦，還好，只不過一個黑眼圈罷了。他總共不過就受這麼點傷。這代價還算便宜。他希望能看到自己的眼睛。可是水裡照不出來，天又黑，距離自己家又還遠得很。他在褲子上擦擦手，站起身來，爬上路堤，走到鐵軌上來。

他順著路軌走去。鐵軌鋪得勻整，走起來倒還方便，枕木間鋪滿沙石，路面相當結實。平坦的路基像條穿越沼澤地的堤道，一直通向前。尼克一路向前走著。他得找個落腳處才行。

剛才貨車減速開往沃爾頓交叉站外面的調車場時，尼克就攀吊到了車上。太陽剛落山，尼克搭的這列貨車就開過了卡爾卡斯卡。這會兒他一定快到曼斯洛納了。距離沼澤地有三、四英里。他就繼續踩在枕木間的路基上，順著鐵軌一直走去，沼澤地在升起的薄霧裡顯得朦朦朧朧。他眼睛又痛，肚子又餓。他不停走著，一直走了好幾英里。鐵軌兩旁的沼澤地還是毫無變化。

前面有一座橋。尼克過了橋，靴子踩在鐵橋上發出空洞的聲音。橋下流水在枕木的縫隙間顯得黑漆漆的。尼克踢到了一枚鬆落的鉚釘，鉚釘就此滾到水裡去了。橋外是群山，聳立在路軌兩旁，看過去黑黝黝的。在路軌那頭，尼克看見有一道火光。

他順著鐵軌小心翼翼地向火光走去。這火光在路軌的一側，鐵道路堤下面。他只看到一片火光。鐵軌穿過一條開鑿出來的山路，火光亮處出現空曠的田地，但給樹林遮住了。尼克小心順著路堤跳下來，穿進樹林，來到林間的火堆旁。這是一片山毛櫸樹林，他穿過林間時，鞋底把掉在地上的堅果踩得嘎吱嘎吱響。火堆就在樹林邊上，這會兒很明亮。有個人坐在火堆旁。尼克在樹後等著，眼睜睜瞧著。看上去只有一個人。他坐在那兒，雙手捧著腦袋，望著火堆。尼克一步跨了出來，走進火光。

坐著的那人仍舊盯著火。尼克走近他身旁，他還是一動不動。

「嗨！」尼克說。

那人抬眼看看。

「你哪兒弄來個黑眼圈？」他說道。

「一個扳閘工揍了我一拳。」

「從直達貨車上下來的嗎？」

「是的。」

「我瞧見那傢伙過。一個半小時以前他路過這兒。他在車皮頂上走著，一邊甩著胳膊，一邊唱歌。」那人說。

「這個傢伙！」

「他揍了你，一定感到很高興。」那人很嚴肅地說。

「我早晚也要揍他一頓。」

「等哪天他經過時，朝他扔石頭就是了。」那人為尼克出主意說。

「我一定不會饒過他。」

「你蠻結實的，是吧？」

「不。」尼克答道。

「你們這些小伙子全都是硬漢。」

「不硬不行啊。」尼克說。

「我也這麼認為。」

那人瞧著尼克，笑了。在火光下尼克看到他的臉變了相。鼻子是塌下去的，眼睛成了兩條細縫，兩片嘴唇奇形怪狀。尼克沒有一下子把這些全看清，他只是看到這人的臉龐很怪異，而且殘缺不全。那種油灰雜亂的顏色。在火光下看起來如同死人一樣。

「你不喜歡我這副模樣嗎？」那人問道。

尼克不好意思說了。

「哪兒的話。」他敷衍道。

「瞧著！」那人脫了帽。

他只有一個耳朵，牢牢貼住腦袋半邊。另一個耳朵只剩下個耳根。

「見過這樣的長相嗎？」

「沒見過。」尼克說。他看了有點噁心。

「我受得了。難道你以為我受不了，小伙子？」那人說道。

「沒有的事。」

「他們一起出手，那麼多拳頭落在我的身上都開了花，可是也奈何不了我。」那小個兒說道。

他瞧著尼克。「坐下，」他說道。「想要吃點東西嗎？」

「別麻煩啦，」尼克說道。「我要上城裡去。」

「聽著，叫我艾德好了。」那人說道。

「好！」

「聽著。我這人不大對勁。」那小個子說道。

「怎麼啦？」

「我有點兒瘋。」

他戴上帽子。尼克忍不住想笑出聲來。

「你不是明明很好嗎？」他說道。

「不，我不好。我是瘋子，呃，你發過瘋嗎？」

「沒。你怎會發瘋的？」尼克說道。

「我不知道。人一旦得了瘋病，自己是不知道的。你認識我嗎？」

「不認識。」

「我就是艾德·法蘭西斯。」

「很抱歉。」

「難道你不相信？」

「不信。」

其實尼克知道這一定錯不了。

「你知道我怎麼打敗他們的嗎？」

「不知道。」尼克說道。

「我心臟跳得慢。一分鐘只跳四十下。你按按脈。」

尼克有些猶豫。

「來啊，」那小個兒抓住了他的手。「抓住我的手腕，把手指按在脈上。」

這小個子的手腕很粗，骨頭上的肌肉鼓鼓的。尼克指尖下感到他脈搏跳動得很慢。

「有錶嗎？」

「沒有。」

「我也沒有。沒有錶真不方便。」艾德說道。

尼克放下他的手腕。

「聽著，再按一下脈。你數脈搏，我數到六十。」艾德．法蘭西斯說道。

尼克指尖摸到緩慢有力的搏動就開始數了。他聽到這小個兒大聲慢慢數著，一，二，三，四，五……

「六十。」艾德數完了。「正好一分鐘。你聽出是幾下？」

「四十下。」尼克說道。

「一點也不錯，就是跳不快。」艾德高興地說。

有個人順著鐵道路堤下來，穿過空地走到土堆邊。

「喂，柏格斯！」艾德說道。

「嗨！」柏格斯應道。這是個黑人的聲音。瞧他走路的樣子，尼克就知道他是個黑人。他正彎著腰在烤火，背對他們站著。他不由得直起身子。

「這是我的老朋友柏格斯。他也是瘋子。」艾德說道。

「很高興見到你。你打哪兒來？」柏格斯問道。

「芝加哥。」尼克說。

「那是個好地方，」那黑人說。「我還不知道你的大名呢。」

「亞當．尼克。」

「他說他從沒發過瘋，柏格斯。」艾德說。

「他運氣好。」黑人說。他正圍著火打開一包東西。

「柏格斯，咱們多久才吃飯？」那個光榮的拳擊戰士問道。

「馬上就吃。」

「你餓不餓，尼克？」

「餓壞了。」

「聽到了嗎，柏格斯？」

「你們說的話我大半都聽到。」

「我問你的不是這話。」

「噢。我聽到這位先生說的話了。」

他正往一個平底鍋裡置入火腿片。鍋燒燙了，油滋滋地直響，柏格斯彎下黑人天生的兩條長腿，蹲在火邊，翻弄火腿，在鍋裡打了幾個雞蛋，不時翻著面，讓蛋浸著熱油，免得煎糊了。

「請你把那袋子裡的麵包切幾片下來吧，亞當先生。」柏格斯從火邊回過頭來說道。

「好的。」

尼克把手伸進袋子裡，掏出一塊麵包。他切了六片。艾德眼巴巴看著他，探過身去。

「把你的刀子給我，尼克。」他說道。

「不要，不要給。亞當先生，攥住刀子。」黑人說道。

那個職業拳擊家坐回去了。

「請你把麵包給我吧，亞當先生。」柏格斯要求道。尼克就把麵包遞給他。

「你喜歡麵包蘸火腿油嗎？」黑人問道。

「那還用說。」

「咱們還是等會兒再說吧。最好等飯吃完了。來吧！」黑人撿起一片火腿，擱在一片麵包上，上面再蓋個煎蛋。

「請你把三明治夾好，給法蘭西斯先生吧。」

艾德接過三明治，張口就吃。

「留神別讓蛋黃淌下。」黑人警告了一聲。「這是給你的，亞當先生。剩下的歸我。」

尼克咬了一口三明治。黑人挨著艾德坐在他對面。熱呼呼的火腿煎蛋味道真美。

「亞當先生真的餓了。」黑人說。那小個子不吭聲，尼克對他慕名已久，知道他是過去的拳擊冠軍。自從黑人說了刀子的事之後，他就一直沒有再說過話。

「我給你來一片蘸熱火腿油的麵包好嗎？」柏格斯說道。

「多謝，多謝。」

那小個子白人瞧著尼克。

「阿道夫．法蘭西斯先生，你也來點吧！」柏格斯從平底鍋取出麵包給他道。

艾德沒有答他的話，兀自瞧著尼克。

「法蘭西斯先生？」黑人柔聲說。

艾德不答他的話，兀自瞧著尼克。

「我在和你說話呢，法蘭西斯先生。」黑人柔聲說。

艾德一個勁地瞧著尼克。他拉下了帽簷，罩住了眼睛。尼克感到緊張不安。

「你怎麼膽敢這樣？」他從壓低的帽簷下厲聲喝問尼克。

「你把自己當成什麼人啦？你這個乳臭未乾的小鬼。人家沒請你，你就來了，白吃人家的東西，人家問你借刀子，你倒神氣啦。」

他狠狠地瞪著尼克，臉色煞白，眼睛給帽簷罩得差點看不出來。

「你這渾蛋。到底是誰叫你上這兒來多管閒事的？」

「沒有誰。」

「你說得對極了，沒有誰請你來，也沒有誰請你待在這兒。你上這兒來，當著我面神氣活現的，抽我的菸，喝我的酒，說話神氣活現。你當我能容忍你到什麼地步？」

尼克一聲不吭。艾德站起身來。

「老實跟你說，你這個黑心的芝加哥雜種。小心你的腦袋開花。你聽明白了嗎？」

尼克退後一步。小個子慢慢向他步步緊逼，拖著腳步走向前去，左腳邁出一步，右腳就緊跟上去。

「揍我啊，試試看，敢揍嗎？」他晃著腦袋。

「我不想揍你。」

「你休想就這樣脫身。回頭就叫你挨頓打，明白嗎？來啊，先伸出拳頭來。」

「別鬧了！」尼克說道。

「好傢伙，你這小子。」

小個子兩眼望著尼克的腳。剛才他離開火堆的時候，黑人就一直跟著他，這會兒趁他低頭望著，黑人穩住身子，照著他後腦勺啪的一下。他撲倒在地，柏格斯趕緊把裹著布的棍子扔在草地上。小個子躺著，臉埋在草堆裡。黑人抱起他，把他抱到火邊，他低垂著腦袋。臉色怕人，眼睛睜著。柏格斯輕輕地把他放下。

「請你把桶裡的水給我弄來。恐怕我下手重了點兒，亞當先生。」他說。

黑人用手往他臉上潑水，又輕輕地拉他耳朵。他的眼睛閉上了。

柏格斯站起身來。

「他沒事了，用不著擔心。真對不起，亞當先生。」他說道。

「沒關係。」尼克低頭望著小個子。他看見草地上的棍子，順手撿了起來，棍子有個柔韌的柄兒，握著柄兒倒是得心應手。這是拿舊的黑皮革做的，重的一頭裹著手絹。

「這是一根鯨魚骨做的柄兒。現今沒人再做這玩意兒了。」黑人笑道。「我不知道你自衛的能耐怎麼樣，不管怎麼樣，我不希望你把他打傷，或是打中他要害，也不希望他打傷你。」

黑人又笑了。

「你自己倒把他打傷了。」

「我知道該怎麼辦。他一點都記不得的。每當他這樣發作，我總是只好給他來一下，好讓他恢復過來。」

尼克兀自低頭望著躺在地上的那小個子拳手，在火光中只見他閉著眼。柏格斯往火裡添了些木塊。

「你不必為他擔心，亞當先生。他這模樣，我已經見得多了。」

「他怎會發瘋的？」尼克問道。

「噢，原因可多著哪，」黑人在火堆邊答道，「來杯咖啡怎麼樣，亞當先生？」

他遞給尼克一杯咖啡，又把剛才給那昏迷不醒的過氣拳王鋪在腦袋下的衣服拉平了些。

「首先，他挨打的次數太多啦。不過挨打只是使他頭腦變得愈來愈愚鈍了。」黑人呷著咖啡說。「其次，當時他妹妹是他經紀人，人家在報紙上老是登載什麼哥哥啊、妹妹啊這一套，還有她多愛她哥哥，他多愛他妹妹啊什麼的，後來他們就在紐約結了婚，這下子就惹出不少麻煩來了。」

「這事我倒記得。」

「那可不。其實他們哪裡是什麼兄妹啊，根本沒影兒的事，可是就有不少人橫豎都看他們不順眼，到處嘀嘀咕咕說他們的閒話，有一天，她就此出走，一去不回了。」

他喝了咖啡，用淡紅色的掌心抹抹嘴。

「他就這樣發瘋了。亞當先生，你要不要再來點咖啡？」

「不了，謝謝。」

「我見過她幾回，」黑人接著說道。「她是個很好看的女人。看上去簡直跟他像雙胞胎，要不是他的臉給揍扁了，他也不難看呢。」

他停住了話題。看來這故事已講完了。

「你在哪兒認識他的？」尼克問道。

「我在監牢裡認識他的。自她出走以後，他老是揍人，人家就把他關進牢裡。我因爲砍傷一個人也坐了牢。」黑人說道。

他笑了笑，低聲說下去：

「我當時一見他就覺得喜歡這個人，我出了牢就去看望他。他好像以爲我也是瘋了，但我不在乎。我願意陪著他，我也喜歡到鄉下過活，可以不必再過盜竊生涯。我希望過個體面人的生活。」

「那你們到底是做什麼的？」尼克問。

「噢，什麼也不幹。就是到處亂跑，見見世面。他可有不少錢。」

「他當初一定掙了不少錢吧。」

「那倒是。不過，他的錢全花光了，要不然就是全給人劫奪走了。是她在給他寄錢呢。」

他撥旺火堆。

「她這個女人真是好極了，」他說。「看上去簡直跟他像雙胞胎。」

黑人對這個躺著直喘大氣的小個子細細端詳。他一頭金髮披散在腦門上。那張被打得變相的臉看上去像孩子那樣恬靜。

「無論什麼時候我都可以馬上弄醒他，亞當先生。如果你不介意的話，我希望你還是趁早走吧。不是我不想招待你，實在是怕他見到你又犯病。我後悔不該敲他腦袋，可是碰到他犯病，也只好這麼辦。我只有盡量不讓他見人。亞當先生，你不介意吧！不，不要謝我，亞當先生。我早就該提醒你要小心他了，不過他看上去那麼喜歡你，我心想他的病大概不會發作吧。現在，你沿著路軌走兩英里就看到城市了，人家都管它叫曼斯洛納市。再見吧。我真想留你過夜，可是實在辦不到。你要不要帶著點火腿麵包？不要嗎？最好帶一份三明治吧。」黑人這一番話說得彬彬有禮，聲音低沉而柔和。

「好。那麼再見吧，亞當先生。再見，並祝你幸運！」

尼克離開火堆走了，穿過空地走到鐵道路軌上去。一走出火堆範圍，他就豎起耳朵聽著。只聽得黑人低沉而柔和的嗓音在說話，就是聽不出說些什麼。後來又聽得小個子說：「柏格斯，我的腦袋好痛啊。」

「你覺得好些了嗎，法蘭西斯先生？你喝上這杯熱咖啡就會好了。」黑人的聲音在勸慰道。

尼克爬上路基沿鐵軌向前走去。他發現自己還拿著一份三明治，就順手放進了口袋。趁著鐵軌還沒拐進山洞，他站在逐漸高起的斜坡上回頭望著，猶自看得見剛才那片空地上的火光在熠熠發亮。

8 殺人者

亨利餐廳的門開著，有兩個人走了進來。他們挨著吧檯坐下。

「你們想吃點什麼？」喬治問他們。

「我不知道，」其中一個說。「你想吃什麼，艾爾？」

「我不知道，」艾爾說。「我不知道想吃什麼。」

外邊，天色漸漸暗了下來。窗外的路燈亮了。這兩個人看著菜單。尼克・亞當在吧檯另一頭看著他們。他們進來的時候，他正跟喬治在說話。

「我要一客烤嫩豬肉，配蘋果醬煎馬鈴薯。」第一個人說。

「這菜還沒準備好。」

「那你們爲什麼寫在菜單上面？」

「那是晚餐，」喬治說。「六點鐘才有。」

喬治看了看吧檯後面牆上的鐘。

「現在五點鐘。」

「鐘上是五點二十。」第二個人說。

「這鐘快了二十分。」

「噢，該死的鐘，」第一個人說。「那你們有什麼可吃的？」

「有各種三明治，」喬治說。「你可以要火腿蛋，燻肉蛋，肝跟燻肉，或者，來塊牛排。」

「來一客炸雞肉餅，加青豆、奶油果醬和麥芽糖煎馬鈴薯。」

「那是晚上的菜。」

「我們要的都是晚上的菜嗎？你們就是這樣做生意的嗎？」

「有火腿，燻肉蛋，肝——」

「我要份火腿蛋。」名叫艾爾的那個人說。他頭戴禮帽，身穿胸前橫扣的黑大衣。他的臉孔瘦小而白皙，繃緊著嘴唇。他圍著一條絲綢圍巾，戴著手套。

「我要燻肉蛋。」另一個說。他身材跟艾爾一樣大小。他們臉孔和外型不一樣，可是穿得像一對雙胞胎。兩個人的大衣都繃得很緊。他們坐在那兒，身子往前傾，手肘靠在吧檯上。

「有什麼喝的？」艾爾問。

「有啤酒、佐餐酒、薑麥酒。」

「我問你有什麼可喝的烈酒？」

「就是我說的這些。」

「這是個很不簡單的鎮，」那一個說。「他們叫它什麼？」

「頂峰鎮。」

「聽說過嗎？」艾爾問他朋友。

「沒有。」那朋友說。

「他們這兒晚上幹什麼？」

「吃正餐，」他朋友說。「他們到這兒來，晚餐都吃正經的大菜。」

「一點也不錯。」喬治說。

「你覺得一點也不錯嗎？」艾爾問喬治。

「當然。」

「你這小伙子挺聰明伶俐，是不是？」

「當然。」喬治說。

「唔，你並不聰明，」那個小個子說。「是他嗎，艾爾？」

「他是啞巴，」艾爾說。他轉向尼克。「你叫什麼名字？」

「亞當。」

「又是個聰明伶俐的小伙子，」艾爾說。「是個聰明的小伙子嗎，麥克斯？」

「這鎮上聰明小伙子多。」麥克斯說。

喬治把兩盤菜放在櫃檯上，一盤火腿蛋，一盤燻肉蛋。他放下兩碟炸馬鈴薯做配菜，同時關上通往廚房的那扇小門。

「哪一盤是你的？」他問艾爾。

「你不記得了？」

「火腿蛋。」

「真是個聰明人。」麥克斯說。他往前拿火腿蛋。兩人都戴著手套吃。喬治楞楞地看著他們吃。

「你看什麼?」麥克斯望了望喬治。

「沒看什麼。」

「該死的東西!你是在看我。」

「說不定這傢伙是鬧著玩的,麥克斯。」艾爾說。

喬治笑了起來。

「你不要這樣笑,」麥克斯對他說。「你根本就不必這樣笑,明白嗎?」

「明白。」喬治說。

「他以爲他明白。」麥克斯轉過來對艾爾說。「他以爲他明白。好小子。」

「嗯,他是個思想家。」艾爾說。他們繼續吃著他們的東西。

「吧檯那頭的那個聰明傢伙叫什麼名字來著?」艾爾問麥克斯。

「嗨,聰明人,」麥克斯對尼克說。「你和你朋友到吧檯那一邊去。」

「什麼意思?」尼克問。

「沒什麼意思。」

「你最好過去,聰明人。」艾爾說。於是尼克繞到吧檯後面去了。

「這是什麼意思?」喬治問。

「他媽的你甭管,」艾爾說。「誰在廚房裡?」

「那個黑人。」

「什麼意思，那個黑人？」

「做菜的。」

「叫他進來。」

「幹嘛？」

「叫他進來。」

「你們以爲你們是在什麼地方？」

「我們知道得他媽的很清楚是在什麼地方，」那個叫麥克斯的人說。「我們的樣子傻嗎？」

「你說傻話，」艾爾對他說。「你他媽的跟孩子吵什麼？聽著，」他對喬治說，「叫那個黑人到這兒來。」

「你們要對他幹什麼？」

「沒什麼。你動動腦子，聰明人。我們會對黑人幹什麼？」

喬治打開通往廚房的窄門。「山姆，」他叫道。「你進來一下。」

通往廚房的門開了，黑人進來。「什麼事？」他問。這兩個在吧檯邊上的人看了他一眼。

「對啦，黑鬼，你就乖乖站在那兒。」艾爾說。

黑人山姆腰繫圍裙站著，看著這兩個人。「是的，先生。」他說。艾爾從凳子上滑下來。

「我跟黑鬼和聰明人回廚房去，」他說。「回廚房去，黑鬼。你跟他一起去，聰明人。」

小個子跟在尼克和廚子山姆後面，回到廚房。他們一進門就把門關上。那個名叫麥克斯的人則坐在吧檯邊上，面對著喬治，他眼睛不看喬治，卻看著吧檯後面那一排鏡子。亨利餐廳原來是由小酒店翻造的，已經擴大爲可以供應餐點並且兼有吧檯的規模。

「唔，聰明的小伙子，」麥克斯說，一邊望著鏡子，「你爲什麼一言不發？」

「這究竟是怎麼回事？」

「嗨，艾爾，」麥克斯叫道，「聰明人想知道這是怎麼回事？」

「你幹嘛不告訴他呢？」艾爾的聲音從廚房裡傳來。

「在你看來是怎麼回事？」

「我不知道。」

「你認爲是怎麼回事呢？」

麥克斯一邊說話，眼睛一直看著鏡子。

「我不想說。」

「嗨，艾爾，這聰明的小伙子耍賴，他不想說他認爲這是怎麼回事。」

「好啦，我聽得見，」艾爾在廚房裡說。他已經用醬油瓶子推開小門，那門是爲了把盤子傳到廚房裡用的。「聽著，聰明人，」他對喬治說。「你站得離吧檯遠一點。麥克斯，你往左邊靠一靠。」他像是照相師在布置拍團體照似的。

「你說，聰明人，」麥克斯說。「你想會發生什麼事？」

喬治一句話也不說。

「我告訴你，」麥克斯說。「我們要殺一個瑞典人。你認識一個大個子，名叫奧爾·安德瑞森的瑞典人嗎？」

「嗯，我認識。」

「他每天晚上到這兒吃晚飯，對不對？」

「有時候會來。」

「他是六點鐘到這兒，對不對？」

「如果來的話就六點。」

「這些我們都知道，聰明人，」麥克斯說。「說說別的吧。你看過電影嗎？」

「偶爾看看。」

「你應該多看看電影。像你這樣聰明的小夥子，多看電影有好處，優美而令人愉快。」

「你們爲什麼要殺奧爾·安德瑞森？他跟你們有什麼過不去的梁子？」

「他沒機會做過什麼對不起我們的事。他見都沒見過我們。」

「其實他也只能見到我們一次。」艾爾從廚房裡說。

「那你們爲什麼要殺他？」喬治問。

「我們是爲了一個朋友要殺死他。受一位朋友的委託，聰明人。」

「閉嘴，」艾爾從廚房裡說。「你說得他媽的太多了。」

「我只是讓這聰明的小伙子開開心。你說呢，聰明人？」

「你說得他媽的太多了，」艾爾說。「黑鬼跟這個聰明的小伙子會明白該怎麼自處的。我把他們捆得像修道院裡的一對女朋友。」

「我猜你在修道院也幹過這樣的事。」

「你永遠也別想知道。」

「你住過合於猶太法律的清淨修道院。你就在那裡幹過吧。」

喬治抬頭看了看牆上的掛鐘。

「如果有什麼人進來，你就對他們說，廚子出去啦，要是他們還不肯走，你就告訴他們，你必須自己到廚房給他們做去。聽明白了吧，聰明的小伙子？」

「聽明白了，」喬治說。「可是事過以後你們要把我們怎麼辦？」

「那要看情況囉，」麥克斯說。「這種事一時之間不好說。」

喬治抬頭看鐘。六點一刻。臨街的門開了。一個電車司機進來。

「你好呀，喬治。」他說，「晚飯有了嗎？」

「山姆出去了，」喬治說。「大概過半小時回來。」

「那我上街那一頭去吧。」司機說。喬治看鐘。六點二十分。

「好，聰明的小夥子，」麥克斯說。「你真是個懂規矩的人。」

「他怕我打掉他的腦袋。」艾爾從廚房裡說。

「不，」麥克斯說。「不是這麼回事。這聰明人不錯，是個好小子。我喜歡他。」

六點五十五分時，喬治說：「他不會來了。」

這期間又有兩個人來過餐廳。其中有一次喬治進廚房做了客火腿蛋三明治，給一個客人帶回去吃。在廚房裡面，他看見艾爾，禮帽搭在後腦勺，坐在小門旁邊凳子上，一支短銃霰彈槍的槍口挨著架子靠著。尼克和廚子背靠背待在角落裡，兩人嘴裡各塞了一條毛巾。喬治做好了三明治，用油紙包上，裝進口袋，那客人付了錢便走了。

「聰明人樣樣都會幹，」麥克斯說。「他會做菜，什麼都會。你可以教出一個好老婆來，聰明的小伙子。」

「真的嗎？」喬治說。「你的朋友奧爾・安德瑞森不會來了。」

「再等他十分鐘。」

麥克斯看著鏡子，又看看鐘。時針已指向七點，接著是七點五分。

「來吧，艾爾，」麥克斯說。「咱們走吧。他不會來了。」

「再等五分鐘。」艾爾從廚房裡說。

就在這五分鐘內又進來一個客人，喬治對他說廚子病了。

「你們爲啥不再雇一個廚子？」那人說。「你們不是開始在經營餐點嗎？」他說完就走了出去。

「走吧，艾爾。」麥克斯說。

「這兩位聰明人跟黑人怎麼辦？」

「他們沒事。」

「你說沒事？」

「當然。我們已完事了。」

「我不喜歡這樣，」艾爾說。「不乾淨俐落。你話說得太多。」

「啊，管他的，」麥克斯說。「我們也得開開心啊，是不是？」

「反正，你話說得太多了。」艾爾說。他從廚房出來。他的大衣太緊，短銃槍在他腰部下面微微鼓起。他戴著手套把大衣捋平。

「再見，聰明人，」他對喬治說。「算你走運。」

「真的，」麥克斯說。「你應該去賭賽馬，聰明人。」

這兩人走出門去。喬治從窗戶望著他們從街燈下走過，穿過街去。他們穿著緊身外套，戴著圓頂硬氈帽，像是玩雜耍的，令人發噱。待他們消失後，喬治推開轉門，走進廚房，給尼克和廚子鬆綁。

「我受不了那毛巾。」廚子山姆說。「我吃不消啦。」

尼克站了起來。以前他也從沒讓人在嘴裡塞過毛巾。

「我說，」他說。「怎麼一回事？」他想抖去這種恐懼感。

「他們要殺奧爾·安德瑞森，」喬治說。「他們想在他進來吃飯的時候槍殺他。」

「奧爾·安德瑞森？」

「不錯。」

廚子用兩個拇指按按他的嘴角。

「他們都走了嗎？」他問。

「走了，」喬治說。「現在他們已經走了。」

「我不喜歡這種事。」廚子說。「我一點也不喜歡。」

「喂，」喬治對尼克說。「你最好去看看奧爾·安德瑞森吧。」

「好吧。」

「你們最好不要沾惹這種事，」廚子山姆說。「你們最好離得遠遠的。」

「你不想去就不要去。」喬治說。

「蹚這種渾水對你們沒好處，」廚子說。「還是躲開點兒吧。」

「我去看他，」尼克對喬治說。「他住在什麼地方？」

廚子走開了。

「毛孩子總是不知道天高地厚。」他說。

「他住在希爾契出租公寓裡。」喬治對尼克說。

「我這就去。」

外邊，街燈從光禿禿的樹枝間照下來。尼克沿著電車道走去，到了下一盞街燈拐進一條行人道上。街旁三座房子就是希爾契公寓。尼克走上兩級台階。他按了按門鈴。一個女人來開門。

「奧爾・安德瑞森住在這兒嗎？」

「你要見他？」

「是的，他要是在家的話。」

尼克隨著那女人走上一段樓梯，轉到走廊的末端。她敲門。

「誰？」

「有人來看你，安德瑞森先生。」女人說。

「我是尼克・亞當。」

「進來。」

尼克推開門，走進房裡。奧爾・安德瑞森和衣躺在床上。他原是重量級拳擊手，個子太高，床容不下。他枕著兩個枕頭躺在那裡，並不看尼克一眼。

「什麼事？」他問。

「我是亨利餐廳的，」尼克說，「有兩個人來過餐廳，把我和廚子綁起來，他們說要殺你。」

他的話聽來有點可笑。安德瑞森沒說什麼。

「那兩個傢伙把我們關在廚房裡，」尼克繼續說。「他們要在你進餐館吃晚飯的時候射殺你。」

奧爾．安德瑞森望著牆，還是一聲不吭。

「喬治覺得我最好來告訴你一聲。」

「對於這樣的事，我也沒有什麼辦法可想。」安德瑞森說。

「我可以告訴你他們是什麼樣子。」

「我不想知道他們是什麼樣子，」安德瑞森說。他凝視著牆壁。「謝謝你跑來告訴我。」

「那沒什麼。」

尼克望著躺在床上的這條彪形大漢。

「你要不要我去報警？」

「不用去，」安德瑞森說。「那沒有什麼用處。」

「我有什麼可以幫忙的嗎？」

「沒有。沒有什麼忙可以幫。」

「說不定就只是恐嚇罷了。」

「不，這並不是恐嚇。」

奧爾．安德瑞森翻過身去，面朝牆壁。

「唯一的一件事是，」他朝著牆壁說，「我還沒有打定主意走出去。我整天待在這兒。」

「你不能離開這個小鎮嗎？」

「不能那樣做，」奧爾・安德瑞森說。「我要完成四個星期的跑步鍛鍊計畫。」

他凝望著牆壁，「現在沒有什麼辦法了。」

「你不能想辦法把這件事解決掉嗎？」

「想不出有什麼辦法。我做錯了事，」他仍然用這樣平板的聲音說話。「沒有什麼辦法。過一會兒，我會打定主意到外邊去。」

「我要回去看喬治去了。」

「再見，」奧爾・安德瑞森說。他沒有朝尼克的方向看。「謝謝你來一趟。」

尼克走出去。他關門的時候看見安德瑞森和衣躺在床上，還是望著牆壁。

「他已經在房裡待了一整天，」樓下女房東說。「我看他是不舒服。我跟他說過：『安德瑞森先生，你應當出去走走，像這麼晴朗的秋天，你應該出去散散步。』可是他不願意出去。」

「他只是目前不想出去吧。」

「他不舒服，真叫人難過，」女人說。「他是個大好人，你知道，他是拳擊場裡討生活的。」

「我知道。」

「你若不看到他臉上那副樣子，不會相信他是拳擊場裡的。」女人說。他們站在臨街的門裡說話。「他真是一個溫文有禮的人。」

「好吧，希爾契太太，再見。」尼克說。

「我不是希爾契太太，」女人說。「這是希爾契太太的房子。我只是在替她看管。我是貝爾太太。」

「那麼，晚安，貝爾太太。」尼克說。

「晚安。」女人說。

尼克沿著黑暗的街道走去，在冷清街燈的拐角轉彎，沿電車道走到亨利餐廳。喬治正在吧檯後面。

「你見到奧爾了嗎？」

「見到了，」尼克說。「他在屋裡，沒有出門。」

廚子聽見尼克的聲音，從廚房推開門。

「我聽都不想聽。」他說著關上門。

「你把事情告訴他了嗎？」喬治問。

「我當然告訴他了，他也全都知道了。」

「他打算怎麼辦？」

「不怎麼辦。」

「他們會殺死他的。」

「我看也是。」

「他一定是在芝加哥惹下了什麼事。」

「我看也是。」尼克說。

「簡直是糟糕透頂的事情。」

「可怕的事情。」

他們沒有說下去。喬治拿過一條毛巾來擦拭吧檯。

「我懷疑他到底幹過什麼事？」尼克說。

「或許是出賣了什麼人。他們通常因爲這個原因而殺人。」

「我要離開這個鎮。」尼克說。

「嗯，」喬治說。「走了也好。」

「他就這麼在家裡待著，明明知道自己會讓人殺死，我一想到這個，就受不了。這真他媽的太可怕了。」

「那，」喬治說，「你最好別去想它。」

9 最後一片淨土

「尼克，」妹妹對他說。「你聽我說，尼克。」

「我不想聽啦。」

他注視著泉水底部正在冒泡的地方，那裡有一小股泥沙隨之噴射。泉邊的碎石灘上，插著一根叉棍，上面支著一隻鐵皮的杯子，尼克瞧瞧杯子，又看了一會泉水湧出沙層後形成的水泡沖洗著路旁的沙礫堆。

站在路口，他可以把大路兩端都看得很清楚，他的目光首先投向路上方的小丘，然後瞧瞧山下的船塢和湖泊，湖灣對岸的一簇叢林和那廣闊的湖面，以及在湖岸上移動著的白色船桅。這時他正在高坡上靠著一株大杉樹坐在地上，後面是一片鬱鬱蔥蔥的杉林沼地。他妹妹挨著他坐在青苔上，一條手臂搭在他的肩頭。

「他們都在我們家裡等著你回去吃晚飯，」妹妹說，「他們總共兩個人，是坐汽車來的，他們在打聽你的下落。」

「沒有人告訴他們吧？」

「除了我，誰也不知道你在哪兒。尼克，你捉到很多魚嗎？」

「我捉到二十六條，夠他們晚餐的啦。」

「都是好魚嗎？」

「都是適合飯客們要吃的大小。」

「噢，尼克，我真希望你不要賣魚了。」

「她出我一塊美金一磅的價錢。」尼克說。

他的妹妹全身曬成棕色，眼睛本來就是深褐色的，頭髮也是深棕色的，但在陽光下有金黃色的光澤呈現出來。他們兄妹感情深厚，對別人卻漠不關心。兄妹倆一直把家裡別的成員也當成外人。

「他們什麼都知道了，」他的妹妹絕望地說。「他們說要把你作爲懲罰的例子，還說要送你進感化院去。」

「他們也只抓到一件證據罷了，」尼克告訴妹妹。「可我還是得暫時避一避風頭。」

「我可以跟著你一起走嗎？」

「不行。真抱歉，小可愛，我們總共有多少錢？」

「十四元零六毛五分。我都帶來了。」

「他們還說了些什麼？」

「沒有。他們只說要等到你回家。」

「媽媽一定會討厭老要提供他們吃喝。」

「她已經給他們做好午飯了。」

「他們究竟要幹什麼？」

「不過是閒坐在紗門陽台上等待。他們問母親要你的長槍，可是我一看到他們走近籬笆，就把它藏在木棚子裡去了。」

「那麼你是早已料到他們要來？」

「是呀。你不也預料到了嗎？」

「我大概也知道。上帝詛咒他們。」

「我也詛咒他們，」妹妹說。「我現在的年齡夠資格跟你去了，不是嗎？我藏好了槍。而且我把錢都帶在身上。」

「我會爲你擔心的，」尼克告訴她。「而且，我自己也不知道該上哪裡去。」

「你一定要帶著我。」

「如果我們兩人都逃走，他們更會查得緊的。何況一個男孩和一個女孩在外行走也太顯眼。」

「我裝扮成男孩子就是了，」她說。「其實，我一直就想變個男孩子。我要是把頭髮剪掉，他們就分不清我是男是女了。」

「你不可以這樣，」尼克說。「真的。」

「讓我們想個可行的主意，」她說。「求求你，尼克，我求求你嘛。我可以做很多事，沒有我在一起，你會很孤單的。你說對嗎？」

「一想到要和你分手，我已經感到很孤單了。」

「你看，也許我們會一別多年，誰又說得準呢？帶我走吧，尼克。求求你帶我一起去。」

她吻了他一下，又用雙臂緊緊摟住他。

尼克望著她，冷靜地思考因應的辦法。但很困難，實在是無法可想。

「我不應該帶你走。但又無法可想，」他說。「好吧，我帶你走。才是，也許就只能帶你幾天。」

「就這樣吧，」她回答道。「到你用不著我的時候，我就回家去。如果我成了累贅，惹你討厭或是花錢太多，我也回家去。」

「讓我們仔細盤算一下，怎麼個走法。」尼克對她說。他又把大路上下瞧了一遍，再看看天色，午後大朵的雲彩正隨著風向高高飄浮，然後他又遠眺起伏在叢林之外湖面上的船桅。

「我要穿過林子先到湖那邊岬地前面的小旅館去一下，把鱒魚賣給她，」他告訴妹妹。「這是她爲今晚菜單上的主菜向我預訂下的。目前旅客們愛吃鱒魚勝過雞丁飯。我也不知道爲什麼。這些鱒魚倒是長得很肥美。我已把魚肚挖空，他們會用一種粗棉紗把魚一條一條包起來，然後冷凍以保持新鮮。我已經告訴她，我觸犯了那批獵場看守人，他們正在追捕我，我只得暫時出去躲一陣子。我會從她那裡搞到一只小平鍋，要些鹽和胡椒粉，以及一些鹹肉、黃油和玉米。我還得向她要一個麻袋裝這些東西，我還得去弄些杏子乾和李子乾、一些茶葉、大包火柴和一把斧頭。但是我只有一條毛毯。她應該會幫我的忙，因爲鱒魚這買賣對雙方都是麻煩的交易。」

「我自己可以弄到一條毯子，」妹妹說。「我會拿毯子裹住長槍，然後把你和我的皮靴都帶上，我還要換一套工作服和襯衫，把身上那套藏起來，讓他們猜不著我穿了什麼衣服出來的。我還要帶肥皂、梳子、剪刀和針線。再拿一本小說《洛娜．杜恩》和一本《海角一樂園》。」

「只要你找得到，也帶些子彈過來，」尼克說著說著，話音忽然轉急。「先別走，躲一下。」他看見路那頭有輛單座馬車迎面而來。

兄妹倆躺倒在杉樹後面，臉緊貼在山泉邊長滿苔蘚的泥地上，細聽著馬蹄踩踏軟軟的沙土地，以及那轆轆的車輪轉動聲。馬車上的兩個人沉默無言，可是尼克能聞到他們從旁邊擦過的氣味和馬汗的酸臭。他渾身不停地冒汗，因爲他生怕這些人會停下來到水邊讓馬飲水或者喝口酒什麼的。直到馬車遠遠地向著船塢趕去，他才鬆了口氣。

「是他們嗎，小可愛？」他問。

「沒錯。」她說。

「快往後退。」尼克說。他連忙向沼澤地爬去，拖著一口袋的魚。沼地雖然長滿蘚類，水倒並不渾濁。於是他站起身來，把口袋藏在一棵大杉樹的背後，招手叫妹妹也到後邊來。他們躡手躡腳地來到沼澤的杉樹叢中，比小鹿還輕巧。

「我認出其中的一個，」尼克說。「他是個下流的混蛋。」

「他說他已經追蹤你四年多了。」

「我知道。」

「另外那個粗大漢，就是那一副菸渣臉，身穿藍色衣褲的傢伙，是從州裡偏僻地區來的。」

「好，」尼克說。「既然已仔細打量過他們，我們就該出發了。你能平安抵家嗎？」

「沒問題。我會越過山頭走，避開大道。今晚我在什麼地方和你會合呢，尼克？」

「我想你最好別來了，小可愛。」

「我怎麼能不來呢？你現在情況還不明。我會給媽媽留個字條，說我跟你一起走，你會好好照顧我的。」

「好吧，」尼克說。「我會在那棵遭雷電劈裂的鐵杉樹那兒等候你。從河灣一直上去，就能看見那棵倒在地上的大樹，橫在那條通往大路的小徑上。你認得出那棵樹嗎？」

「那裡太挨近我們家了。」

「我不想要你拿著一堆東西跑那麼遠的路。」

「我會依你說的去辦。可是你別冒風險啊，尼克。」

「按我的心願，我真想抓起長槍立刻跑到林子邊，趁那兩個雜種還在碼頭上時幹掉他們，然後用鐵絲在他們身上捆一塊大磨石，把他們沉到水底去。」

「往後又怎麼辦呢？」妹妹問他。「他們是奉命而來的呀。」

「那第一個雜種並不是什麼人派他來的。」

「但是，你的確打死過他們的麋鹿，你又賣過鱒魚，他們從你的小船上找出了你射殺的捕獵物。」

「打死這些東西不算什麼大錯。」

他不願提起所打死的東西，因為這些東西正是抓在他們手裡的證據。

「我明白。但你也不能因此而去殺人呀，我所以打算和你一起走，就為了這個原因。」

「我們別再談這些事，反正我只想殺了那兩個雜種才愜意。」

「我懂，」她說。「我也這麼想。可是我們不能殺人呀，尼克。你能向我保證嗎？」

「不行。這麼說，我倒有些猶豫起來，親自送鱒魚去能不能保險不出事？」

「我替你送過去。」

「不行。麻袋太重。我可以穿過杉林沼地走到旅店的背後。你從旅店的正面進去。瞧瞧她是不是在屋裡，瞧瞧情況有沒有問題，要是一切都平安無事，你可以到那棵大菩提樹後面來找我。」

「要穿過杉林沼地就得繞遠路，尼克。」

「要想從感化院裡回來，路途更遠了。」

「我和你一起穿過沼地，行嗎？然後我先進旅店去找她，你就待在外面，等候我出來幫你一起把東西送進去。」

「好吧，」尼克說。「但是我寧可希望你換個別的辦法。」

「爲什麼，尼克？」

「因爲沿著大路走，你也許能瞧見他們，那麼你就能告訴我他們的去向。我會在旅店後面的再生林場裡和你碰頭，就在大菩提樹那邊。」

尼克在再生林裡等了足足一個小時，也不見妹妹的影子。當她來到跟前時，卻又顯得過分興奮，他知道她定是因爲太緊張而疲勞的緣故。

「他們又在我們家裡，」她說。「閒坐在紗門陽台上喝著威士忌和薑汁水，他們把馬卸了鞍，拴在那裡休息。他們說不等你回去就不走。媽媽告訴他們說，你到小河灣釣魚去了。我想她不是存心告訴他們的。不管怎麼說，我希望媽媽不是說真話。」

「柏嘉德太太那邊的事怎麼樣？」

「我在旅店的廚房裡遇見她，她問我見到你沒有，我說沒有。她說她正等著你今晚給她送些魚去。她有些擔憂。你最好現在就把魚送去吧。」

「好吧，」他說。「這些魚又鮮又美。我用羊齒闊葉草重新包好了。」

「我可以跟你一起進去嗎？」

「當然可以。」尼克說。

旅店原是一座長方形木板房屋，陽台面向湖邊。門前裝了寬闊的木板，像一條長堤直通湖上的碼頭，遠遠伸展到水上，木階的兩頭和陽台的周圍都裝上天然的杉木欄杆。陽台上的坐椅也是用天然的杉木製成，現在坐著一些穿白色服裝的中年人。階前草地上安裝了三條水管，不停地噴灑著泉水，還有幾條小徑引向水邊。泉水帶一股硫磺腐蛋的氣味，因爲這是一種礦泉水，尼克兄妹小時候作爲健身飲料不得不強迫自己喝它。現在他倆來到旅店背後的廚房外面，跨過一條木板橋，下面小溪潺潺流入旅店旁邊的湖泊裡。他們悄悄溜入廚房。

「把魚洗一下放進冰箱裡，尼克，」柏嘉德太太說。「過一會兒我們來過秤。」

「柏嘉德太太，」尼克說。「我想跟您談幾分鐘，可以嗎？」

「有話就說嘛，」她回答。「你沒見我正在忙著呀？」

「我能預支些錢嗎？」

柏嘉德太太是位漂亮的女人，束著細麻布的圍裙。她的表情特別嫵媚。這會兒她正忙著幹活，廚房裡的幫手們也在那裡忙得不可開交。

「你的意思不是說你要賣鱒魚給我吧。難道你不知道這是犯法的？」

「我知道，」尼克說。「這些魚是我送給您的禮物。我要的是我在樹林裡替你劈木柴和捆綁等等花的功夫錢。」

「我明白了，」她說。「我必須到後面小屋裡去一下。」

尼克和妹妹跟著她走出廚房。來到外邊通往冷藏室的木板便道時，她伸手到圍裙袋裡掏出錢包。

「你快離開這裡，」她匆匆說，但好和氣。「給我快快離開這兒。你需要多少錢？」

「我需要十六塊錢。」尼克說。

「拿二十塊錢去吧，」她告訴他。「你要擺脫那夥傢伙，別讓你妹妹牽涉進去。叫她回家去看好那夥人，等你走遠了再說。」

「您也聽說這夥人的事了？」

她向他搖搖頭。

「收買和出售這種東西同樣有麻煩，也許更倒楣，」她說。「你先避一避風頭，等風聲平息了再說。尼克，不管別人怎麼說，你是個好孩子。要是情況不妙，去找柏嘉德吧。你如果需要些什麼，夜晚到這裡來。我睡覺時很警醒，在玻璃窗上敲一下就行。」

「今晚您不會供應客人們吃魚吧，柏嘉德太太？您不招呼他們吃晚餐嗎？」

「不要了。」她說。「可是我也不會把魚浪費掉的。柏嘉德一人就能吃掉半打，我認識很多人都愛吃。你千萬小心，尼克，讓風聲平息了再說。避一避風頭。」

「小可愛想跟我走。」

「千萬別帶她，」柏嘉德太太說。「今夜你再來一次，我給你準備些要帶走的東西。」

「您能給我一隻長柄小平鍋嗎？」

「凡你需要的我都會給你。柏嘉德知道你需要的東西。我不給你帶太多的錢，怕你多惹事。」

「我很想去見見柏嘉德先生，談談我要的一些東西。」

「你需要什麼他都會給你的。可是別上鋪子裡去找他，尼克。」

「我會差小可愛送個條子給他。」

「什麼時候需要東西就找我辦，」柏嘉德太太說。「別擔心，柏嘉德總會想出辦法來的。」

「再見吧，哈萊姑媽。」

「再見！」她說著吻了他一下。她身上的氣味真香甜，就和廚房裡烤麵包時聞起來一樣香甜。柏嘉德太太身上的香味兒就跟她廚房裡的氣味一樣甜滋滋，香噴噴的。

「別擔心，也別出岔子。」

「我不會出岔子的。」

「當然囉，」她說。「況且，柏嘉德會替你把事情安排妥當的。」

兄妹倆這時已到了家後面小山上的那片鐵杉林裡。天已入夜，太陽已落到湖對面的群山背後。

「我把東西都找齊了，」妹妹說。「這些東西都已經打成一大包了，尼克。」

「我知道。那夥人在幹什麼？」

「他們吃了一頓豐盛的晚餐，現在正坐在陽台上喝酒。兩個人互相在吹牛，都說自己多麼機靈。」

「到現在爲止，他們還不算很機靈。」

「他們打算用飢餓來逼你，」妹妹說。「說是在林子裡餓你兩、三夜，你就會乖乖的回家了。你聽說過人們常在引用的瘋話嗎，什麼肚子空空就得回頭？」

「媽媽給他們做了些什麼晚餐？」

「食物糟得很。」妹妹說。

「那好。」

「我按照清單把東西找齊了。媽媽已經上床了，直喊頭痛得要命。她已經給我們的爸爸寫了信。」

「你看了那封信嗎？」

「沒有。信在她的屋子裡，就放在購物單上，那是她明天要上鋪子去買東西的清單。明天一清早她要是發現家裡少了那麼多東西，她就得重新開張清單了。」

「他們喝了多少酒？」

「我估計大概喝了一整瓶。」

「我真希望能在酒裡放一些蒙汗藥進去。」

「只要你告訴我怎麼放，我一定可以做到。你是說直接把那東西放進瓶子裡嗎？」

「不，加在酒杯裡。可惜我們沒有蒙汗藥。」

「家裡那個藥箱裡有嗎？」

「沒有。」

「藥店有賣嗎？」

「買不到的。」

「我可以把止痛藥加在酒瓶子裡。他們還帶了另外一瓶。或者放些甘汞劑進去，我知道家裡有這個。」

「不行，」尼克說。「等他們睡著了你想辦法把那瓶酒倒一半給我。找個藥瓶子裝上。」

「那麼我快進去守著他們，」妹妹說。「天呀，我真希望家裡有蒙汗藥。我怎麼連聽也沒聽說過。」

「那不是什麼真的蒙汗藥，」尼克告訴她。「這不過是水合三氨乙醛劑。當妓女要把伐木工人灌醉行竊時，她們就偷偷把這東西放在酒裡。」

「這聽來有些嚇人，」妹妹說。「但是我們也許應該帶上一些以防萬一。」

「來，讓我吻你一下，」哥哥說。「也是以防萬一。讓我們下山去瞧瞧他們喝酒的那副德行。我很想聽聽他們坐在我們家裡還敢談些什麼。」

「你能保證不發火也不出什麼事嗎？」

「我保證。」

「也別去動他們的馬匹。馬兒沒有什麼罪過。」

「我也不會對馬兒生氣。」

「我只盼望家裡有蒙汗藥就好了。」妹妹誠心誠意地說。

「算了吧，我們就是沒有，」尼克對她說。「哪怕是這半個波恩尼城都不會有的。」

兄妹倆蹲在家後門的棚子裡，眺望坐在陽台桌子邊的兩個傢伙。月亮還沒升起。周遭一片漆黑，可是背著湖光坐在那裡的兩個傢伙，身影卻隱約可見。這會兒他們已不在談話，兩人將手肘撐在桌面上俯視著。接著尼克聽到木桶裡冰塊的撞擊聲。

「薑汁水喝光了。」其中一人說。

「我早已說過薑汁水不多了，」另外那人說。「可是你偏說還有很多。」

「去弄點兒水來吧。廚房裡有水桶和勺子。」

「我喝得夠多了。我要睡覺去了。」

「你不是要等那小子嗎？」

「不等了，我得先睡覺去。你守著吧。」

「你看今天夜裡他會回來嗎？」

「我不知道。我睡覺去了。你要睏了就叫醒我。」

「我可以整夜不睡，」那個本地狩獵管理員說。「多少個夜晚我整夜守著那些違法打鹿人，連眼皮也不合一下。」

「我不也那樣嗎？」來自州裡南部偏僻地區的管理員說。「可是現在我得去睡一下。」

尼克和妹妹瞧著他走進門去。他們的母親告訴過這兩個人，說他們可以到起居室隔壁的臥室裡去睡覺。他進屋時劃一根火柴，兄妹倆看得一清二楚。然後窗子又恢復漆黑無光。他們轉過頭去看那個坐在桌邊的看守人，一直瞧到他垂頭睡熟在臂彎裡。接著又聽到了他的打鼾聲。

「我們再等他一會兒，確定是真的睡死了，然後我們進去取東西。」尼克說。

「你待在籬笆外面，」妹妹說。「我在屋裡走動不會出事。不然，萬一他醒了就會看見你的。」

「好吧，」尼克同意了。「我就在這裡拿走所要的東西。東西多半都在手邊。」

「沒有燈光你能找到每件東西嗎？」

「能。長槍放在哪兒？」

「平放在棚頂後部的高梁上。小心別滑下來，也別碰到木柴堆，尼克。」

「別擔心。」

她來到籬笆的盡頭，尼克正在那裡捆紮東西，他在那棵大鐵杉後面，這是去年夏天被雷電劈裂而又被秋季一次暴風雨刮倒在地上的。月亮正在遠處山巒後緩緩升起，透過樹葉的月光，足夠照亮尼克在手中包紮的東西。他的妹妹過來放下肩上的麻袋，說：「他們睡得像死豬一樣，尼克。」

「好極了。」

「屋裡那個鄉下佬的鼾聲和陽台上那個傢伙一樣響。我想要拿的東西都齊了。」

「你真是個好小可愛。」

「我給媽媽留了一張字條，告訴她我已經陪你走了，免得你出事惹上麻煩，叫她別讓人知道，並且說你會好好照料我的。我把字條塞進她門底下。她的房門反鎖著。」

「哦，胡鬧。」尼克說。接著他又說，「對不起，小可愛。」

「現在不是你的錯，我也可能把你的事弄得更糟。」

「你說得過火了。」

「現在我們可以高興一下了吧？」

「當然。」

「我把威士忌酒帶來了，」她興致勃勃地說。「我還留一點在他們的瓶底裡。他們誰也不敢肯定是否對方喝的。不管怎麼說，他們另外還有一瓶。」

「你自己帶了一條毛毯嗎？」

「當然啦。」

「我們快走吧。」

「要是我們能到我想去的地方，那麼一切都稱心了。可是我的毛毯使包裹加重了負擔。讓我來背長槍。」

「好吧。你帶了什麼鞋子？」

「我帶的是鹿皮靴子。」

「你帶了些什麼書？」

「《洛娜．杜恩》和《綁匪》，以及《咆哮山莊》。」

「除了《綁匪》之外，其餘都是大人看的。」

「《洛娜．杜恩》不算大人書。」

「我們可以大聲朗誦，」尼克說。「朗誦能使書多讀一些時候。不過，小可愛，這樣你便使我更不好辦了，我們還是走吧。這夥雜種絕不會像他們假裝的那樣傻。也可能是喝醉了酒才那樣。」

尼克已經捆紮妥當，打好了背帶，於是坐下來換上便鞋。他用手槍臂摟著妹妹。「你真的想走嗎？」

「我只能走了，尼克。現在不可軟弱，不可三心二意。我已經留了字條。」

「好吧，」尼克說。「我們就出發。讓你背著長槍直到背不動爲止。」

「我全準備好了，可以上路啦，」妹妹說。「我來幫你束好背包。」

「你知道嗎，你今天一點兒覺都沒睡，而我們又得出發旅行去？」

「我明白。我真像那個趴在桌子上打鼾的傢伙說的那樣，可以整夜不闔眼。」

「可能他真有過整夜不睡的情形，」尼克說。「但是你千萬保持你的雙腳不要磨破。鹿皮靴子會磨腳嗎？」

「不磨。整個夏天我都打赤腳走路，腳板很厚實。」

「我的腳也一樣，」尼克說。「來吧。我們動身走。」

他們開始在柔軟的杉樹針葉地上向前走，鐵杉樹又高又挺拔，林子裡沒長荊棘叢。他們沿著山坡而上，月光透進林子照出尼克背著大包的身影，他的妹妹扛著二二口徑長槍。等他們登上山頂回頭一看，只見湖水蕩漾在月光下，明亮的月光使他們能看到湖上陰暗的地方和對岸高聳的山巒。

「我們最好在這裡向它告別。」尼克說。

「再見吧，湖水，」小妞說。「我也愛你。」

他們越嶺下坡，走過寬闊的空曠地，穿過果木園，越過一道欄柵圍籬，進入收割已畢的田野。走完麥田之後他們向右邊看，瞧見屠宰場和空空如也的大穀倉，以及面向湖泊的另一處高原和原上的古老圓木農舍。

山下月色中，只見那條栽著細高白楊樹的長路一直通到湖邊。

「你的腳會痛嗎，小可愛？」尼克問道。

「不會。」妹妹說。

「我選這條路可以不碰上狗，」尼克說。「狗如果知道是我們，立刻會不叫的，可是在牠們住口前有人可能已經聽到狗吠了。」

「我知道，」她說。「狗先吠了再住口，他們就會想到是我們路過這裡。」

舉目向前，他們看得到大路盡頭黑幽幽升起的山脊。他們走完了一整塊割盡穀物的田野，便跨過那條引向冷卻室的小水渠。然後爬上更高山坡上一塊收割過的麥田，又跨過一道欄杆圍籬，來到沙土路和對面被開發的再生林。

「等我過去再幫你上來，」尼克說。「我要先去查看一下路面。」

從矮籬上望下去，他看到遠處起伏的田野和老家邊上的黑色森林，以及月光下閃亮的湖水。最後他才轉過身來瞧著路面。

「我們走過來的這條路線，他們是無法追蹤的，而且這樣厚的沙土地，也會使他們無法辨認走過的足跡，」他對妹妹說。「我們可以走在大路的外沿，那裡的沙土不致礙事。」

「尼克，說真心話，我看他們不會機靈到去偵察別人的足跡，你瞧，他們只是乾等著你回去自首，卻沒等吃晚飯就喝得醉醺醺的，飯後還接著喝。」

「可是他們到過碼頭上，」尼克說。「當時我就在那裡。如果不是你事先告訴我，他們正好逮住我了。」

「他們不見得這麼機靈，是媽媽讓他們知道你可能出去釣魚了，他們這才猜你會上大河灣去的。我離家以後，他們一定檢查過湖邊的小船，發現一條都不缺，這又使他們想起你可能會在河灣裡打魚。人人都知道你通常總在磨坊和釀造廠的下邊釣魚。可這兩個傢伙連這一點都遲遲才猜想到。」

「就算這樣吧，」尼克說。「但他們也猜得夠準的了。」

他的妹妹把長槍穿過圍籬遞給尼克，槍柄朝著他，自己則從柵欄之間爬過去。她在大路邊和他並肩站著，他用手撫摸著她的頭頂。

「你累得很吧，小可愛？」

「不累，我很好。我高興得都忘了勞累。」

「等到你覺得太累時，就沿著路邊的沙土地走吧。他們的馬匹在沙土裡踩下了很多窟窿。沙土又軟又乾很難保留足跡，我可以在路邊的硬石地上走。」

「我也可以走硬石地。」

「不行。我不要你把腳磨破了。」

他們一起爬上斜坡，雖然不時遇到一些起伏不大的山崗，大抵是朝向那個隔開兩個湖泊之間的高原走去。大路兩旁處處是枝椏交錯，茂密無間的再生林，底下則長滿黑草莓和紅草莓的矮樹叢，從路邊一直延伸到林間。抬頭遠眺，已能看得見一連串的山崗像刻在樹林缺口的鋸形波紋。月亮在迅速向山後落下去。

「你覺得怎麼樣，小可愛？」尼克問妹妹。

「我覺得有趣極了。尼克，你每回從家裡逃出去都這麼有意思嗎？」

「不是。一般都很寂寞。」

「你到底感到怎麼樣的寂寞？」

「糟得漆黑一團的寂寞。難受得很。」

「有我在一起，你還會覺得寂寞嗎？」

「不會。」

「和我在一起，你不再後悔沒能去找普魯娣吧？」

「你爲什麼老愛談她？」

「我一直沒有提到她。也許你心裡在想她，反而以爲是我在談論她。」

「你太聰明了，」尼克說。「我想起她來，無非是因爲你告訴了我她的下落。那麼我既然知道她在什麼地方，當然也就會猜想她可能在做些什麼等等。」

「我想我實在不該跟你走。」

「我早告訴過你不該來。」

「哦，去你的，」妹妹說。「我們也學別人那樣吵吵鬧鬧嗎？我現在就回去。你用不著我了。」

「別說了。」尼克說。

「請不要那樣說話，尼克。我可以回去，也可以按你的意思留下來，隨便什麼時候，只要你告訴我一聲，我立刻回去。但是我不想吵嘴。我們在家裡見過的爭吵還不夠嗎？」

「對。」尼克說。

「我知道本來是我逼著你帶我出來的。可是我已安排好一切，不使你受牽累。我不是已經設法阻止了他們抓到你嗎？」

兄妹倆登上高地，他們可以從這裡再一次眺望湖面，不過此處看到的湖水，已狹窄得像條大河了。

「我們要在這兒橫穿曠野，」尼克說。「然後再轉到那條運木材的舊路上去。到了那裡，如果你想回去就可以回去了。」

他卸下背包安放在林子裡，他的妹妹隨即把長槍靠在包裹上。

「坐下吧，小可愛，休息一會，」他說。「我們兩人都夠累的了。」

尼克躺下拿背包枕著頭，妹妹則挨著他躺下，把頭枕在哥哥的肩膀上。

「我不打算回去，尼克，除非你一定要我走，」她說。「我也不想和你爭論。請答應我，我們絕不爭吵？」

「我答應。」

「那麼我也不再提普魯娣。」

「去他的普魯娣。」

「我只想對你有用，做個好伴侶。」

「你正是這樣。你不會在乎嗎，有時我發脾氣，有時又把焦躁和寂寞糾纏在一起？」

「不在乎。我們要好好彼此照應，就會過得很開心。我們一定能很愉快的。」

「好吧。我們從此刻起就開開心心的。」

「我一直就很開心的。」

「可是我們還得先度過一些難關，然後可能還有一些很困難的行程，才能到達目的地。我們最好先在這兒休息一會，等天亮了再上路。你先睡一覺，小可愛。你夠暖和嗎？」

「哦，不錯，尼克。我穿著厚毛衣呢。」

說著她便蜷縮在他身邊入睡了。不多一會，尼克也進入睡鄉。他大約睡了兩個小時，曙光便把他照醒了。

尼克領著路穿過再生林繞了一圈，然後來到運木材的舊路。

「我們不要留下從大路轉入運木材舊路的足跡。」他告訴妹妹。

那條古舊的老路纏滿了叢生的枝椏，使他不得不多次低頭彎腰躲過樹叉。

「簡直像鑽隧道似的。」妹妹說。

「再過一陣就到開闊的空地了。」

「我從來沒去過這個地方吧？」

「沒有。這條路遠遠超過我以前帶你一起去打獵的地方。」

「這條路能領我們到那個隱秘的地方嗎？」

「不能，小可愛。我們這次要通過一長段草木叢生的森林。我們要走那些過去別人不走的道路。」

他們倆沿著古舊道路走了一陣，又折入另一幽徑，比先前更爲枝葉蔓延蚪結難以通過。最後來到一處開墾過的土地，四周用火燒淨的地方又長滿了雜草和矮叢，各處散佈著伐木營留下的舊木屋。屋棚年久破敗，好幾處屋頂都塌了下去。但是道旁有一股清泉涓涓流出，他們俯身取飲泉水。太陽還未上昇，他們經過大半夜的跋涉，這時感到周遭寂寂，肚裡空蕩蕩的。

「這一大片森林原來都是鐵杉樹，」尼克說。「他們把樹砍下來只爲了剝樹皮用，他們並不運走樹身。」

「那條路呢？」

「他們也許先從遠處砍起，拖走大樹皮，堆積在路旁準備慢慢運走。後來越砍越近，一直砍到大路邊沿，把樹皮一直堆到此地，然後一一拉走。」

「那個隱密的地方就在這些被亂伐的木場後面嗎？」

「沒錯。我們先穿過此地的亂木場，橫過一條大路，然後再經過一處伐木區，就可以看到原始森林了。」

「他們既然把此地的林木全砍得亂七八糟，怎麼會留下一座原始森林呢？」

「這我可不知道。我估計那座森林屬於某個主人，而他又不願出售，於是人們就開始偷伐森林的外圈，大概交了一些採伐費。但是裡邊還留著好大一片未經採伐的森林，而且裡面無路可通。」

「那麼人們為什麼不沿著溪溝走下去？那條溪溝必定是從某個水源流出來的吧？」

兄妹倆在啓步穿越那座亂木場之前，先休息了一會，尼克還有話要給妹妹說清楚。

「你瞧，小可愛，這條溪溝確實穿過我們先前走的那條大路，而且穿過一家農民的土地。這農民用籬笆把地圈起來作為牧場，他不許過路人在溪水裡釣魚。因此人們走到農民修建的橋頭上便不得不停下來。如果有人想穿行他的牧場，就要跨過溪溝的某一段，他一看到，立即從農舍後面放出一頭公牛。那牛兇狠無比，真能把過路人頂撞出牧場。這可是一頭我所見過的最蠻狠的公牛，牠整天在牧場上等著人們過來，這樣牠就可以猛撞過去。被那頭牛追下去也就走完這個農民的土地了，接著便出現一處沼澤地，上面長著杉柏，下面卻是泥塘。你要是不熟悉那些窟窿和水洞，就休想通過這個沼澤地：即使你知道哪處可以通行，也是步步驚險的。走完這些路才來到我們的隱秘地。我們現在先要越嶺過山，也就是繞道走背面的路。而就在隱秘地的下方，還有一處真正危險的沼澤。這沼澤簡直可說是寸步難行。好吧，讓我們先從難走的部分開始。」

兄妹倆終於通過了難走的和更難走的一段路程。尼克爬過許多亂木堆，有些比他的頭還高，有些齊他的腰部。他總是先把長槍安放在木頭頂上，然後把妹妹拉上來，讓她跨到背後滑下地去：要不然，他先爬下木材堆接過長槍，然後攙妹妹下木堆。遇到成片灌木時，他們就繞道而行：整個伐木場曬得火熱難忍，滿地叢生的雜草和豬草把小妞的頭髮全染上花粉，還嗆得她直打噴嚏。

「討厭的伐木場。」她對尼克說。這時他們高高坐在一根大木材的頂上休息一會，正挨著剝樹皮工人下過刀斧的地方。剝了皮的樹身已經變成鐵灰色，整個木材也在腐爛：四處堆放著無數的大段灰色樹幹，以及灰色的灌木和枝椏，可是上面卻爬滿了鮮豔奪目的野花，漫無目的地徒然盛放。

「這是最後一個伐木場了。」尼克說。

「我真恨它們，」妹妹說。「真討厭這些野花，簡直就像森林墓地裡的花朵，沒人看護，開了花也沒用。」

「現在你明白了吧，爲什麼我不願意在黑夜裡穿行這些地方。」

「我們根本穿不過去。」

「不僅如此。沒有人會選擇這條路來追捕我們的，現在我們漸入佳境了。」

他們走出烈日曝曬的伐木場，進入蔭涼的大森林。這些亂砍亂伐的場地一直延伸到山崗上，越過山頂：到了背面山下，才是真正大森林的開始。他們踩上富有彈性的褐色地面，覺得腳下輕快無比。森林裡沒有灌木叢，株株大樹長到六十來英尺高以後才分出枝葉。站在樹蔭下不僅涼氣沁人，還可以從高高矗立的枝幹間聽到由遠及近的微微風聲。他們走著走著，陽光是無法射進來的。尼克心裡明白，只有到了中午時分，陽光才能穿過樹頂的最高枝葉層而照射進來。妹妹和他手拉手緊挨著步行。

「我一點也不害怕，尼克。但是這地方給我一種非常古怪的感覺。」

「我也有這種感覺，」尼克說。「我經常會這樣。」

「過去我從來沒有到過這樣的大森林。」

「這一帶也就只剩下這座未砍伐的原始森林了。」

「我們穿過這森林要很長的時間嗎？」

「相當長的一段路。」

「我如果一個人在這林子裡，我會害怕。」

「它也使我感覺古怪，但我並不害怕。」

「這話是我先說的。」

「我知道。也許我們都有些害怕，所以才這樣說的。」

「不對。和你在一起我就不害怕。可是我知道如果我自己一個人就會害怕的。你以前是不是和別人一起來過此地？」

「沒有。我是一個人進來的。」

「你不害怕？」

「不害怕。但是我總有種古怪的感覺，好像一個人走進教堂裡去的那種感覺。」

「尼克，我們將來要去生活的地方，不會是這般森嚴的吧，會嗎？」

「不會的。別擔憂。我們要到愉快的地方去。你一定會開心的，小可愛。這樣對你也有好處。古老的森林就是會給人這種感覺。這也是我們剩下的最後一片淨土了。別人誰也沒有進來過。」

「我很喜歡古老的時光，但是我不喜歡這般森嚴。」

「這裡還不算森嚴。鐵杉林裡才真是陰森森的。」

「光著腳走過樹林的感覺真美妙。我原先把我們家後邊的草地看得很美妙，可是這裡卻比哪處都好。尼克，你信上帝嗎？如果你不想承認，就不必回答我。」

「我自己也不知道。」

「好吧，你不必說了。可是我天天晚上做祈禱，你不在乎吧？」

「不會。如果你忘了做祈禱，我倒可以提醒你的。」

「謝謝你。因爲走進這種大樹林子，往往使人油然而生敬畏宗教的感覺。」

「因此人們要建造像這種氣氛的大教堂。」

「你見過大教堂嗎？沒有吧？」

「沒有。但是我在書本裡讀到過大教堂，而且我也能想像得出來。這地方就是我們這一帶能找到的最好的大教堂所在。」

「你覺得將來有一天我們能到歐洲去參觀一些大教堂嗎？」

「當然能。但是我首先必須擺脫目前的困境，然後學會怎樣賺大錢。」

「你認爲靠寫作能讓你賺錢嗎？」

「如果我寫得夠好的話。」

「要是你能寫些令人愉快的故事，你是不是就能賺錢？這不是我的意見。媽媽常說，你寫的東西全是病態的。」

「對《聖誕老人》雜誌來說，我的作品算是太過病態了，」尼克說。「他們嘴裡不說，心裡就是不喜歡我的故事。」

「但是《聖誕老人》是我們這地方最愛讀的雜誌呀。」

「我知道，」尼克說。「我已經被他們看作是不正常的人了，雖然我還沒有長大成人呢。」

「男人什麼時候才算成人？等他結了婚嗎？」

「不一定。人們說你沒到成年期，才把你送進感化院：到了成年期，他們就把你送進監獄了。」

「我真高興，你還沒有到成年期。」

「他們是什麼地方也沒辦法送我去的，」尼克說。「我們就別談病不病態的話題，雖然我寫的算是病態的題材。」

「我可沒有說那些故事是病態的。」

「我知道。可是別人都說它是病態的。」

「讓我們開開心心的吧，尼克，」妹妹說。「這個大森林使我感到太嚴肅了。」

「我們很快就會走出森林的，」尼克對妹妹說。「以後你便能看到我們將要去生活的地方了。你肚子餓了嗎，小可愛？」

「有點兒。」

「我猜對了，」尼克說。「讓我們吃幾個蘋果吧。」

他們從山崗高處往下走的時候，終於在大樹的樹幹之間見到了透進來的陽光。來到了森林邊沿，便看得見四處長著的鹿蹄草和一些蔓虎刺，林中的地面布滿了各種草木。他們又從大樹枝幹間瞥見一方寬廣的草場，依著斜坡一直延伸到山下泉水邊長著白樺樹的地方。再下去，遠在草場和一排白樺之外，是一灘暗綠色的杉柏沼澤地：越過沼澤極目處，便是一連串深藍色的山巒。介於兩者之間原來有一條從大湖分出來的支流，可是從眼前的高處眺望是看不清的。他們只能憑感覺，知道那邊的確有湖水。

「這是山泉，」尼克對妹妹說。「這裡還留著我搭過帳棚的大石塊。」

「這地方真是好美、好美啊，尼克。」妹妹說。「我們可以看得到湖水嗎？」

「再過去才可以看到大湖。但是，我們不如就在此地搭帳棚。我去拾些木柴，然後做早飯。」

「這幾塊燧石都已經很古老了。」

「整個環境就是很古老的，」尼克說。「這些燧石還是印第安人留下來的呢。」

「你是怎麼找到這裡的，一路上在森林裡穿行既沒見地上有足跡，又沒見樹上有標記？」

「你沒注意到三座小崗上豎著指示方向的石頭標誌嗎？」

「沒看見。」

「等一下我指給你看。」

「是你豎在那裡的嗎？」

「不是。很久以前就有的。」

「那你爲什麼早不指給我看呢？」

「我也不知道，」尼克說。「大概想顯一顯我的本領吧。」

「尼克，我真希望他們永遠不會找到我們這裡來。」

「我也希望。」

約莫在尼克兄妹進入第一個伐木場之際，他們家陽台上睡著的那個本地獵場看守人，被那從屋後坡地上升起的太陽曬醒了；陽光照在屋後那片空曠的坡地上，恰好直射著他的臉。

看守人曾經在深夜裡起來找水喝，他從廚房出來時，順手在椅子上抓了個墊子鋪在地上當枕頭睡。現在給照在臉上的太陽曬醒了，才發現自己在那裡，於是忙著站起身來。他是側著右邊身子睡的，因爲左臂腋下夾著一支從肩上掛下來的三八史密斯．威森手槍。他一醒來立即摸槍，避開刺眼的陽光，然後走進廚房，從餐桌旁一桶水裡舀了一勺來喝。女工正在點燃爐子裡的火，看守人問她：「弄些早餐來吃，怎麼樣？」

「沒有早餐。」她說。

晚上她睡在屋後的小房子裡，半小時前才到廚房裡來燒爐子。看到躺在陽台上的看守人和桌上那只快喝空的威士忌酒瓶，她感到又害怕又噁心。這一切使她大爲生氣。

「什麼意思叫做沒有早餐？」看守人說，手上還提著那只水勺。

「沒什麼意思。」

「那又為什麼？」

「沒有吃的東西。」

「有沒有咖啡？」

「沒有咖啡。」

「茶葉？」

「沒有茶葉。沒有鹹肉。沒有麥片。沒有鹽。沒有胡椒。沒有咖啡。沒有波頓牌罐頭奶油。沒有吉米娜姑媽牌麥片。什麼都沒有。」

「你在嚕嘛什麼？昨天晚上食品不少。」

「現在什麼也不剩了。一定是給花栗鼠偷走了。」

那個從邊遠地區來的看守人聽到他們在說話，也已醒過來，隨即走進廚房。

「今早的感覺怎樣？」年輕的女工向他問安。

那人卻不予理睬，反而說：「出了什麼事，伊凡斯？」

「小雜種昨晚來過了，弄走了一大堆食物。」

「別在我的廚房裡罵人。」女工說。

「到外邊來說話。」邊區看守人說。兩個男人走到陽台上，隨手把廚房門關緊了。

「這是怎麼回事，伊凡斯？」邊區獵場看守人說著指指桌上那瓶只剩四分之一還不到的老青河牌威士忌酒。「你到底爛醉到什麼程度？」

「我和你喝一樣。我靠著桌子坐——」

「坐著幹些什麼?」

「等候那個該死的小傢伙露面呀!」

「一邊喝著酒。」

「沒有喝酒。大約半夜四點半鐘的時候,我站起身來到廚房裡去找水喝,然後在前門躺下伸一伸腰。」

「你為什麼不睡在廚房門口呢?」

「我如果躺在此地,萬一那小子進來,我不是可以看得更清楚嗎?」

「那麼到底出了什麼事?」

「他一定是溜進廚房,可能爬窗子進來的,裝走了一大堆吃的東西。」

「大廢話!」

「那麼你在幹什麼?」本地獵場看守人問道。

「我也和你一樣睡著了。」

「好吧。我們就別再吵嘴啦。吵有什麼用?」

「把那女傭叫來。」

年輕的女傭來了,那個邊區看守人對她說,「你去告訴亞當太太,我們有話要對她說。」女傭一聲不響地走進大房間,把門關上。

「你快收拾一下酒瓶子,不管滿的還是空的。」邊區看守人說。「剩下這一點點沒有什麼用處,你把它喝光吧。」

「謝了，不想再喝了，今天還有事要做。」

「我來喝一口，」邊區看守人說。「這酒也分得不公平。」

「你走了以後我一口也沒有喝。」本地看守人不服地說。

「你爲什麼老說些廢話？」

「這不是廢話。」

邊區看守人放下酒瓶子。「行啦，行啦，」他轉過身對進來順手又關上門的女傭說。「太太說什麼？」

「她的頭正在痛，不能見你。她說你既然帶著一張拘人傳票，如果想搜屋那就搜吧，搜完了就請離開此地。」

「關於那小伙子她說了些什麼？」

「她根本沒有見到他，也不知道他的情況。」

「其他的孩子到哪裡去了？」

「他們都到查爾伏華探親去了。」

「探什麼親？」

「那我可不知道，連她也不知道。他們先到那兒去跳舞，星期天就住在朋友家裡。」

「昨天還在這裡的孩子是誰？」

「昨天我沒有看見什麼孩子在這兒。」

「明明有的。」

「也許是孩子們的朋友來找他們。也可能是那些旅客的孩子。男的還是女的？」

「一個大約十一或十二歲的女孩子，棕色頭髮和棕色眼睛。臉上有雀斑，曬成深褐色。身上穿的是工作服和男孩子的襯衫，赤著雙腳。」

「聽起來什麼人都像，」女傭說。「你是說十一、二歲嗎？」

「哦，廢話，」邊區看守人說。「你別想從這些鄉下人口裡問出什麼話來。」

「說我是鄉下人，他又是什麼？」女傭朝著本地獵場看守人瞥了一眼。「伊凡斯先生又算什麼呢？他的孩子和我進的是同一所學校。」

「那個女孩子到底是誰？」伊凡斯又問她。「說吧，蘇珊。不說，我也有辦法找出來的。」

「我什麼也不知道，」年輕的女傭蘇珊答道。「現在好像任何人都可以上這裡來。我倒覺得自己生活在大城市裡似的。」

「你這話不是想給自己找麻煩吧，是不是，蘇珊？」伊凡斯說。

「當然不是，先生。」

「我的話是認真算數的。」

「你也不想給自己找麻煩吧，對嗎？」蘇珊反問他。

兩個人在屋後穀倉裡套上馬，邊區看守人說，「我們運氣不太好，對嗎？」

「這回又被他溜走了，」伊凡斯說。「他有了食物，而且很可能帶上長槍。但是他還在這一帶。我們一定能把他抓回來。你能認足跡嗎？」

「不行。認不準。你能嗎？」

「雪地裡應該可以。」本地看守人笑著說。

「我們也不一定非認準足跡才能追捕。我們先動腦筋想一想他們可能去的地方。」

「他帶的食物不夠使他遠赴南方。他也許會朝著這個方向走一段路，然後朝鐵路線去。」

「從木棚裡看不出他究竟拿了些什麼。但是他從廚房裡弄走一大堆食物。他當然是想投奔什麼地方。我必須好好檢查一下他的生活習慣，他所有的朋友，和他經常去的地方。你先上查爾伏華或彼得羅斯克和聖依格奈斯及希博依根去截住他。假定你處在他的地位，你會朝哪個方向跑？」

「我會朝著半島上端逃去。」

「我和你想的一樣。而且他確實去過那個地方。上渡口應是最容易截住他。可是從此地出發到渡口和希博依根相隔一大片曠野，而他又很熟悉這一帶的地形。」

「我們不如先下去找一找柏嘉德。今天本來就打算先查問他的鋪子。」

「那小子有什麼理由不逃向東約旦和大特拉弗斯方向呢？」邊區看守人問。

「沒有什麼理由。只不過那不是他的家鄉。這小子必定選個他熟悉的地方才去的。」

他們打開柵欄門準備出去，蘇珊跑了過來。

「我能搭你們的車上鋪子去嗎？我要買些日用品。」

「你怎麼知道我們要上商店去？」

「你們昨天就在談論要去找柏嘉德先生？」

「那麼你怎麼把日用品運回來呢？」

「我看也許半路上能搭個便車，要不然就從湖上走。今天是星期六呀。」

「好吧，爬上車來。」本地看守人說。

「謝謝你，伊凡斯先生。」蘇珊說。

到了鄉間雜貨鋪和郵局，伊凡斯想把馬匹繫在槽邊，他們先到外邊談了一陣才進商店去。

「我對那個見鬼的蘇珊，簡直無話可說。」

「當然。」

「柏嘉德倒是個老好人，四周的老鄉誰都和他談得來。可是你也別想從他們口中打聽出什麼指控他買賣鱒魚的事。誰也嚇不倒他，我們當然不必得罪他。」

「那麼你以為他肯和我們合作嗎？」

「他是吃軟不吃硬的。」

「讓我們進去見見吧。」

蘇珊早已進了鋪子，一直走過玻璃櫥窗和地上擺著的各式空木桶和紙箱子，也不看一眼貨架上的罐頭食品，不跟任何人打招呼便來到郵政櫃台前，上面排列著帶鎖的信箱和普通郵件，還有一個賣郵票的窗口。這時窗口關閉著，她一心一意往商店後門走去。柏嘉德先生正在用根鐵橇打開一箱貨物。他看了她一眼笑笑。

「約翰先生，」女傭說得很快。「尼克走後便來了兩個管理獵場的看守人。他是昨晚出走的，小妹跟他一塊走了。別跟旁人說這件事。他媽媽知道，一切都沒問題，而且她也不準備透露任何消息出去。」

「他把你的日用品都帶走了嗎？」

「大部分都拿走了。」

「你自己去挑要買的東西，開張清單，我來和你一塊兒算算。」

「那夥人現在進門來了。」

「你從後門出去，再繞到前門進來。我先到外面去和他們交談一會兒。」

蘇珊循著長長的木板房走到前邊，然後又踏上門前的石階。這次進入商店時，她便仔細觀看每件貨物。她認識那些送手編籃子來的印第安人，她也熟悉那兩個印第安男孩子，他們站在靠左邊的玻璃櫃旁瞧著裡面陳列的釣魚鉤。第二個玻璃櫃裡擺著的所有藥品她都知道，而且知道誰經常來買這些藥品。有一年夏天，她在這裡當過售貨員，因此很懂得各種紙盒子外面寫著的字母號碼等等標誌的含義，這裡面分別裝著皮鞋、套鞋、毛襪、手套、便帽和毛衣等等。她很知道這些印第安人拿來的手編籃子該值多少錢，而現在既已換季，送來太遲就賣不出好價錢了。

「你爲什麼到現在才送籃子來，塔比索太太？」她問道。

「七月四日節慶狂歡過頭了。」印第安女人笑著說。

「伯萊好嗎？」蘇珊問她。

「我不知道呀，蘇珊，我有四個星期沒見到他了。」

「你爲什麼不把籃子送到旅館去，試一試賣給觀光客？」蘇珊問。

「我試過一次。」塔比索太太說。

「你應該天天去試一次。」

「路太遠。」塔比索太太說。

蘇珊一面跟熟人聊天，一面寫下她要替主人買的各種日用品。這兩個看守人則在商店後面向約翰·柏嘉德問話。

約翰的一對眼睛灰中帶藍，頭髮和鬍子卻是黑色的，他進出店裡總帶著一副偶然闖進來似的匆促神情。他年輕時從密西根北部出走，一去就是十八年，回來以後很像一名保安官員，又像個故作鎮定的賭徒，可是一點也不像個店主。在他走運的年代，他開過好幾家酒鋪，而且經營很得法。等到本地區的伐木業衰落，他開始購置農田。最後整個縣享有地方自決權了，他又棄農經商，買下這家雜貨店。他早就開了一家旅館，可是他覺得旅館不准辦酒吧實在沒有意思，因此從來不過問旅館的事，由柏嘉德太太在管理。她比約翰更有企圖心。但是約翰常說他不想浪費時間和一些到處度假的有錢人打交道，他們上他的旅館來，卻找不到酒吧可以喝一杯，只能坐在陽台上的搖椅裡消磨時光。他叫那些旅客爲無聊人士，他老喜歡在太太面前開他們的玩笑：可是她十分鍾愛自己的男人，也不在乎他開的玩笑。

「我不管你怎樣叫旅客們是無聊人士，」有天夜裡她在枕邊對丈夫說。「我有能耐使你不敢出去拈花惹草，對嗎？」

她很喜歡接待旅客，因爲他們之中有些人頗有教養。約翰則說她之愛文化教養，等於伐木工人愛嚼所謂的無敵牌菸草。可是她又把文化教養比擬爲丈夫愛喝的陳年威士忌，這才使約翰對她另眼相看。她對丈夫說：「柏嘉德，你不必把文化教養放在心上，我絕不來干涉你。可是文化教養使我感到美妙無比。」

約翰說她完全可以享受文化教養，只要魔鬼不反對就行，但是千萬別叫男人去參加「全人教育」系統或什麼品德自修課之類。他年輕時參加過露營晚會和一些宗教性聚會，他說這些集會實在無趣，可是至少大家男女混雜共度一宵，倒還不錯，可惜聚會結束一哄而散，沒見有人交過會費。他還告訴尼克：自從柏嘉德太太參加吉普賽人史密斯的一次大規模佈道會以後，便一直操心丈夫的靈魂，現在她又覺得柏嘉德很像史密斯，因此兩人和好如初。不過他總覺得「全人教育」組織有些古怪，當然文化活動似乎比宗教聚會要高明一些。然而這些主張都是冷冰冰的東西，而人們兀自狂熱追求，可見還不僅是一時的風尚而已。他想。

「它肯定能把人們吸引住，」他曾對尼克說過。「這種集會有些像聖靈降臨會似的，能使人頭腦發昏。你不妨先研究一下，把你的想法告訴我。你不是打算成個作家嗎，應該早些動動腦筋。別讓這批人趕在你的前面。」

約翰．柏嘉德先生很喜歡尼克，因爲尼克說他有「原罪」。尼克不太理解原罪的意思，但卻以有原罪爲傲。

「你應該做幾件寧肯到日後懺悔的事情，小伙子，」約翰對尼克說。「那是一些最有意思的好事情。事後你會常惦記著該不該後悔。但重要的有做過該懺悔的事。」

「我不想做壞事。」尼克當時說道。

「我也不要你去做壞事，」約翰說。「可是人既活著總是會做出些事情的。所謂你不要撒謊，不要偷竊；但其實每個人都難免說謊。但你可以選中某一個人，永遠不對他撒謊。」

「我就選中您。」

「好的。不管碰到什麼事情，你絕不對我撒謊，而我也絕不對你說謊。」

「我一定設法做到。」尼克也答應過他。

「這還不夠。」約翰說。「必須要絕對做到才行。」

「好吧，」尼克說。「我將永遠不對你說謊。」

「那麼你那位女孩子現在怎樣了？」

「有人告訴我，說她在印地安蘇區工作。」

「這是位美麗的女孩，我一直很喜歡她。」約翰曾說。

「我也是這樣。」尼克說。

「盡量把心情放開朗些，不要太難受。」

「我忍不住，」尼克說。「這事不能怪她。她生性如此。有朝一日我若能再碰見她，我看我還是放不下她的。」

「也許不至於那樣。」

「也可能會這樣。我要設法抑制自己。」

約翰先生一面走到後邊的櫃台旁去招呼在那裡等著他的兩個傢伙，一面心裡不斷想著尼克。他停下來仔細打量這兩個人，看來一個也不順眼。他一向討厭這位本地看守人伊凡斯，也很看不起他：但又本能地感到那位邊區看守人有些陰險難測。他還來不及分析此人，可是瞧那雙冷漠無神的眼睛和緊緊咬住的嘴唇，不像一個普通嚼菸草的粗人。他的錶鍊上還掛著一枚真正的鹿牙；確實是一顆長了五年的雄麋大牙。這樣漂亮的長鹿齒不禁引起約翰先生的注意，他又瞧了一遍，並且看了看那人大衣肩膊鼓起一大塊特別顯眼的地方，裡面正掛著他的槍套。

「你打死這頭雄鹿就用肩上掛著的那尊大炮嗎？」約翰先生故意問邊區看守人說。

那人很不高興地盯著約翰。

「不對，」他說。「我是在懷俄明曠野地裡用連發來福槍四五—七〇號打死那頭雄鹿的。」

「那麼說，你是個愛用重槍的大人物？」約翰先生反問道。他又往台下瞧瞧那人的腳。「你這雙腳也不小。你出來逮孩子們，有必要帶這麼大號的槍嗎？」

「孩子們。這話怎麼講？」邊區看守人抓住這個話柄。

「我指的是你要尋找的小伙子。」

「你明明說的是孩子們。」邊區漢子追問道。

約翰先生不得不轉移目標。「伊凡斯帶了什麼槍去追趕那個兩次打敗他兒子的男孩？你大概也佩上重型槍枝吧，伊凡斯。那孩子大有可能把你也打敗。」

「你為什麼不把他交出來，我們可以和他較量一下。」伊凡斯說。

「你不是說孩子們嗎，傑克遜先生？」邊區來的傢伙說。「你有什麼理由這樣說？」

「瞧你這模樣，不過是拍馬奉承之流，」約翰先生說。「撇著八字腳走路的痞子。」

「有嘴說這種話，為何沒膽走出櫃台來較量一下？」邊區來的傢伙說。

「你跟誰在說話，是美國政府的郵政局長，知道嗎？」約翰先生說。「你自說自話，連個證人都沒有帶，只有這個臭糞臉的伊凡斯。你要知道為什麼人人都叫他臭糞臉，你好好打聽一下吧。你這個大偵探。」

他現在十分開心。他擋住了這次襲擊，他覺得儼然恢復了往日的尊嚴。這使他有揚眉吐氣的感覺，於是不稀罕眼前那種只唯唯諾諾侍候旅客食宿的行業，讓他們在他辦的旅店陽台上隨便蕩著舊搖椅欣賞湖上的景致去吧。

「你聽著，撇腳的傢伙，我現在記起來了。你能忘了我嗎，撇腳佬？」

那個邊區看守人盯著他看，然而記不起他是誰。

「我記得你在首府夏安的時候，那天把湯姆・霍爾恩送上絞刑台的情景，」約翰先生提醒他。「你就是那批誣告湯姆受賄者之一。現在你記起來了吧？你是被幫會雇用來謀害湯姆的人之一，你記得當時在曼迪生街開酒店的是誰？那時你是爲謀害湯姆的人做事，難道你現在又重操舊業了？你不可能把那事忘得一乾二淨吧。」

「你是什麼時候回到此地來的？」

「湯姆案結束後兩年。」

「我真見鬼了。」

「你不會忘了是我送給你這顆雄鹿牙齒吧，那時我們一塊從格雷博爾撤離。」

「沒錯。你聽著，傑姆，我必須逮住這個孩子。」

「我的名字叫約翰，」約翰先生說。「約翰・柏嘉德。請到裡面來喝杯酒。你不妨先瞭解一下你帶來的夥伴。他本來的綽號是爛瘡臉伊凡斯。我們習慣叫他臭糞臉，爲了給他留點面子才改成這個渾名。」

「約翰先生，」伊凡斯說。「你何不對我們友好一些，大家合作吧。」

「我正爲此改了你的渾名，對嗎？」約翰先生說。「你們二位究竟要我搞什麼樣的合作？」

在店鋪的後部，約翰先生從屋角裡一個貨架底下拿出一瓶酒來交給邊區看守人。

「喝吧，擻腳佬，」他說。「瞧你的樣兒就知道你想找點酒喝。」

他們每人都喝了一杯，接著約翰先生又問：「你們到底爲什麼要找這孩子？」

「因爲他違反禁獵法規。」邊區人說。

「哪一條具體法律？」

「他在上個月十二日打死了一頭雄鹿。」

「就爲上個月十二日打死一頭雄鹿，兩個大男人竟持槍追捕一個小孩子？」約翰先生說。

「當然還有其他違法行爲。」

「只有這件，你們是有點證據的。」

「不錯。」

「他還犯了其他什麼法令？」約翰先生問。

「多得很。」

「但是你們找不到證據。」

「我並沒有這樣說，」伊凡斯說。「可是眼前這條證據是確實的。」

「你說是十二日那天幹的？」

「沒錯。」伊凡斯說。

「你爲什麼總是有問必答，自己卻無法提問題。」邊區看守人責問他的夥伴。約翰先生聽了哈哈大笑。他又說，「別理他，撇腳佬。我正要瞧瞧他那腦袋有多高明。」

「你和這孩子很熟嗎？」邊區人問。

「相當熟。」

「以前和他打過交道嗎？」

「他有時上這裡來買些東西。總是付現款的。」

「你想他這會兒能往哪兒跑？」

「他有親戚在奧克拉荷馬。」

「你最近在什麼時候見過他？」伊凡斯也問道。

「行啦，伊凡斯，」邊區人說。「你又在耽擱時間了。多謝你的酒，傑姆。」

「是約翰，」約翰先生說。「你現在用的是什麼名字，撇腳佬？」

「波特，亨利·波特。」

「撇腳佬，你可千萬別對那孩子開槍。」

「我要捉活的。」

「但你從來是個殺人不眨眼的傢伙。」

「走吧，伊凡斯。」邊區人說。「我們在這兒只是白費時間。」

「你可記住我的話，別亂開槍。」約翰再一次低聲說道。

「我聽見了。」邊區人說。

兩個獵場看守人穿過店堂，把拴在門外的輕便馬車解開，驅車上路。約翰一直看著他們向大路出發。只見伊凡斯執鞭，邊區人一個勁兒在對他解說。

「什麼亨利·J·波特，」約翰思忖。「我只記得他的真名是撇腳佬。他生來一對大腳，靴子只能訂做。人人叫他撇腳仔，後來變成撇腳佬。因為他善於辨認足跡，就在泉水旁認出了乃斯脫的兒子被槍擊的地方，這才使湯姆上絞刑台，撇腳佬。可是他到底姓什麼呢？也許我從來沒有弄明白過。他是笨伯·撇腳佬，還是笨伯·波特？他肯定不叫波特。」

「塔比索太太，抱歉，關於這些籃子，」他說。「現在季節已過無法保存。不過你上旅館那邊去跟他們好好說說，也許能賣掉。」

「你買下來，再拿到旅館去賣掉吧。」塔比索太太向他提出。

「不行。她們情願從你手上買，」約翰先生告訴她。「你的長相很好看。」

「多年以前的事了。」塔比索太太說。

「蘇珊，我想跟你說句話。」約翰先生說。

他在店堂後面對她說：「告訴我，怎麼回事？」

「我已經全告訴你了。這兩人是來找尼克的，他們一直守著等他回家來。小妹就通知他有人在家等著。尼克趁他們醉倒的時候，回家取了要用的東西後就遠走高飛了。他拿走足夠半個月的食物，帶上長槍和小妹一塊兒跑掉的。」

「小妞爲什麼也走？」

「我不知道，約翰先生。我估計她是想照料哥哥，不讓他把事情弄糟。你知道他的脾氣很暴躁的。」

「你那裡離伊凡斯家很近。你認爲尼克可能去的地方，那傢伙會猜中多少呢？」

「他一定會竭盡所能的猜，可是我不知道他能猜中多少。」

「你看兄妹倆會到什麼地方去？」

「我不知道，約翰先生，尼克對鄉下熟悉得很。」

「跟伊凡斯一起來的那傢伙很不好。他是個真正的壞人。」

「他並不精明。」

「他在裝傻。或許是烈酒把他灌醉了。但他其實很精明，而且很壞。我過去認識他。」

「你要我做些什麼？」

「沒什麼，蘇珊。一有情況立刻通知我。」

「我已經把要買的日用品拿出來，約翰先生，你可以清點一下。」

「你怎麼拿回家呢？」

「我可以搭船到亨利家碼頭，然後從湖邊小屋搖條小船來運東西。約翰先生，他們到底想對尼克幹什麼？」

「我正爲這事擔憂。」

「他們在議論要把他送到感化院去。」

「我想他是不該打死那頭麋鹿的。」

「他自己也不願意這麼幹。他對我說過，那天他正讀到一本書，說是可以用子彈擦過動物的表皮而不傷及肌膚。子彈可以只把牠擊昏。因此尼克想試一下。他也說這樣做法很愚蠢，可是他又很想試一次。他對那頭雄鹿做了次試驗，卻打斷了鹿頸。他感到非常後悔。他覺得本來就不該考慮子彈擦皮膚的事。」

「我明白。」

「一定是伊凡斯發現了那塊晾在舊冷凍房裡的鹿肉。不管怎麼說，有人拿走了鹿肉。」

「誰又會去向伊凡斯告密呢？」

「我看就是他兒子發現的。這小子老是跟蹤著尼克。你平時見不到這小子，他有可能瞧見尼克打死那頭鹿。這小子可不是個好東西，約翰先生。但是要盯一個人的梢，他真有辦法。說不定他現在就躲在這間屋子裡。」

「不可能，」約翰先生說。「但是他很有可能在房子外面偷聽。」

「我估計他現在還在追蹤尼克。」蘇珊說。

「你在家裡有沒有聽到他們談論這小子的事？」

「他們從來不透露一個字。」蘇珊說。

「伊凡斯肯定是把他留在家裡做些雜務。我看我們也不必為他操心，等這兩人回到伊凡斯家裡再說。」

「今天下午我可以先搖船到他家裡去一次，叫我們的小伙子去瞭解一下，伊凡斯有沒有雇人來照料雜事。這就可以證明他是否派兒子出外活動去了。」

「反正兩個傢伙年歲太老，對於追蹤別人已經無能為力了。」

「可是那小子夠厲害的，約翰先生，他知曉尼克的事太多了點，瞭解來龍去脈和從前的行蹤。他很有可能追尋兄妹二人，而且把那兩個傢伙帶到他們的跟前。」

「快進郵局裡面來。」約翰先生說。

他倆走進插信的架子後邊，那裡放滿了上鎖的信箱和掛號登記簿，以及普通郵票本，和報廢郵票及存根等等；他把郵件遞送窗口關緊，蘇珊待在裡面又像過去在店裡幫工時能坐進郵局而感到十分光榮。

約翰先生說：「你估計兄妹倆會上哪裡去呢，蘇珊？」

「我實在猜不到。大概不會走得太遠，否則他不會帶著小妞一塊走的。而且一定是到特別美好的淨土，要不然他也不肯讓她一同去的。那批人很知道他釣鱒魚賣去做鱒魚餐的地方，約翰先生。」

「那小子也知道嗎？」

「當然。」

「那麼我們趕快想辦法對付伊凡斯的兒子。」

「要是我，非殺了他不可。我敢肯定就爲了這一點，小妞才跟著她哥哥走的。這樣，尼克就不會殺人了。」蘇珊說。

「你想個辦法讓我知道他倆的行蹤。」

「可以。但是你也該想個辦法，約翰先生。考慮一下他母親亞當太太，她精神崩潰。又像過去那樣頭痛欲裂。這是她要寄的信。」

「你把信投入郵筒，」約翰先生說。「那是美國國內郵件。」

「昨晚我真想趁他們熟睡時把他們殺了。」

「不行，」約翰先生警告她。「別這麼說話，也別這麼考慮這件事。」

「你從來就不想殺人嗎，約翰先生？」

「想過。可是這種想法是錯誤的，而且也不能解決問題。」

「我爸就殺過一個人。」

「這對他沒有什麼好處吧。」

「他是不得已的。」

「你必須學會想辦法，」約翰先生。「蘇珊，你現在走吧。」

「我今天晚上來找你，或者明天早晨，」蘇珊說。「我真盼望依舊能在這兒替你幹活，約翰先生。」

「我也很願意，蘇珊。但是柏嘉德夫人的看法不同。」

「我知道，」蘇珊說。「事情總是這樣的。」

尼克和妹妹躺在一席長滿軟草的床鋪上，上面架了個防風棚子，這是他們兩人一起在鐵杉林邊上搭起來的。從這裡可以依著山丘的斜坡直通杉柏沼地，還能看到更遠的青色山巒。

「小可愛，要是你躺著不舒服，我們還可以在鐵杉枝上把松針墊得更厚實些。今晚真是夠累的了，就湊合著睡一夜吧。明天我們一定要好好的整理一下。」

「這兒躺著太美了，」妹妹說。「四肢鬆散睡著真香甜，尼克。」

「的確是座美好的露宿營地，」尼克說。「爲了不致於暴露給外人，我們只能少用火。」

「遠山能見到火光嗎？」

「有可能，」尼克說。「夜裡點火，光會照得很遠。但是我可以掛一條毯子把它遮起來。這樣就不會讓火光漏出去。」

「尼克，想想如果沒人在後邊追趕我們，我們來到這裡遊玩，該有多大的樂趣呀！」

「不能這麼快就想到樂趣，」尼克說。「我們才剛起步。再說，要是只爲了玩樂，我們大可不必上此地來。」

「對不起，尼克。」

「不必道歉，」尼克告訴她。「這會兒，小可愛，我先下溪水裡去撈幾條鱒魚來做晚餐。」

「我一起去，好嗎？」

「不行。你待在這裡休息一會。這一天夠勞累的了。你不妨看一會兒書，或乾脆安靜一下。」

「穿過那伐木場時真夠累人的，你說對嗎?我的確感到有些累。我走得還可以嗎?」

「你做得好極了，搭帳棚營地更是出色。可是現在放鬆一會兒吧。」

「營地該叫什麼名字，你想好了嗎?」

「我們就稱它爲第一號營地吧。」尼克說。

他順著山坡向溪溝走去，快到岸邊時停了下來，砍一條長約四英尺的柳枝，經過修整之後，留著上面的青皮準備釣魚用。溪溝裡一眼望到底的溪水急流洶湧。這是一條又窄又深的山溝，兩岸長滿苔蘚，溪水流過此處便突然沒入沼澤中。略帶暗綠色的水流淌得這樣快，以致水面上不時鼓起泡沫來。尼克很明白這水是穿過岸石流出來的，因此不能到岸石上細察，否則赤足踏亂石就會驚散魚群。

他心中暗想，開闊處也許會聚集不少魚兒，這裡氣候已近夏末時節。

於是他從補衫的左胸袋裡掏出一只菸絲包，裡面裝著一捲絲質細繩，他按照柳枝長短剪了一段細繩，繫在樹枝頂端又輕輕打了個結。然後再從菸包裡掏出一支魚鉤來結上：他一手握住魚鉤的細把，拉緊絲繩試試彈力，又把柳枝彎成爲弓狀。一切就緒，他把釣竿平放在地上，走到一株枯了幾年的白樺樹旁，樹身正橫倒在溪旁的杉柏叢中。他推開樹身，在底下濕泥中找到幾條蚯蚓，不算太大，可是條條鮮紅肥碩，正好抓來裝入一個蓋兒上打了眼的圓鐵罐子裡，這本來是個哥本哈根鼻煙盒。他又抓了些泥土蓋住穴孔，把樺樹推回原處。他已經連續三年在這個地方找到過活魚餌，而且每次使用蚯蚓後，總把枯樹身照舊滾回原處。

他思忖道，這條溪溝到底有多深，恐怕沒人知道。可是它能容納從上游一處骯髒沼地裡流出來的大量活水。他於是抬頭瞧了一遍溪溝的上下游，從山頂一直看到鐵杉林裡搭棚子的地方。這才走到釣竿和絲繩邊上，拿起魚鉤仔細穿上魚餌，最後在上面啐一口唾沫以祝願今朝碰上好運氣。他右手舉著繫好魚餌的釣竿和釣絲，躡手躡腳地向著狹隘而流量不小的溪邊走去。

他走到一處特別陡狹的溝旁，只要一甩釣竿就能到達彼岸。他緊貼著溝邊細聽那洶湧奔騰的溪水，然後於岸邊選了個不會在水面上顯露身影的地方蹲下，從菸包裡摸出兩枚裂開的彈殼，卡在離魚鉤一英尺長的釣絲上，又用牙齒把鉛殼咬死在繩上。

他一舉手便把捲著兩條蚯蚓的釣魚鉤甩出水面，讓它緩緩沉入水中隨著急流漂去，一面又放低手中的柳條讓溪水拖著絲繩跑，於是釣鉤跟著流水鑽入溝下深處。他忽然覺得絲繩挺直綳緊，而且驀地裡被什麼東西咬住了。他立即舉起釣竿，柳枝在他手中幾乎成了弓形。他完全能感覺出一種震顫的、拚命的掙扎，即使他用力收繩，那掙扎也沒有放鬆過片刻。一會兒，上鉤的魚似乎鬆懈了一下，又突然帶著絲繩躍出水面。深而窄的急流終於被一陣笨重猛躍的划水動作所打亂，頓時一條肥大的鱒魚跳出水面，飛過空中，逾越尼克的肩頭，向他身後的岸上蹦去，尼克瞧見牠在陽光中泛白發亮，等牠再次蹦入鳳尾草叢中，他才找到牠。這條沉甸甸的鱒魚在尼克手中發出十分鮮甜的香味，他注意到魚背是多麼烏亮而又布滿閃閃的斑點，魚鰭邊沿多麼光亮奪目，而一片白鰭中又鑲著一道黑線，魚肚卻煥發著美不勝收的晚霞金光。尼克用右手托起那條鮮魚，他的手指剛夠勒住魚肚。

他又尋思，偌大一條活魚，恐怕裝不下他的長柄平底鍋。既然已把牠摔傷，不如就地宰了牠。他舉起身邊獵刀的木柄，使勁敲打魚的腦袋，然後把牠平放在倒地的樺樹軀幹上。

「真倒楣，」他咒罵著。「這魚的尺寸正合柏嘉德太太給旅客們做鱒魚飯吃，給我和小可愛來受用，卻嫌太大了些。」

他獨自思忖，不如再往上游找去，尋個淺灘抓它幾條小一點的魚兒。這條倒楣鬼，我居然把牠搞得魚肚朝天上了鉤，牠上鉤時是何感想？魚兒有時也會戲弄釣魚人，逢到沒釣過大魚的人，是不會理解魚兒的戲弄心理的。要是戲弄的時間不長的話，又怎麼說？眼前正是你死我活、互不相讓的結果，這魚兒是自願上鉤的，且不問牠來時作何打算，又爲何騰空而起。

他愈想愈覺得這條溪溝古怪難測，特別當一個人想找條小魚來釣時，簡直毫無辦法。

他重新拾回那根摔得很遠的釣竿。魚鉤已被摔歪，他只得把它扳直。接著便拿起那條沉重的大魚，向上游走去。

一直到溪水接近山上沼澤時，才找到一處卵石累累的淺灘，這回他認爲有可能釣到幾條小魚了。小可愛也許不喜歡吃大魚。如果她想家了，我只能送她回去。不知道這兩個老傢伙現在又在幹什麼？我不信那該死的伊凡斯小子能發現這塊淨土。他這個狗娘養的雜種。我看除了印第安人知道這地方，再不會有人來釣魚。他暗自想著，自己還不如做個印第安人更好。這樣就可以省卻許多麻煩事。

他一路來到溪溝的上游，盡量不挨近水邊，但是有一次踩踏了岸石，原來此處的泉水從水面地層裡流過去。又是一條大鱒魚猛力躍出水面，攪起一大片漣漪。牠長得太大，無法在溪水中存身。

尼克看著這條大魚鑽進堤岸下的水灘中，便自言自語道：「你是什麼時候蹦出來的，老兄？真是好大一條！」

他選了一處多卵石的淺灘，在那裡釣了幾條比較小一些的鱒魚。魚兒十分鮮美，肉質結實。他一共宰了三條活魚，把內臟都扔回水中，又在清水裡，仔細洗淨魚肉，從口袋裡找出一個褪了色的砂糖袋子把魚包上。

幸虧小可愛喜歡吃魚，他思忖著。我真希望能採到一些草莓。我倒是知道有幾處常長草莓的叢林。他於是向上坡爬去，回到搭棚子的地方。太陽已經落入山後，天氣變得十分涼爽。他朝著沼地看去，又抬頭望了一會天空，那邊正翺翔著一隻找魚吃的老鷹，牠的下面就是湖灣的所在。他躡手躡腳地走近露宿棚，沒敢驚動小妞。見她側身躺在草上看書，他便輕聲靜語地和她說話。

「小猴兒，你做了什麼好事呀？」

她轉過身來瞧著他，笑了一笑，然後搖搖頭。「我把頭髮剪了。」她說。

「怎麼剪的？」

「用剪刀嘛。你看怎麼樣？」

「你怎麼看得見自己的頭髮來動手剪呢？」

「我把頭髮揪在一邊就剪下去。這事很容易。你看我像個男孩子嗎？」

「很像婆羅洲的野小子。」

「我總不能把頭髮剪成主日學校的聖童樣子吧？這個髮型看起來是不是太野了？」

「不會。」

「這麼做，我覺得很過癮，」她說。「我現在既是你的妹妹，又是一個男孩子。你說這樣會不會真的把我變成男孩子？」

「不會。」

「我倒希望能變。」

「你瘋了，小可愛。」

「可能有些瘋。你看我像是個癡頭呆腦的小男孩？」

「有一點兒。」

「你可以替我修得整齊一些。你看得清我的頭髮，當然可以用一把梳子比著修剪。」

「我必須替你剪得齊一些，但是好不了多少。你餓嗎，癡呆弟弟？」

「我就不能當個不癡不呆的弟弟嗎？」

「我不想把你換成弟弟。」

「現在你沒法不換了，尼克，你明白嗎？這是我們無法避免的事。我本來打算先徵求你的同意，但是我想這事沒法不做，乾脆先悄悄地剪了頭髮再說。」

「我喜歡這樣，」尼克說。「別的都是廢話，我就喜歡你現在這個樣子。」

「謝謝你，尼克，我真高興。我聽你的話躺在這裡休息。可是我不禁想起許多要爲你做的事。我很想去希博伊根這樣的地方找個大酒店，然後給你弄一個菸盒子的迷幻藥來。」

「你去向誰要呢？」

這時尼克已經坐了下來，他妹妹便坐在他的膝上用手臂挽著他的脖子，一面把剪短了頭髮的腦袋輕輕地擦著他的臉。

「我可以向皇后妓院去要迷幻藥，」她說。「你知道那家酒店的名稱嗎？」

「不知道。」

「叫做皇家十金幣客店和商場。」

「你在裡面幹什麼?」

「我是那婊子娘娘的侍女。」

「娘娘的侍女又做些什麼事?」

「噢,娘娘起步時要侍女跟在後面提著長裙,替她開馬車的門,把她領到客人的房間裡。我想,這大概和女皇身邊的宮女差不多吧。」

「那麼侍女對娘娘說些什麼?」

「只要是合乎禮節的,想到什麼就說什麼嘛。」

「打個比方怎麼樣,老弟?」

「譬如說:『啊唷娘娘,今天這麼熱還關在金絲籠子裡,真叫人夠受的!』等等。」

「婊子說些什麼呢?」

「她說:『對呀,真是這樣。真有些甜得發汗。』因爲我侍候的那位婊子娘娘出身寒微。」

「那麼你又是什麼出身的呢?」

「我是一個變態小說作家的妹妹或弟弟吧,不過我是一個嬌生慣養的人。因此我特別適合婊子娘娘的寵愛,包括她周圍的人們。」

「你弄到迷幻藥了嗎?」

「當然弄到了。娘娘還說:『甜心,把這小迷湯拿走吧。』我對她說:『多謝您哪。』娘娘最後說：『向你那位變態哥哥問好，他什麼時候到希博依根便請他進商場來看我們。』」

「可以從我膝蓋下來了吧。」尼克對妹妹說。

「商場裡的人說話都是這個德性。」小妞說。

「我要做晚飯了。你不餓嗎？」

「我來做晚飯。」

「不，」尼克說。「你繼續閒聊吧。」

「你說這樣的聊天有趣嗎，尼克？」

「這就夠有趣的了。」

「我還給你做了另外一件事，你想聽嗎？」

「你的意思是：在你下決心做些實際有用的事情之前，先剪掉頭髮嗎？」

「這件事夠實際的了，你且聽我慢慢說來。你在做晚飯的時候我可以親你的嘴嗎？」

「等一會兒，我會回答你的。你到底打算幹件什麼事情？」

「哦，昨天晚上我偷了那瓶威士忌之後，我大概已經道德敗壞了。你認爲就這麼一件事，會使你的道德敗壞嗎？」

「不至於。這麼說那瓶酒早已被人打開了。」

「對。可是我先拿那個裝一品脫容量的空酒瓶，然後拿那瓶二品脫裝的威士忌到廚房裡，正在灌那個空瓶子時手上濺了些酒，我把它舐去了；我想這一舐，就敗壞了我的道德。」

「酒的滋味怎麼樣？」

「非常強烈和古怪，而且有些噁心。」

「那也不至於敗壞你的道德。」

「哦，那就好啦，否則我的道德既然敗壞了，怎麼還能對你起好的影響呢？」

「我不明白，」尼克說。「你究竟打算幹些什麼？」

他已經生起火來，並把平底鍋放在火上，正開始把鹹肉片放在鍋裡煎。他的妹妹在旁邊瞧著，兩手抱住膝蓋。過一會，她放開手垂下一條手臂撐著身子，把兩腿伸直了，學著男孩子的坐相。「我一定要學會把手的姿勢放得準確。」

「手絕不要捧腦袋。」

「我知道。要是有個同齡的男孩子在跟前，那就容易模仿了。」

「模仿我的樣子吧。」

「那就更自然些，不是嗎？你不會笑我吧。」

「也許會。」

「嘖嘖，但願在旅途中我不露出女孩子的模樣來。」

「別擔憂。」

「我們倆的肩寬相同，腿型也一樣。」

「你說另外要做一件什麼事？」

尼克開始煎鱒魚。鹹肉片已經在新砍下的樹枝火堆上烤成焦黃，兩人聞到一陣噴香的鹹肉油脂炸鮮魚味兒。尼克不斷把鍋中的油脂澆在魚皮上，把魚在鍋中翻過身再澆上油脂。天色逐漸黑下來，他便在這堆小小的營火後邊支起一張帆布，擋住火光不使它向外散射。

「你到底打算幹一件什麼事？」他再次問妹妹。小妞湊近火堆前啐了一口唾沫。

「啐得怎麼樣？」

「反正沒有啐進鍋裡。」

「哦，說起那個計劃可是不太妙。我從聖經裡得到啓發。我打算帶上三支針頭，給三個壞蛋一人刺一針。趁他們熟睡時，先在兩個老傢伙的太陽穴裡刺進一根針頭，然後刺那個壞小子。」

「你拿什麼工具來刺針頭呢？」

「拿一個包了布的鎚子。」

「鎚子怎麼能用布包上呢？」

「我有辦法包好。」

「要刺得準不是件容易的事情。」

「噢，但是聖經故事裡恰恰是一個女孩子幹了這件事，我既看到帶槍的那兩個傢伙喝得爛醉昏昏睡去，便趁黑夜在他們中間巡視一遍，又偷了他們的威士忌。那麼何不幹到底，特別是聽說聖經裡就有人這麼幹的。」

「聖經上沒有說她用了包裹好的鎚子。」

「大概是我弄錯了，也許用的是一條裹著布的船槳。」

「也許是。可是我並不想殺死任何人。這不就是你跟著我出走的原因嗎？」

「我知道。可是對你我來說犯罪是很容易的事，尼克。我們和別人不同。我另外又想到，既然已經道德敗壞了，不如乾脆做個有用的人。」

「你瘋了，小可愛，」他說。「聽我說，你喝點茶會失眠嗎？」

「我也不知道。我晚上從來沒有失眠過。我們只有薄荷葉茶。」

「我把它沏得很淡，加上一些煉乳。」

「不必加什麼了，尼克，我們儲備不多。」

「加一點牛奶使茶更香。」

他們開始吃晚飯。尼克給每人切兩片稞麥麵包，各用一片麵包浸鹹肉油脂吃。他們又吃鱒魚，魚烤得外焦內鮮。然後把魚骨放進火裡燒掉，最後把鹹肉夾在另外一片麵包裡做成三明治。小妞便喝那杯加了煉乳的清茶，尼克順手在牛奶罐頭上的小孔裡插了兩根碎木片。

「吃飽了嗎？」

「吃夠了。鱒魚真鮮美，鹹肉也很香。我們能弄到稞麥麵包是多麼幸運啊！」

「再吃個蘋果吧，」他說。「明天也許能弄到更好的東西。小可愛，我實在應該給你做一頓更豐盛的晚餐。」

「不必了，我很飽啦。」

「你肯定不餓嗎？」

「不餓。我吃得飽飽的。我還帶了一些巧克力，你想吃一點嗎？」

「你從哪兒弄來的？」

「從我的百寶箱裡。」

「什麼地方？」

「我的百寶箱。我存放各式各樣東西的地方。」

「哦。」

「這是新鮮的巧克力。另外還有從廚房取來的硬貨。我們先吃新鮮的，別的就留著特殊情況用。看，我的百寶箱裡還帶著一條拉繩，像菸葉包似的，這可以用來放值錢的小東西。你說我們這次旅行會到西部去嗎，尼克？」

「我還沒有想好。」

「我真希望能把我的百寶箱裝滿值錢的小東西，每兩可值十六美金。」

尼克清理了小平底鍋，把背包放妥在棚子裡。用一條毛毯鋪平草墊做床，把另外一條放在小妞旁邊當被蓋。他洗淨那只煮茶用的半加侖鐵桶，又從小溪裡灌上清水。回到宿營的棚子，見他妹妹已睡熟了。她把藍色牛仔褲包上皮靴子充作枕頭用。他吻了她一下，沒有驚醒她，便把她那件大方格厚呢大衣披上，然後在背包裡舀出半瓶威士忌。

他打開瓶塞聞了聞，覺得香醇撲鼻。於是從小桶溪水中掏了半杯清水，倒進一些威士忌。他坐在那裡慢慢地獨自酌著，每呷一口先含在舌下稍停一會兒，然後溢上嘴來吞下咽喉。

雙眼盯著跟前的殘火被夜晚的微風吹得一亮一暗，他品嘗涼水摻威士忌的滋味，一面瞧著餘燼，便落入沉思之中。最後飲盡水酒，再舀些涼水喝下肚，便上床睡去。他那支長槍壓在左腿下，腦袋則枕在長褲包硬鞋上，接著把他半邊的毛毯拉上身子緊緊裹住，作完晚禱便熟睡了。

睡到半夜他感到冷起來，連忙把厚呢大衣蓋在妹妹身上，自己把背靠著小妞取暖，這樣就能更有效地在自己身下包緊那半條毯子。同時又摸了一下長槍，把它放好在腿下。四周空氣十分寒冷，呼吸嗆入鼻子，但是他能嗅到新砍的鐵杉和樅樹的膠脂味。這陣寒氣把他凍醒後，他才真正感到全身乏力。背靠著妹妹的身子好久方始暖和過來，使自己又一次舒適地躺著沉思：

我必須悉心照顧她，使她開心，然後把她平安送回家去。他細聽了一會她的呼吸和萬籟俱寂的夜空，然後又一次進入睡鄉。

等他醒來，晨曦只夠他遠眺得到沼澤之外的山巒。他悄悄地躺著伸展四肢，以驅散渾身的僵冷和痲木，然後坐起來套上卡其長褲，最後穿上大蓋鞋。他凝視著妹妹在嚴嚴實實蓋著的厚格子呢大衣下睡得正香，高高的顴骨、點點雀斑的棕色皮膚和新剪的棕色短髮，更顯出臉上眉清目秀、鼻子筆直和雙耳緊貼的嬌憨感。他真希望能把她的嬌美素描下來，特別是閉著的睡眼下鬆散著長長的睫毛。

沉思了一會，他又覺得小妞的睡相真像頭野生的幼畜。譬如那一頭短髮，看來竟像有人在枕木上用斧子把它一刀斬齊似的。極似一件雕塑作品。他當然深深地愛他的妹妹，而小妞也超乎一切地愛他。他尋思兄妹的情感就是這般誠摯。至少他的自我感覺是如此。

於是他想，我何必喚醒她呢？我自己既然累成這個地步，她一定也非常疲倦。我們如果能在此安度幾天，就算是上上大吉。在這裡避一避外界的耳目，讓風聲平息下去，那個外地狩獵人也就走了。我應當做些更好的給她吃。可惜我沒能儲備更好的佐料之類。

好在，手上也抓到了不少東西。那個背包已經夠沉重的了。我們今天要做到的是採集一些草莓。要是可能的話，最好打到一、兩隻山雞之類的東西。我們還可以採鮮美的蘑菇。鹹肉要節省點兒用，幸而不必拿酥油來充代用品。昨夜似乎給她吃的太少了。她一向喝大量的牛奶，吃甜食。可別為這些小事煩惱吧。我們有辦法做好吃的。她喜歡吃鱒魚真是件好事。這些魚兒實在鮮美。不必替她擔心了。她一定能吃得稱心如意的。可是，尼克呀，昨夜的一頓飯實在不怎麼樣。現在讓她好好睡個夠，不要去驚動她，你還有許多事情要做哩。

他小心翼翼地從背包裡取出一些東西來，小妞在睡夢裡嫣然一笑。她棕色的雙顴雖然有些緊繃，笑時卻透出健美的肉色來。她一時醒不過來，尼克便動手做早飯，先把火點著了，乾木柴到處都有，他生起一堆小火，燒好茶，等著做早餐。他自己喝清茶，吃三個杏子乾，讀了一會《洛娜．杜恩》。此書他早已看過，現在再讀似乎失去了先前的新鮮感，他知道這是這次旅行帶給他的損失。

昨天傍晚，他們搭好露宿棚之後，他在一只鐵皮杯子裡泡了些梅子乾，現在就放在火上燒著。他又在背包裡找出篩過的蕎麥麵粉，用搪瓷小鍋舀出來，加上一杯水把麵粉和好。他拿出那罐植物油脂，撕了一小塊麵粉袋的布包在樹枝上，用釣魚細繩把它紮緊了。小可愛居然帶來了四個麵粉袋子，他真以她為傲。

他拌好麵糊，把平底鍋放在火上烤著，用那根纏了麵粉袋布的樹枝蘸一些油脂塗在鍋裡。小鍋發出烏亮的光澤，然後吱吱作響，他再塗上一層油，便把麵糊緩緩倒入鍋內攤平：看著它鼓起泡來後，順手壓實四周的邊。他一再注視麵餅發酵、成形，煎餅逐漸轉成深黯色。他用一小片乾淨木柴鏟起煎餅，翻過面來，把烤成漂亮金色的一面朝上，底下一面又開始發出吱吱聲。他提著平底鍋清楚地掂出麵餅的分量，又看到它在油鍋裡膨脹成形。

「早安，」妹妹說。「我是不是睡得太過頭了？」

「沒有，小鬼。」

她站起身來，男式襯衫蓋過她的棕色大腿。

「你把什麼都做好了。」

「沒有。才剛開始烤糕餅。」

「這玩意兒真香呀。我先到溪邊去洗洗，回來幫你弄。」

「別在溪水裡洗。」

「我不會像白種男人那樣的。」她說，隱入棚子後邊。

「你把肥皂放在什麼地方？」她問道。

「在溪邊。那裡有一只空油罐。請你把牛油一起帶來。那是放在溪水裡冷凍的。」

「我立刻就回來。」

她在空罐中找到包在油紙裡的半磅牛油，於是把它拿回來。

他們開始吃蕎麥煎餅，上面塗了牛油和木屋牌罐頭糖漿。糖漿裝在一個帶長頸螺絲口的鐵罐頭裡。兄妹倆確實餓了，煎餅塗上牛油流滿糖漿，吃起來比蛋糕還香甜。他們就著錫杯吃那浸透了的梅乾和果汁。然後又用這杯子沏了些茶喝。

「吃到梅子乾簡直像過節似的，」小妞說。「真不敢相信。你睡得怎麼樣，尼克？」

「好極了。」

「謝謝你替我蓋上厚呢大衣。夜晚真美呀，是嗎？」

「是的。你一覺睡到天亮嗎？」

「我現在還沒有全醒。尼克，我們能一直待在這裡嗎？」

「恐怕不行吧。你會長大成人，然後結婚。」

「我反正就和你結婚。我要成爲你的不行婚禮的妻子。我在報紙上讀到過的。」

「你讀的是有關不成文法律吧。」

「對。在不成文的法律下，我可以做你不行婚禮的妻子。我可以嗎，尼克？」

「不可以。」

「我說可以。我要叫你大吃一驚。只要過它一段夫妻生活就成了。我現在就開始計算有效時間。這跟開墾定居一樣。」

「我不准你申請。」

「你也沒法阻止。這就叫作不成文法律。我已經反覆想過很多次。我一定要印些名片——尼克．亞當夫人，十字村，密西根——不行婚禮的夫人。我每年都發幾張名片給別人，直到生效日期爲止。」

「我認爲這是行不通的。」

「我還有另外一個計畫。我要在成年以前生它兩、三個孩子。那麼根據不成文法律，你就非和我結婚不可。」

「這不是什麼不成文法的觀念。」

「我有點弄糊塗了。」

「無論如何，不成文法是怎麼回事，誰也弄不明白。」

「一定行得通的，」她說。「蘇先生就很重視這不成文法。」

「蘇先生很可能是錯誤的。」

「怎麼啦，尼克，這部不成文法典實際上是蘇先生一手創造的。」

「我記得是他的律師弄出來的。」

「噢，反正把它付之實施的是蘇先生。」

「我不喜歡蘇先生。」尼克說。

「那很好。在某些方面我也不喜歡他。但是他在報紙上寫得很有趣，對嗎？」

「他提供了某些讓別人痛恨的新觀念。」

「他們也痛恨史坦福・懷德先生。」

「我想人們是嫉妒這兩個人。」

「我相信事情就是這樣，尼克。正如他們嫉妒你我兩人一樣。」

「現在還有人嫉妒我們嗎？」

「或許不一定是現在。我們的媽媽就可能認爲你我是畏罪潛逃的亡命之徒。幸虧她不知道我爲你偷了那瓶威士忌。」

「我昨天夜裡嚐過了，真是非常美味。」

「噢，我真高興。這是我偷過的第一瓶威士忌，酒味很醇，這是多麼美妙呀。我過去以爲他們那夥人不會做出什麼好事來的。」

「我對於他們已經想得夠多了。我們別再談論他們了吧。」尼克說。

「好吧。那我們今天做些什麼呢？」

「你喜歡做什麼？」

「我很想上約翰先生的商店去弄我們的必需品。」

「我們不能去。」

「我明白。那你究竟想幹什麼呢？」

「我們應當採些草莓，我去打一、兩隻雉雞來。我們隨時都能釣到鱒魚。但是我不想讓你吃膩了。」

「你從前吃膩過鱒魚嗎？」

「沒有。但是有人說是會吃膩的。」

「我不會膩煩的，」小妞說。「吃梭子魚一下子就令人倒胃口。但是你永遠吃不膩鱒魚和鱸魚。我知道，尼克，這是真的。」

「你也不會討厭大眼淡水魚吧，」尼克說。「只有扁嘴魚例外。哦，這種魚吃一次就倒胃口。」

「我也不愛吃刺太多的魚，」妹妹說。「會吃傷人的。」

「我們先清理這塊營地，我去找個地方把彈藥都埋藏起來，然後出去採草莓和打山雞來佐餐。」

「我提那兩個油罐和幾條麵粉袋。」妹妹說。

「小可愛，」尼克說。「別忘了先去解手，好嗎？」

「當然。」

「這事很重要。」

「我知道。你也別忘了。」

「我一定不忘。」

尼克回到林中，把一盒二二口徑步槍子彈和一些二二短槍散裝彈藥埋在一棵大鐵杉的根部，覆蓋上松針。他又用小刀割了一把松針放回原處，並在厚樹皮的高處刻了個小小的記號。再把樹的方位記清楚了，然後來到山坡上，向露宿棚走去。

現在是美麗的早晨，晴空高爽蔚藍，萬里無雲。尼克感到有妹妹陪在身旁，十分愉快。他想，不管這件事的後果如何，他們總算有了愉快的一天。他已經懂得，能夠好好過一天就算一天，只有把握眼前這一天才重要。黑夜來到之前，這一天還是你的，到了明天說不定又有一個今天。活到現在，他總算學懂了這個要諦。

這會兒天氣特別晴朗，他背著長槍轉回營地，雖然災禍仍舊像放在口袋裡的魚鉤，每走一步都扎得他手指發痛，他仍然興致勃勃。他倆都把背包留在棚子裡。大白天裡很可能會撞見狗熊在沼澤地一帶找草莓吃。尼克便把那瓶威士忌埋在溪溝背面。小可愛還沒有回來，於是尼克坐在那段劈木柴用的大圓柱上檢查他的長槍。他準備去打松雞，因此先把槍膛裡的長子彈倒在手上，另外裝上二二口徑那把槍的子彈：後者發射的炸聲較小，只要不瞄準鳥的頭部開槍，就不至於把鳥肉打爛。

一切準備就緒，他就想馬上開始工作。小可愛上哪兒去啦，他尋思著。他又制止自己，別那麼興奮。你不是教她從容不迫，別著急，自己倒著起急來。於是又生自己的悶氣。

「我回來了，」小可愛說。「真抱歉，我浪費不少時間。我大概走得太遠了一些。」

「你回來得正好，」尼克說。「我們走吧。你提了水桶嗎？」

「嗯，連蓋子也帶上了。」

他們沿著山坡走下去，一直走到山坳邊。尼克謹慎地視察一遍上游和山坡的狀況。妹妹盯著他看。她把水罐都裝在一個麵粉袋裡，繫住另一個袋子搭在肩頭上。

「你帶了棍子沒有，尼克？」她問他。

「沒帶。如果想釣魚，我就砍一枝樹幹。」

他走在妹妹前頭，一手提著長槍，稍稍離開溪水走。他現在要打鳥了。

「這條溪溝真古怪。」妹妹說。

「這是我所知道的最大一條小溪。」尼克對她說。

「說它小卻又深得嚇人。」

「它不斷冒出新泉水來，」尼克說。「它又深深伸入岸下，越流越深。水涼得出奇，小可愛。不信你試一試。」

「嘖嘖！」她說著感覺到溪水涼得讓手指發麻。

「曬著太陽的地方稍稍暖和一些，」尼克說。「但也不太熱。在這兒打鳥倒很合適。山坡下有一塊長滿草莓的地方。」

他們沿著溪溝往下走。尼克一路細察溪溝兩岸，發現有貂的足跡，他當即指給妹妹看。他們又看到幾隻金冠鷦鷯在捕捉昆蟲，動作伶俐地在杉柏中匆促轉動身子，引得兄妹倆跟著過去瞧個仔細。不料看到杉叢中的連雀卻是十分安詳自若，翼尖和鳥尾上點綴著神奇的彩羽，小可愛禁不住喊道，「牠們真是世上最最美麗的雀兒，尼克。再沒有比連雀更美的鳥兒了。」

「牠們長得和你的相貌一樣。」他說。

「不，尼克，別開我玩笑。杉叢連雀永遠使我感動到既驕傲又快活，竟至流下淚來。」

「瞧牠們來個急轉之後，便輕輕落在樹枝上，接著傲慢地走過來，既親切安詳又溫和友善。」尼克說。

他們繼續走著，尼克忽然舉起槍來放了一槍，他的妹妹還不知道哥哥打的是什麼。她只聽到一隻大鳥掙扎著倒在地上拍動翅膀。她又看到哥哥按動一下步槍，連著放了兩槍，每響一次便跟著落下一隻大鳥，在柳樹叢中亂拍翅膀。最後才聽到一群褐色大鳥亂哄哄地從柳枝上衝出來，其中有隻鳥飛不到一會兒又回到樹枝上去，而且歪著脖子往下瞧熱鬧。那隻鳥長得羽毛豐盛，肥碩異常，卻只知笨頭笨腦地往下看，於是尼克又舉起槍來瞄準牠，妹妹輕輕地說，「別打了，尼克，別再打牠，我們夠吃的了。」

「好吧，」尼克說。「你想打牠一槍嗎？」

「不，尼克，我不想。」

尼克走進楊柳樹叢裡拾回那三隻大松雞，一面用槍托向牠們的腦袋敲去，然後平放在青苔上。妹妹過來用手按著松雞的背，覺得又熱又肥，羽毛特別的美。

「我們有得吃了。」尼克說。他情緒高漲。

「我真爲牠們惋惜，」妹妹說。「牠們不也和我們一樣在欣賞早上的陽光嗎？」

說著又抬起頭來瞧著那群歇在枝頭下撲動的大鳥。

「牠們還在低頭瞧著我們，真有些傻。」她說。

「這個季節裡的松雞，印第安人稱牠們爲笨雞。等到獵人把牠們追苦了才開始聰明起來，牠們本性並不是笨雞。只有那些永遠學不會的柳樹松雞才真是笨鳥，頸子上長滿了皺毛。」

「我倒希望你我愈學愈聰明，」妹妹說。「把牠們轟走吧。」

「你去轟。」

「飛走吧，飛走吧，大松雞。」

笨雞依舊不起飛。

尼克故意向一隻鳥舉槍，牠只是呆呆地瞧著他。尼克知道他不能打死這隻鳥，否則妹妹會傷心的，他只得鼓動舌頭做出射子彈的響聲，又用嘴唇吹響了轟走松雞的樣子，可是笨雞還是好奇地瞧著他。

「我們別去打擾牠們了。」尼克說。

「真抱歉，尼克，」妹妹說。「牠實在太笨了。」

「等我們吃掉牠，」尼克說。「那時你才會明白我們爲什麼要打牠。」

「這群鳥是不是已過季節了？」

「是呀，牠們現在長得厚厚實實，可是除了我們，誰也不會到這裡來捕獵牠們。我殺過很多大貓頭鷹，一隻大貓頭鷹每天幾乎都得吃一隻松雞。而且不斷捕捉，牠們把一些肥美的好鳥都吃光了。」

「要吃這隻笨雞可太容易了，」妹妹說。「這回我心裡不再難受了，你要不要一個麵粉袋來裝牠們？」

「我先開了膛裹上鳳尾草才裝進口袋裡。現在離草莓地不遠了。」

他們背靠著一棵大杉樹坐下，尼克把松雞都開了膛，掏出滾燙的內臟，用右手伸進雞肚裡取到能吃的珍肝，把它們在溪水裡洗淨。清完松雞，他便理順了羽毛，用鳳尾草包上，然後裝進麵粉袋裡。他又用一段釣繩把袋口和袋角捆在一起，扛上肩頭，把腸子都丟進溪溝裡，然後又撿起幾片鮮紅的鳥肺，在急流中逗引鱒魚浮出水面來。

「這是上等魚餌，可惜我們現在不需要它，」他說。「我們的魚兒都養在溪水裡，隨時要吃隨時來拿。」

「這條小溪如果能流過我們家門口，那我們就發財了。」妹妹說。

「那樣的話，魚兒也早就給人釣完了。這一條可說是唯一無人管的野溪，另外還有一條小溪座落在大湖背面的曠野裡，我從來不帶人去那兒釣魚。」

「那麼誰去打魚呢？」

「據我所知，沒人去過。」

「那是一條原始溪溝吧？」

「不是。印第安人在那裡打過魚。但自從他們停止剝鐵杉樹皮後，帳棚都撤走了。」

「伊凡斯家的小痞子知道那地方嗎？」

「不會知道。」尼克說。但他想了一想，心裡又煩躁起來。他好像轉眼見到伊凡斯那個小痞子似的。

「你在想什麼，尼克？」

「沒想什麼。」

「你明明有心事。告訴我吧，我們是夥伴呀。」

「他可能知道，」尼克說。「天殺的。他可能知道。」

「但是你又不確定他是否知道這地方？」

「很難說。毛病就出在這兒。我如果早知道就不來這裡了。」

「他也許找到我們的營地了。」妹妹說。

「別胡說。你是不是想與他碰個正著？」

「不是的，」她說。「對不起，尼克，真抱歉，我不該提這件事的。」

「我不會怪你的，」尼克說。「我只是感激不盡。不管怎樣，我很明白現在的狀況。我只是不再去想它而已。我必須想想以後的事了。」

「你總是考慮很多事情。」

「但不考慮這類事情。」

「讓我們下山去採草莓，怎麼樣？」小可愛說。「我們現在多想也沒有用的，對嗎？」

「對，」尼克說。「我們快去採草莓，然後回營地去。」

但尼克正在努力使自己接受現狀，同時還要把事情徹底想清楚。他不願爲這事提心吊膽到恐慌的地步。情況沒有起變化。一切都還停留在他下決心出走到此避風頭時的那個樣子。伊凡斯的兒子可能在從前就跟蹤過他來到這個地方，但是看來又不太可能。除非有一次他穿過霍格斯的住所暫時離開大路時，就給那痞子盯上了；但也不一定如此。反正從來沒有人到過這偏僻地方來釣過魚，這一點他完全有把握。那是因爲，伊凡斯家那痞子對釣魚並不感興趣。

「那雜種一心一意只想盯我的梢。」尼克說。

「我知道，尼克。」

「他已經三次找我們的麻煩。」

「我知道，尼克。但是你千萬別不能殺他。」

尼克尋思，怪不得妹妹非要跟我一起出走。

「我也知道不能殺他，」他說。「現在已經沒有辦法了。我們別再談這件事。」

「只要你不殺他，」妹妹說。「那我們就沒有擺脫不了的事情，也沒有平息不了的風波。」

「讓我們回營地去吧。」尼克說。

「不採草莓了嗎？」

「改天再採吧。」

「你又緊張了，尼克？」

「是呀，真抱歉。」

「但是回到營地又有什麼好處呢？」

「我們就可以快一點掌握情況。」

「我們不能按照原來的路程進行嗎？」

「現在不行。我並不害怕，小可愛，所以你也不必害怕。但是有些事的確使我緊張。」

尼克換個方向離開溪溝，沿著林子走，而且總在樹蔭下走著，從山坡上部繞回營地去。

他們小心翼翼地從森林回到營地，尼克端著步槍走在前面。似乎沒有人來過營地。

「你待在這裡別走開，」尼克對妹妹說。「我到那邊去瞧一瞧。」他把裝著松雞的布口袋和草莓桶子交給小可愛看管，自己遠遠走向溪水的上游。當他走到妹妹看不見的地方，便把槍膛換上長子彈。心裡想，我不想殺他，可是這事幹了也不算錯。他仔細搜尋四野，沒有發現任何人跡，於是再到下游，最後才回營地。

「真抱歉，我又感到緊張了，小可愛，」他說。「我們不如做一頓好吃的午餐，免得晚上讓火光透露出去。」

「我也有點擔憂了。」她說。

「你不必擔憂，一切都平安無事。」

「但是那痞子還沒露面，就把我們嚇得不敢去採草莓。」

「我知道。他沒有到過這裡。也許他從來就沒有涉足過這條溪溝。也許我們永遠不會再碰上他。」

「他真有些使我害怕，尼克，他的人影沒有出現，倒比在此地出現更嚇人。」

「我明白。但是這也沒有什麼可怕的。」

「我們該怎麼辦呢？」

「哦，讓我等到天黑了再做飯。」

「你為什麼改變主意？」

「他晚上不敢到此地來。天黑了他也無法穿行沼澤地。大清早是不用怕他會出現的，傍晚和黑夜也不會碰上他。我們只能學麋鹿的行徑，早晚出去活動，白天睡大覺。」

「也許他永遠不會出現。」

「沒錯。也許如此。」

「但是我可以留下來吧，是嗎？」

「我應當送你回家。」

「不，千萬別這樣，尼克。誰來制止你殺他呢？」

「你聽著，小可愛，以後別再提殺字，而且要記住我從來不談論殺人的事。不會發生殺人的事，永遠不會有這種事。」

「真的嗎？」

「真的。」

「我真高興。」

「別說幹這種事。從來沒有人談論這種事的。」

「好吧，我永遠不去想它，也不去談它。」小可愛說。

「我也這麼做。」

「你當然沒有談過。」

「我連想也不去想它。」

他思忖著，不要這麼幹。你連想都千萬別去想它。無論白天或黑夜，總之不能在她面前露出苗頭來，她能感覺得到的，因為她是你的妹妹，而且你們又如此相親相愛、血脈相連。

「你餓嗎，小可愛？」

「還不很餓。」

「吃一些巧克力，我到溪邊去打一些水來。」

「我用不著吃東西。」

兄妹倆遠眺沼澤之外的藍色山巒，那裡正升起中午十一點鐘的大朵白雲和微風。晴空寬廣，一片蔚藍，升起的白雲逐漸超脫山頂，高高飄浮在空中，迎面而來的微風異常清涼，白雲飄過沼澤和山坡路一帶的濃蔭。微風吹過林間，使他們躺在樹蔭下感到一陣涼爽。從溪邊打來的清水裝在錫杯裡更覺陰涼，巧克力雖然不算太苦，但是十分堅硬，他們邊啃邊嚼著吃。

「滋味真好，溪水鮮甜得像我們頭一次從溪邊打來似的，」妹妹說。「吃過巧克力之後再喝泉水，更覺得味道好極了。」

「你要是覺得餓，我們可以做飯吃。」

「你要是不餓，我也不覺得餓。」

「我總是感到餓的。我真傻，居然不敢下去採草莓。」

「不。你是忙著要回來查明情況。」

「聽著，小可愛，我另外知道一個地方，就在我們穿過的伐木場後面，那裡也可以採到草莓。我把東西都藏好了，然後穿過林子去採兩滿桶草莓來，我們明天就補上這一段路。這樣的散步很不錯。」

「可以。不過我現在覺得一切都很好。」

「你不餓嗎？」

「不餓。吃了巧克力就一點也不餓了。我只想待在這裡念一會兒書。我們在打獵時已經走了好一段路了。」

「好吧，」尼克說。「昨天的步行讓你覺得累了吧？」

「也許有一點累。」

「那麼我們就別著急。我來朗讀《咆哮山莊》。」

「我已經長大了，再聽你朗讀合適嗎？」

「你不算大。」

「那麼你讀嗎？」

「當然為你朗讀。」

10

渡過密西西比河

去堪薩斯城的火車停在在密西西比河東面的一條支線上。尼克眺望出去，只見路上的灰土有半隻腳厚。眼前什麼都沒有，只有那條路和幾棵灰色的樹。一輛篷車歪歪斜斜地沿著車轍向前行進，駕車的隨著車座搖震，垂著頭彎著腰，韁繩鬆垮垮地垂在馬背上。

尼克看著這輛篷車，暗自猜想它往哪裡去，趕車的是不是住在密西西比河附近，是不是在附近釣過魚。篷車一顛一簸地消失在路上，尼克轉而想到正在紐約進行的棒球冠軍聯賽。他想起他在白索克斯公園觀看的第一場比賽，哈貝·費爾奇跑回本壘，斯里姆·索利搖搖晃晃衝出好遠，膝蓋幾乎著了地，白球走弧形遠遠飛向棒球場中央的綠色柵欄，費爾奇低頭衝向第一壘的白色壘包，球落在露天座席一群緊張的球迷中間時，觀眾爆發出沸騰的吼聲。火車啓動了，灰色的樹和棕色的路開始向後退去，叫賣雜誌的小販搖搖晃晃地從通道走來。

「聯賽有消息嗎？」尼克問他。

「最後一場，白襪隊勝了。」賣雜誌的回答，一邊沿座椅中間的過道走去，兩腿搖晃卻又能站住，活像水手的步伐。這回答使尼克感到一陣安慰的喜悅。白襪隊把他們打敗了。真叫人舒服。尼克打開他那份《星期六晚報》，開始讀了起來，偶爾望望窗外，想看一眼密西西比河。橫越密西西比河可是一件大事，他想，他要抓緊每分鐘時間欣賞。

景色好像是在向後流動：公路、電線桿、稀稀落落的房子和一大片棕色的田野。尼克原想看一看密西西比河岸的峭壁，然而窗外是無數像沼澤濕地之類的地方，過了沼地，最後他從窗裡看見火車頭拐上一座長橋，下面是一片浩大、棕黃色的泥淖。尼克現在看得見遠處有荒涼的山丘，近處則是平淡無奇的泥岸。這條河好像是在整條移動，不是在流淌，而是像一個固體湖似的整塊移動，遇到橋墩凸出的地方才激起一點漩渦。尼克望著這一大片平板、緩緩移動的棕黃色河水時，馬克．吐溫及他筆下的主角哈克．費恩、湯姆．索亞和探險家拉薩爾等一個個湧上了心頭。無論如何，我總算見過密西西比河了，他自己愉快地想道。

第三部

戰爭

11 登陸前夕

尼克在黑暗中繞著甲板行走。他從幾位波蘭軍官面前走過，他們成一排坐在甲板上的帆布躺椅中。有人在彈曼陀林。李昂・喬西亞諾維茨在黑暗中伸出一隻腳。

「嘿，尼克，」他問道，「你到哪兒去？」

「不到哪兒去，只是散散步。」

「到這兒來坐坐。這把椅子空著的。」

尼克坐到椅子上，藉著身後海上傳來的光線看著過往行人。是六月裡一個炎熱的夜晚。尼克仰靠在椅背上。

「我們明天就要靠岸了，」李昂說。「我是聽無線電報務員說的。」

「我倒是從理髮師那裡聽來的。」尼克說。

李昂大笑起來，跟坐在旁邊一把椅子裡的人用波蘭話交談著。那人向前探了一下，朝尼克笑了笑。

「他不會說英語，」李昂說。「他說他是聽佳碧說的。」

「佳碧在哪兒？」

「在救生艇上跟什麼人在一起。」

「加林斯基到哪兒去了？」

「大概跟佳碧在一起。」

「不會吧，」尼克說。「她跟我說她簡直受不了他。」

佳碧是船上唯一的女孩。她常常把金髮披在肩上，笑起來聲音很大，身材不錯，但是身上卻散發出一股不好聞的氣味。她和她的姑母同船，但她姑媽從開船以來就待在艙裡，一直沒露面。據稱她姑母要帶她回到巴黎的家裡。因爲她父親跟法國輪船公司有點關係，所以她跟船長在一起吃飯。

「爲什麼她不喜歡加林斯基？」李昂問道。

「她說他像一隻海豚。」

李昂又大笑起來。「好吧，」他說。「我們找他去，告訴他這個。」

他們站了起來，走到甲板欄杆前面。他們頭頂上懸掛著救生艇，準備要放下海去了。船體向一邊傾斜，甲板歪成一面斜坡，懸在半空的救生艇也歪了，來回晃蕩著。海水悄悄地回流，一片片磷光閃閃的海藻翻騰起伏，冒出白沫。

「這船航行得很好。」尼克低頭看著海水說。

「我們是在比斯開海灣裡行駛，」李昂說。「明天該可以看得到陸地了。」

他們在甲板上踱來踱去，然後走下舷梯到船尾去看燐光閃閃的洄波：向遠方望去，只見波濤洶湧，宛如農田裡犁起的土壤。他們頭上方就是炮台，兩位水手在大炮旁來回走著，映著海水泛出微弱的光輝，就彷彿是黑色的剪影。

「水波呈Z字形。」李昂看著船尾的洄波說。

「整天都是這樣啊。」

「據說這些船隻運送德國人的郵件，因此是從不會被擊沉的。」

「也許這是真的，」尼克說，「但我可不相信。」

「我也不相信。不過這樣想想也是不錯的。我們去找加林斯基吧。」

他們在艙裡找到了加林斯基。他面前擺著一瓶干邑白蘭地酒。他在用一隻漱口杯喝酒。

「喂，安東。」

「喂，尼克。嗨，李昂。來一杯吧。」

「尼克，你跟他說吧。」

「你聽我說，安東。我們給你帶來一個口信，是一位漂亮的小姐讓我們告訴你的。」

「我知道你說的那位漂亮的小姐是哪個。你自己去找她吧。讓你獨占了吧。」

他躺在下鋪，把兩隻腳抵住上鋪的彈簧床墊，用力蹬了一下。

「卡派爾，」他叫了起來。「喂，卡派爾，別睡了，快起來喝酒。」

從上鋪床邊有人伸出頭來俯視著下面。那人臉圓圓的，戴一付鋼邊眼鏡。

「我已經醉了，不要再叫我喝了。」

「下來吧，下來喝一杯。」加林斯基吼了起來。

「我不下來，」睡在上鋪的人說。「把酒給我遞上來吧。」他一翻身，又轉臉面牆睡了。

「他醉了兩星期了。」加林斯基說。

「對不起，」睡在上鋪的人說。「我十天以前才認識你的，所以說，你這話不準確。」

「你是不是醉了兩個星期了呢，卡派爾？」尼克說。

「這倒是的，」卡派爾說，臉還是朝裡在對著牆說話。「不過加林斯基卻沒有權利這樣說。」

加林斯基還是用兩腳抵住上鋪，一上一下地簸動著床。

「我收回我的話，卡派爾，」他說。「我想你並沒有醉。」

「別說笑話了。」卡派爾有氣無力地說。

「你在幹什麼呀，安東？」李昂問道。

「我在想念我那在尼加拉大瀑布結識的女朋友。」

「咱們走吧，尼克，」李昂說：「我們還是讓海豚睡他的吧。」

「她跟你說過我是隻海豚嗎？」加林斯基問道。「她跟我說過我像隻海豚。你可知道我用法文跟她說什麼來著。『佳碧小姐，你身上沒有什麼東西使我感興趣的。』來喝一杯，尼克。」

他把酒瓶遞了過來，尼克喝了一些白蘭地。

「李昂呢？」

「不，我不喝，尼克。我們該走了。」

「今天半夜我要跟他們一起值勤。」加林斯基說。

「可別喝醉了。」尼克說。

「我從來沒有醉過。」

睡在上鋪的那位卡派爾咕噥了一聲。

「你說什麼，卡派爾？」

「我剛才在祈求上帝揍他一頓。」

「我從來沒有醉過。」加林斯基又在說。說著再倒了半漱口杯的干邑白蘭地。

「來吧，上帝，」卡派爾說。「請你揍他。」

「我從來沒有喝醉過。我從來沒有跟女人睡過覺。」

「來吧，上帝。顯顯你的威風。揍他一頓吧。」

「走吧，尼克。我們出去走走吧。」

加林斯基把酒瓶遞給尼克。他喝了一大口，就跟著他出去了。

他們聽見加林斯基在門外高聲叫喊：「我從來沒有喝醉過。我從來沒有跟女人睡過覺。我從來不說謊。」

「揍他一頓，」還是卡派爾在細聲細氣地說。「上帝，別讓他閒著，請揍他一頓。」

「他們是很好的一對。」尼克說。

「這個吹毛求疵的卡派爾爲人怎麼樣？他是從哪兒來的？」

「他在野戰醫院做過兩年。後來他們打發他回家。他曾經被大學開除，不過現在又要回去讀書了。」

「他喝得太多了。」

「他不快樂嘛。」

「我去弄一瓶葡萄酒來，我們到救生艇上睡去。」

「走吧。」

他們在吸菸室的酒吧裡停留了一會。尼克買了瓶紅葡萄酒。李昂站在酒吧間前，穿著一身法國軍裝，顯得個子很高。吸菸室裡有兩夥人在打撲克，賭注下得很大。尼克本來想打，可是轉念想到這是最後一個夜晚，就不想打了。吸菸室裡人人都在玩牌。舷窗關著，百葉窗也拉下來了，所以室內煙霧騰騰，熱氣襲人。尼克看了看李昂說：「想打牌嗎？」

「不想。我們還是邊喝酒邊聊聊吧。」

「那我們買兩瓶酒吧。」

他們走出了悶熱的吸菸室，來到甲板上，手裡提著兩瓶酒。雖然尼克爬吊艇架時看著下面的海水會感覺害怕，不過他要爬到一艘救生艇上去倒並不難。他們爬進了救生艇，他繫上救生帶仰天躺在坐板上，覺得相當舒服。他們感到自己置身於海天之間，這跟在大船上飽受顛簸之苦可大大不同。

「這裡很好。」尼克說。

「每天夜裡我都睡在救生艇上。」

「我怕夜裡會作夢，夢遊起來，」尼克說。他把酒瓶的軟木塞拔出來。「我睡在甲板上。」

他把酒瓶遞給李昂。「這瓶你就自己喝吧。把另外一瓶打開給我喝，好嗎？」李昂說。

「你就喝這瓶吧。」尼克說。說著他就把另一瓶酒的軟木塞拔了出來，在黑暗中跟李昂碰了一下酒瓶。兩人就喝起酒來。

「你在法國會弄到比這還好的酒。」李昂說。

「我不要到法國去。」

「我忘了。但願我們永遠在一塊兒當兵。」

「我可沒什麼好的。」尼克說。他在小船的舷邊俯視著黑暗的海水。他從大船跨過吊艇架時真危險，把他給嚇壞了。

「我不知道我會不會害怕。」他說。

「不會的，」李昂說。「我想不會的。」

「去看看那些飛機，還有什麼別的東西，那可有意思哪。」

「是有意思，」李昂說。「只要能調過去，我就去開飛機。」

「我可不行。」

「爲什麼？」

「我不知道。」

「你別光想著你會害怕這事。」

「我並沒有想，真的沒有想過。我從來不爲此而煩惱。剛才我從大船爬到救生艇上來，覺得有些好笑，才這樣想的。」

李昂側身臥著，酒瓶就直立在他的頭旁邊。

「我們不必去想我們會害怕的事，」他說。「我們不是那樣的人。」

「那個吹毛求疵的卡派爾可嚇壞了。」尼克說。

「是的。是加林斯基告訴我的。」

「當時打發他回去，就是因爲這個。就是因爲這個，他才一天到晚喝得醉醺醺的呀。」

「他跟我們不一樣，」李昂說。「你聽我說，尼克。你和我，咱們都是有點膽色的。」

「這我知道，我也這麼感覺。別人可能被打死，但我可死不了。我覺得這是絕對確定的。」

「對，你說的對。我們就是有這麼一股勁。」

「我想加入加拿大軍隊，可是他們不要我。」

「我知道。你跟我說過。」

他們又都喝了一口酒。尼克仰天躺著，看著從煙囪裡冒出來的煙霧掠過天空。天空開始發亮，也許月亮要升起來了。

「你有女朋友嗎，李昂？」

「沒有。」

「從來沒有過嗎？」

「沒有。」

「我有一個。」尼克說。

「你跟她住在一起嗎？」

「我們已經訂婚了。」

「我從來沒有跟女孩子睡過。」

「我嫖過妓女。」

李昂喝了一口酒。他嘴巴朝天，把酒瓶口對著嘴把酒瓶豎了起來，看樣子這瓶酒喝光了。

「我不是說這個。我也嫖過。我不喜歡這事兒。我的意思是說，跟你心愛的人一整夜都睡在一起。」

「我的心上人本來就願意跟我睡的。」

「當然。如果她愛你，她就會願意跟你睡覺。」

「我們就要結婚了。」

12

「尼克靠牆坐著……」

尼克靠著教堂的牆坐著。他們把他拖到那兒，使他不受街上機關槍火力的威脅。他的兩條腿很困難地伸著。他的脊椎中彈了。他滿頭大汗，渾身骯髒。陽光照在他臉上。天氣非常熱。闊肩的雷納爾迪，這時臉朝下趴在地面，頭也靠在牆上，他的裝備橫七豎八地散在地上。尼克振起精神向前看去。對面那座房子的粉紅色牆垣已經傾圮，但房頂還沒有塌下來，一張歪歪扭扭的鐵床垂在街邊。房子背陰一面的瓦礫堆裡，躺著兩個戰死的奧地利人。沿街前面還可以看到一些死屍。市內各處戰況有所好轉，情勢還不錯。擔架隊員隨時都可能趕到。尼克轉過頭來，俯視著雷納爾迪。「請你聽著，雷納爾迪，聽著。你和我，我們已經單獨講和了。」

雷納爾迪靜靜地躺在陽光下，呼吸困難。「我們不是愛國者，」尼克轉過頭去，臉上出著汗，但泛出一絲微笑。他的話，雷納爾迪聽不進去，使尼克感到失望。

13 現在我躺下

那天夜裡我們睡在房間的地板上，聽著蠶吃桑葉的聲音。蠶在擺著桑葉的架子上，整夜都可以聽到蠶在吃桑葉，還有桑葉從架子上落下來的聲音。我自己不想睡，因為長久以來就知道，如果我在黑暗中闔上眼睛，完全放輕鬆，我睡著了時靈魂就可以出竅。我有這樣的情況已經很久了。自從那天夜裡被炸以後，我就感到靈魂離開了軀體，飛走了然後又回來。我試著永遠不去想它，然而就從那時起，我感到靈魂開始脫離軀體，那都是在夜間我剛要入睡的時候，我只有付出非常大的力氣，才能制止靈魂離開軀體。我現在已有相當的把握：我的靈魂是不會真正地離開軀體的，但是那年夏天，我卻不願再作一次制止靈魂離開軀體的試驗了。

我躺在床上睡不著的時候，通常有各種不同的方法來自我排遣。我會想到一條小溪。那時我還是一個孩子。我沿溪走去釣鱒魚。我走著走著，心裡卻在回憶怎樣從頭到尾沿溪釣魚，認真仔細地釣魚：我在被砍倒的樹木下釣魚，在曲折河岸的每個轉彎處釣魚，在深潭在淺灘小心地釣魚，有時釣到，有時釣不到。中午，我就停止釣魚，抽時間吃午飯。有時我就在橫跨溪上那被砍倒的大樹上吃，有時則在樹下的高坡上吃，我吃午飯總是慢慢地吃，邊吃邊看著下面的小溪。我常常把釣餌用完了，因爲每次出去釣魚我只帶一個香菸罐，裡面盛著十條蚯蚓。我把十條蚯蚓用完，就只好去找蚯蚓，有時在溪邊刨地十分困難，因爲陽光被雪松遮住了，地上不長草，只有些濕泥，常常找不到蚯蚓。不過，我通常還是能找到別的魚餌。有一次，我在一片沼澤地上什麼魚餌也找不到，就只好把釣來的一尾鱒魚切碎，用來當魚餌了。

有時我在溪邊沼澤草地上找到昆蟲，或在草叢乃至在蕨類植物下面找到昆蟲，就用來作魚餌。其中有甲蟲、腿像草莖一樣的蚱蜢，還有在腐爛圓木中找到的蛆蛹，這些尖腦袋的白色蛆蛹在釣鉤上掛不住，一下冷水就會不知所終。有時我在木材下面找到土蜱，在那兒也可以找到蚯蚓，但是把木頭挪開，牠們就鑽到土裡去了。有一次，我在一根舊圓木下面找到一隻蠑螈，就用牠來當魚餌。這條蠑螈很小，但是活潑靈巧，顏色也好看。牠用小腿緊緊抓住釣鉤。我用牠當釣餌就只這一次。儘管以後常常能找到蠑螈，我也不再用牠當釣餌了。我也不用蟋蟀當魚餌，這是因爲我不喜歡牠們掛在魚鉤上亂動的緣故。

有時小溪流過一片空曠的草地，我就在乾枯的草叢裡捉蚱蜢來作魚餌。有時我捉到蚱蜢後就把牠甩到小溪裡，看牠順流而下，在溪水裡游泳，或者遇到漩渦就在水面上打轉兒，接著一條鱒魚上來把牠吃掉了。有時，我一夜之間在四、五條不同的小溪邊釣魚。我盡量找到小溪的源頭，然後沿溪向下游走去，不時停下來釣魚。有時我很快就走到了小溪的盡頭，而時間還很寬裕，我就重新在這條小溪邊釣起魚來，從溪水流入湖中的地方開始，溯流而上，試圖釣到那些沒有被我釣到、順流而下的鱒魚。有幾個夜晚，我還沿著小溪向上游走去，其中有幾條小溪特別令人感到興奮，這時彷彿就是在醒著作夢。有幾條小溪到現在我還記得，並且認爲我曾經在這幾條小溪上釣過魚，其實我是把一些我熟悉的小溪跟這些溪流混淆了。我把形形色色的名字強加給這些溪流，有時還坐火車到那裡去，有時甚至走上幾英里路到那兒去遊玩。

不過，有幾個夜晚，我不能釣魚。那幾個夜晚，我身上感到很冷但頭腦非常清醒，我一再念祈禱詞，爲我自己也爲我認識的所有人祈禱。這要花很多時間，如果你要記起你認識的所有人，回憶起你能回想的最早的事物——對我來說，當然是我出生的那間頂樓了。那裡有我父母的結婚蛋糕，頂樓椽上掛著一隻錫盒子，蛋糕就盛在裡面，頂樓上還有大大小小的玻璃瓶，裡面用酒精泡著我父親孩提時期所收集的蛇和其他動物的標本，瓶子裡的酒精液平面降低了，有些蛇標本和其他動物標本的背部就露出液面，變成白色的了——如果你想得那麼久遠，那你一定會想起許多人來。如果你爲這許多人祈禱，爲每個人都念一遍「萬福瑪利亞」或者「我們在天上的父」的禱告詞，那就要花很多的時間。最後天亮了，如果你躺的那個地方允許你白天睡覺，那你就睡吧。

在這些夜晚，我竭力想回憶起我經歷過的每一件事情，從我參加戰爭前夕開始，一樁樁一件件的往事都回想起來。但是我只能回想起我祖父所住那座房子的頂樓。那我就只能從那時開始，再一路回想下來，一直想到我參加戰爭時爲止。我記得祖父死後，我們搬出了那座房子，搬到一所由我媽媽親自設計建造的房子裡。許多搬不走的東西都在後院燒了。我還記得頂樓上的那些瓶子丟在火裡的情景。瓶子在火裡爆炸，酒精燃燒冒出很高的火焰。我還記得那幾條蛇在後院裡燃燒。但是人呢？我卻記不起來了，我只記得一些東西。我甚至記不得燒東西的人是誰，於是我就冥思苦索起來，一直到記起是什麼人來，然後就爲他祈禱。

關於那所新房子，我只記得媽媽總是在進行大掃除，把家裡收拾得乾乾淨淨。有一次父親外出打獵去了，她就把地下室徹底清掃了一遍，把一切不該放在那兒的東西全燒了。我父親回到了家，從二輪輕便馬車上跨足下來把馬拴住，那火還在房子旁邊的馬路上燃燒，我走出去迎接他。他把霰彈獵槍遞給了我，看著那堆火。「這個是怎麼回事？」他問道。

「我在地下室裡大掃除呢，親愛的，」我母親在門廊裡說。她站在那兒，用笑臉迎接父親。父親看著火，用腳踢了一下。接著他彎下腰去從灰燼裡撿起了一點什麼東西。「快去拿一把耙子來，尼克。」他對我說。我到地下室去取來了一把耙子，於是我父親就很仔細地撥弄起燒剩下的那堆灰燼。他撥出了一些石斧、剝獸皮的石刀，還有製造箭頭的工具，以及陶片和許多個箭頭。這一把火把這些石頭器具和武器燒黑了、破損了。我父親小心在意地把石器耙了出來，然後把它們放在路旁草地上。他的霰彈獵槍裝在皮盒子裡，還有狩獵袋也都放在草地上。他從兩輪輕便馬車上跨下來的時候，就把槍和獵物丟在那兒了。

「尼克，把槍和獵物都拿到房子裡去，順便拿一張報紙出來。」他說。那時我母親早已經回到房裡了。我拿起霰彈槍和狩獵袋向房子走去。用手拿著那槍覺得好重，而槍桿子還直碰我的腿。我父親說：「一次只拿一件，不要一下子就想拿那麼多。」我把狩獵袋放下，先把槍拿進去，然後從我父親的辦公室那堆報紙裡拿了一張報紙。父親把所有燒焦了的、殘缺的石器擺在報紙上，然後把它們包起來。他說：「最好的箭頭全都碎了。」他拿著紙包走進了房子，我留在草坪上守著那兩袋獵物。過了一會兒，我把狩獵袋也提了進去。我睡在床上想到了當時的情景，在場的只有兩個人，因此我爲他們祈禱。

不過，有幾個夜晚，我連禱告文也忘記了。我只能背誦到「願你的旨意，行在地上，如同行在天上。」再往下就背不起來了。只好再從頭背，而背誦到那幾句以後又背不下去了。

我只好認輸，實在記不清了，那天夜晚的禱告就不得不停止。而我還想背點別的什麼。因此有幾個夜晚，我就背誦起世界上所有走獸、飛禽、魚類的名稱，接著又開始背誦國家、城市、各種食品的名稱，以及我能記起的芝加哥街道名稱，到後來我什麼也記不起來了，沒辦法之下，我就安靜地聽著。每個夜晚我都聽到一些聲音，還真記不得在哪個夜晚，我什麼聲音也沒有聽到。如果有點亮光，我就不怕睡不著，因爲我很清楚，只有在黑暗中靈魂才會離開我。當然有許多夜晚，只要有亮光，我就睡著了，那是因爲太睏乏了，不知不覺昏然欲睡。我也知道有許多次我不知不覺就睡著了——但是從來卻不知道自己是睡著了。

而這一夜我聽見蠶在吃桑葉。在夜晚你可以清楚地聽到蠶在吃桑葉。我總是睜大眼睛躺在床上聽蠶在吃著桑葉。

房間裡還有一個人也是醒著的。我聽了好長一段時間，聽出來他是醒著的。他不能像我一樣安安穩穩地躺著，也許是因爲他躺在床上睡不著，不習慣。我們睡在毯子上，毯子下面鋪著草。他一動草就沙沙作響，但是蠶並不害怕我們弄出來的任何響聲，牠們吃起桑葉來還是那樣從容不迫。在外邊，離前線七公里的後方，夜裡也有響聲，但是那跟房間裡黑暗中微弱的聲響不同。房間裡另外那個人想安靜地躺著，但是不一會兒他又動了。我也動了一下，他這樣就知道我是醒著的了。他在芝加哥住了十年。一九一四年他回家探親，他們吸收他入伍，看他會說英語，所以才把他分配給我，讓他給我當勤務兵。我聽見他在聽著，所以我包在毯子裡動了動。

「你睡不著嗎，上尉先生？」他問道。

「是的。」

「我也睡不著。」

「怎麼回事？」

「我不知道，就是睡不著。」

「你身體還好嗎？」

「是的，我感覺良好，但就是睡不著。」

「咱們談一會兒，好嗎？」我問道。

「好呀。不過在這個倒楣的地方，有什麼好談的呢？」

「這地方很不錯嘛。」我說。

「對，」他說，「都很不錯。」

「跟我談談你在芝加哥那時候的事吧！」我說。

「噢，我已經跟你說過了嘛！」他說。

「跟我說說你是怎麼結婚的吧。」

「我也跟你說過了。」

「你星期一收到的那封信是她寫來的吧？」

「當然是的。她總是給我寫信。她在那兒賺大錢呢。」

「你要是回去，可有個好地方去了。」

「對。她生意不錯。她賺了不少錢。」

「你不覺得我們談話會把他們吵醒嗎？」我問道。

「不會的，他們聽不見。他們睡得像豬一樣，」他說。「不過我跟他們不一樣。我有些神經質。」

「說話聲音小點吧，」我說。「你想抽支菸嗎？」我們在黑暗中熟練地吸菸。

「你菸抽得不多，上尉先生。」

「不多。我差不多戒了。」

「啊，」他說。「吸菸沒什麼好處。我想，你沒有菸吸，也就不去想它了。你聽說過沒有，從前有個瞎子因爲看不到香菸冒煙，所以不吸菸。」

「我不相信。」

「我也認爲這是胡說八道，」他說。「我也是從什麼地方聽來的。不過姑妄言之而已，這你是知道的。」

我們倆都不說話了，我注意著蠶吃桑葉的聲音。

「你聽見那些該死的蠶嗎？」他問道。「你可以聽見蠶在咀嚼。」

「那很有趣。」我說。

「我說，上尉先生，你睡不著是有什麼心事嗎？我從沒看見你睡覺。打從我跟你在一起，我就沒有看見你夜裡睡著過。」

「我也不知道，約翰，」我說。「從去年早春以來，我就覺得渾身不對勁，夜裡就更加煩惱了。」

「我也一樣，」他說。「我本來不該到這兒來打仗的，我太緊張了。」

「或許你會好起來的。」

「我說，上尉先生，你到這兒來打仗究竟爲的是什麼？」

「不知道，約翰。當時我就是想來。」

「你想來？」他說。「這不成理由呀！」

「我們說話應該小聲點。」我說。

「他們睡得像豬一樣，」他說。「他們不懂英語，他們真是什麼也不懂。戰爭結束以後，我們回到美國，你想幹什麼呀？」

「我想去報館工作。」

「在芝加哥嗎？」

「也許吧。」

「布利斯本這傢伙寫的東西，你讀過嗎？我太太把他寫的文章從報紙上剪下來寄給我。」

「我當然讀過。」

「你會見過他嗎？」

「沒有。不過我看到過他。」

「我倒想跟這傢伙見見面。他文章寫得不錯。我太太看不懂英文書報，不過她還像我在家時一樣，訂閱著英文報紙。她把社論還有體育欄一齊剪下來寄給我。」

「你的孩子們怎麼樣？」

「他們都很好。我有一個女兒在上小學四年級。你要知道，上尉先生，如果我沒有孩子，現在我就不會跟著你當勤務兵了。那他們就要我一天到晚駐守在前線了。」

「你有這樣好的孩子，我聽了可真高興。」

「我也很高興，都是些好孩子呀。不過我想有個男孩。我只有三個女兒，沒有兒子。有個兒子那可是極爲重要的啊。」

「爲什麼你不想辦法睡呢？」

「不，我現在睡不著。我現在很清醒，上尉先生。簡直毫無睡意。不過，你不睡覺，我爲你擔心呀。」

「睡不著，沒關係的，約翰。」

「像你這樣的年輕人，睡不著覺可真少見呀。」

「我會睡得著的，不過還要過些時間。」

「你可要睡覺呀。一個人不睡覺，可活不下去呀。你有什麼擔心的事？你有什麼心事嗎？」

「沒有，約翰，我想我沒有什麼心事的。」

「上尉先生，你應該結婚，結了婚就不會老是憂愁了。」

「那我可不知道。」

「你應該結婚。爲什麼不去找一個又有錢又漂亮的義大利姑娘呢？你要哪個都可以。你年輕漂亮，又得了那麼多勳章。你已受了幾次傷了。」

「義大利話我說不好。」

「你說得很好。管他說得好不好呢。你用不著跟她們多說什麼。跟她們結婚就是了。」

「我要考慮考慮。」

「你不是認識了幾個姑娘嗎？」

「是的。」

「那麼，你就娶那個最有錢的好了。這裡的女人不錯，她們都很有教養，給你作個好妻子是沒什麼問題的。」

「我要考慮考慮。」

「上尉先生，不要考慮了，結婚吧。」

「那好。」

「男大當婚。結了婚你不會後悔的。人人都該結婚。」

「好吧，」我說。「我們還是睡一會兒吧。」

「好，上尉先生。我再試試看，看睡不睡得著。不過，你可要記住我剛才說的話。」

「我會記住的，」我說。「約翰，現在我們睡一會兒吧。」

「好，」他說。「我希望你睡得著，上尉先生。」

我聽見他在鋪在乾草上的幾床毛毯裡翻來覆去，過了一會兒他就靜了下來，我聽見他在均勻地呼吸著，接著他開始打起鼾來。我聽見他鼾聲大作，聽了好一陣子，就不再去聽他打鼾了，而是聽蠶吃桑葉的聲音。蠶不停地吃著桑葉，偶爾也在葉子上拉屎。這時我又有新鮮事可以想了。我在黑暗中躺著，睜大眼睛想到我認識的所有女孩子，她們之中哪個作我的妻子該是怎麼樣呢？我一個一個地設想，覺得真有趣，一時我也顧不了想釣鱒魚的事了，祈禱也受到干擾。最後，我還是想釣鱒魚的事，因爲我覺得我還記得所有的小溪，而每條小溪都有它的新奇之處，至於女孩子，我想到幾個以後印象就模糊了，我記不起她們是什麼樣子，而最後，所有女孩子都模糊不清，差不多是一個樣子，我也就不再想她們了。但我還是繼續祈禱，夜裡我常常爲約翰祈禱，他的那個班在十月攻勢以前已經從前線撤回來了。他不在前線，我很爲他高興，要不是這樣，我是會替他擔心的。

後來過了幾個月，他到米蘭的醫院來看我，見我還沒有結婚，感到十分失望。而我知道，如果他知道一直到現在我都還沒有結婚，他一定更會感到十分難過。他馬上要回美國了，他是對婚姻極有信心的人，認爲結了婚可就萬事大吉了。

14

你們絕不會這樣

部隊攻過了田野，在這低窪的公路和那一帶農舍的前方曾遭到過機槍火力的狙擊，進到鎮上後就沒有再遇到抵抗，一直攻到了河邊。尼克・亞當騎了輛自行車順著公路一路過來，碰到路面實在坎坷難行的地方，就只好下車推著走，根據地上遺屍的位置，他揣摩出了戰鬥的經過情景。

屍體有單獨的，也有成堆的，茂密的野草裡有，沿路也有，口袋都給兜底翻了出來，身上叮滿了蒼蠅，無論單獨的還是成堆的，屍體的四周都散落著一片片破報紙。

路旁的草叢和莊稼裡還丟棄著許多物資，有些地方連公路上都狼藉滿地；看到有一個野外炊事場，那一定是仗打得順利的時候從後方運上來的；還有許多小牛皮蓋的袋子、手榴彈、鋼盔、步槍，有時還看到有步槍槍托朝天，刺刀插在泥土裡——看來他們最後還在這裡掘過好些壕溝；除了手榴彈、鋼盔、步槍，還有挖壕溝用的傢伙、彈藥箱、信號槍、散落一地的信號彈、藥品箱、防毒面具、裝防毒面具用的空筒、一挺三腳架架得低低的機槍。機槍下一大堆空彈殼，子彈箱裡還露出了夾得滿滿的子彈帶，加冷水用的水壺倒翻在地，水都乾了，後膛早已炸壞，機槍手東歪西倒，前後左右的野草地裡，更多的模造紙散落在那裡。

亂紙堆裡有彌撒經，有印著合照的明信片，照片裡的人就是這個機槍組的成員，個個紅光滿面，興高采烈的站好了隊，好像一個足球隊在照相準備登上大學年刊一樣；如今他們都歪歪扭扭的倒在野草裡，渾身腫脹。還有印著宣傳畫的明信片，畫的是一個穿奧地利軍裝的士兵正把一個女人按倒在床上，人物形象大有印象畫派的味道，就畫論畫，倒也畫得滿動人，只是和現實情況完全不符。其實那些畫面與強姦婦女沒什麼兩樣，都是要把女人的裙子掀起來蒙她的頭，使她喊不出聲來，有時候還有個同伙騎在她的頭上。這種煽動性的畫片爲數不少，顯然都是在進攻前不久發出來的，如今就跟那些弄得汙黑的照相、明信片一起散得到處都是。此外，還有鄉下照相館裡拍的鄉下女孩的小相片，偶爾還有些兒童照，再有就是信件。信件之外還是信件。總之，有屍體的地方就一定有大量的亂紙，這次進攻留下的遺跡也不例外。

這些陣亡者才死不久，所以除了腰包被掏空以外，還無人去騷擾他們。尼克一路注意到，我方陣亡將士，至少在他心目中認爲的我方陣亡將士，倒是少得有點出乎意料。他們的外套給解開了，口袋也給兜底翻過來了，根據他們的位置，還可以看出這次進攻採取什麼方式、什麼戰術。炎熱的天氣可不管你是什麼國籍的，所以他們也都一樣被烤得渾身腫脹。

鎮上的奧軍最後顯然就是沿著這條低窪的公路在設防死守，能從這條防線退下來的可說絕無僅有。街上總共只見三具屍體，看來都是在逃跑的時候給打死的。鎮上的房屋都給炮火打壞了，街上盡是零零落落的牆粉層、灰泥塊，還有斷梁、碎瓦，以及許多彈坑，有的彈坑給芥子氣燻得邊上都發了黃。地下彈片累累，瓦礫堆裡到處可見開花彈的彈丸。鎮上根本已沒有人影。

尼克自從離開福爾納奇以來，還沒有看到過一個人。不過他沿著公路一路騎來經過林木茂盛的地帶，曾經看到公路左側桑葉頂上騰起一陣陣熱浪，這說明密密麻麻的桑林後面顯然有大炮隱藏在那裡，炮筒都被太陽曬得發燙了。現在看見鎮上竟空無一人，他不免感到意外，於是就穿鎮而過，來到緊靠河邊、低於堤岸的那一段公路上。鎮口有一片光禿禿的空地，公路就從這裡順坡而下，在坡上他看到了平靜的河面，對岸曲折的矮堤，還有奧軍戰壕前壘起的泥土，早被曬得發白了。多時未見，這一帶已是那麼鬱鬱蔥蔥，綠得刺眼，儘管如今已成了個歷史性的地點，這一段淺淺的河流依舊是原來的樣子。

部隊部署在河的左岸。堤岸頂上有一排散兵坑，坑裡有些士兵。尼克看到有的地方架著機槍，焰火信號彈也上了發射架。堤坡上散兵坑裡的士兵則都在睡大覺，誰也沒來向他查問口令。他逕自往前走，剛隨著土堤拐了個彎，冷不防閃出來一個鬍子滿腮、鬢毛泛紅、滿眼都是血絲的年輕少尉，拿手槍對住了他。

「你是什麼人？」

尼克把身分告訴了他。

「有什麼證明？」

尼克出示了通行證，證件上有他的照片，有他的姓名身分，還蓋上了第三集團軍的大印。少尉一把抓在手裡。

「由我來保管。」

「那可不行，」尼克說。「證件必須還給我。手槍快收起來，放到槍套裡去。」

「我怎麼知道你是什麼人呢？」

「證件上不是寫著了嗎？」

「萬一證件是假的呢？這證件得交給我。」

「別傻了，」尼克神采飛揚地說。「快帶我去見你們的指揮官吧。」

「我得送你到營部去。」

「好吧，」尼克說。「喂，你認識帕拉凡西尼上尉嗎？就是那個留小鬍子的高個子，以前當過建築師，會說英國話的。」

「你認識他？」

「有點認識。」

「他指揮第幾連？」

「第二連。」

「現在他是營長。」

「那可好，」尼克說。聽說帕拉安然無恙，他心裡覺得一寬。「咱們到營部去吧。」

剛才尼克出鎮口的時候，右邊一所破房子的上空爆炸過三顆開花彈，此後就一直沒有聽見過炮聲。可是這軍官的臉色卻老像在挨排炮一樣，不但臉色緊張，連聲音聽起來都不大自然。他的手槍使尼克很不自在。

「快把槍收起來，」他說。「敵人跟你還隔著這麼大一條河呢。」

「我要真當你是間諜的話，這就一槍斃了你啦。」少尉說。

「好啦，」尼克說。「咱們到營部去吧。」這個軍官弄得他非常不自在。

營部設在一個掩蔽壕裡，代營長帕拉凡西尼上尉坐在桌子後邊，比從前更消瘦了，那英國氣派也更足了。尼克敬了個禮，他馬上從桌子後邊站了起來。

「好哇，」他說。「乍一看，簡直認不出你了。你穿了這身軍裝要幹什麼呀？」

「是他們叫我穿的。」

「見到你太高興了，尼古洛。」

「真太高興了。你氣色不錯呢。仗打得怎麼樣啊？」

「我們這場進攻戰打得漂亮極了。真的，漂亮極了。我指給你看，你瞧吧。」

他就在地圖上比劃著，講述了進攻的過程。

「我是從福爾納奇來的，」尼克說。「在路上也看得出一些情況。的確打得很不錯。」

「了不起，實在了不起。你現在調到團部？」

「不。我的任務就是到處走走，讓大家看看我這一身軍裝。」

「有這樣的怪事。」

「要是看到有這麼一個身穿美軍制服的人，大家就會相信美軍快要大批開到了。」

「可是怎麼讓他們知道這是美軍的制服呢？」

「你告訴他們嘛。」

「啊，明白了，我明白了。那我就派一名班長給你帶路，陪你到各處部隊裡去轉一轉。」

「像個他媽的政客似的。」尼克說。

「你要是穿了便服，那就要引人注目多了。在這兒穿便服的才真叫萬眾矚目呢。」

「還要戴一頂洪堡帽。」尼克說。

「或者戴一頂毛茸茸的軟呢帽也行。」

「照理說要以美軍姿態出現，我口袋裡該裝滿了香菸啦、明信片啦這一類的東西，」尼克說。「還應該背上一滿袋的巧克力。逢人分發，並帶著慰問幾句，還要拍拍背背。可是現在一沒有香菸、明信片，二沒有巧克力，所以他們叫我隨便走上一圈就行。」

「不過我相信你這一來，對部隊總是個很大的激勵。」

「你可別那麼想才好，」尼克說。「老實說我心裡覺得蹩扭得很。其實按我的一貫原則，我倒巴不得給你帶一瓶白蘭地來。」

「按你的一貫原則，」帕拉說，這才第一次笑了笑，露出了發黃的牙齒。「這話真說得妙極了。你要不要喝點軍中的土酒？」

「不喝了，謝謝。」尼克說。

「酒裡沒有乙醚呢。」

「我至今還覺得嘴裡有股乙醚味兒。」尼克一下子全想起來了。

「你知道，要不是那次一起坐卡車回來，在路上聽你胡說一通，我還根本不知道你喝醉了呢。」

「我每次進攻前都要喝個酩酊大醉。」尼克說。

「我就受不了，」帕拉說。「我第一次上戰場時嘗過這個滋味，那是我生平打的第一仗，一喝醉反而覺得肚子裡難過極了，到後來又渴得要命。」

「這麼說打仗你用不著靠酒來幫忙。」

情的。」

「可是你打起仗來比我勇敢多了。」

「哪裡，」尼克說。「我有自知之明，寧願自己還是喝醉的好。我倒不覺得這有什麼難爲情的。」

「我可從來沒見你喝醉過。」

「沒見過？」尼克說。「會沒見過？你難道不記得了，那天晚上我們從梅斯特里乘卡車到波托格朗德，路上我要睡覺，把自行車當作了毯子，打算拉過來在胸前蓋好？」

「那可不是在火線上。」

「不必談我的糗事了，」尼克說。「這我自己心裡太清楚了，我都不願意再想了。」

「那你還是先在這兒待會兒吧，」帕拉凡西尼說。「要打盹只管請便，在挨炮擊的時候很少有人能打瞌睡的。這會兒天還熱，要出去走走還嫌早。」

「我看反正也不忙。」

「你的狀況真的不壞嗎？」

「滿好。完全正常。」

「不，要實事求是說。」

「其實都還好。我的問題是如果沒有燈就睡不著覺。只不過還有這麼點毛病。」

「我早就說過你應該動個穿孔手術。別看我不是醫生，我知道這情形的。」

「不過，醫生認爲還是讓它自行痊癒的好，我也不能強求。怎麼啦？難道你看我的神經不大正常？」

「哪裡，絕對正常。」

「誰只要一旦給醫生下了個神經失常的診斷，那就夠你受的，」尼克說。「從此就再也沒有人相信你了。」

「我說還是打個盹好，尼古洛，」帕拉凡西尼說。「這個地方跟我們以前見慣的營部可不能比。我們就等著轉移呢。這會兒天還熱，你不要出去——犯不上的。就躺在那張鋪上吧。」

「那我就躺一會兒吧。」尼克說。

尼克躺在床鋪上。他身上不大對勁，心裡本來就很失望，何況連帕拉都看出來了，所以越發感到懷憂喪氣。這個地下掩蔽壕可不及從前的那一個大，記得當初他帶的那一個排，都是一八九九年出生的士兵，剛上前線，碰上進攻前的炮轟，在掩蔽壕裡嚇得一個個歇斯底里的，帕拉命令他帶他們每兩人一批，出洞去走走，好叫他們明白不會有什麼危險。他拿鋼盔皮帶緊緊的扣住了下巴，連嘴唇都沒動一動，心裡明知士兵們的這種毛病一發作就別想止得住。明知道帕拉提出的這種辦法根本是胡說八道；照理，誰要是哭鬧個沒完，那就揍他個鼻子開花，看他還有心思哭鬧。我倒想槍斃一個，可現在來不及了。怕他們會愈鬧愈凶，還是去揍他個鼻子開花吧。進攻的時間改在五點二十分了。咱們只剩下四分鐘了。還有那一個窩囊廢，也得把他揍個鼻子開花，揍完就給他屁股上來一腳把他踢出去。你看這樣一來他們就會去嗎？要是再不肯去，就槍斃兩個，把餘下的人好歹都一起轟出去。班長，你要在後面押隊哪。你自己走在前面，後面沒有一個人跟上來，那有屁用。你自己走了，要把他們也帶出去啊。真是胡鬧一氣。好了。這就對了。於是他看了看錶，才以平靜的口氣，以那種極有分量的平靜的口氣，說了聲：「真不愧是薩伏伊人。」

他沒有酒喝也只好去了，來不及弄酒喝了。地洞倒塌，洞的一頭整個坍塌了，他自己的酒哪還找得到呢。一切都是由此而起的。他沒喝酒就往那山坡上去了，就只這一回他沒有喝醉就往山坡上去了。回來以後，好像那座醫院的架空索道站就著了火，過了四天，有些傷員就往後方撤了，也有一些並沒撤，然而我們還是攻上去又退回來，退到山下——總是退到山下。呵，蓋蓓．特麗絲來了，奇怪，怎麼滿身都是羽毛啊。一年前你還叫我好寶貝呢……嘖嘖嘖……你還說你很喜歡我呢……嘖嘖嘖……有羽毛也好，沒羽毛也好，那可永遠是我的好蓋蓓，我呢，我就叫哈利．皮爾塞，我們倆上山一到陡坡，總要從右手裡跳下出租汽車。他每天晚上總會夢見這麼一座山，還會夢見聖心大教堂，晶瑩透亮，像個肥皂泡一樣。他的女友有時跟他在一起，有時卻跟別人作了伴，他也不明白是什麼道理，反正逢到她不在的夜晚，河水一定漲得異樣的高，水面也一定異樣的平靜。他總還夢見福薩爾塔鎮外有一所黃漆矮屋，四周柳樹環繞，旁邊還有一間矮矮的馬棚，屋前還有一條運河。這個地方他到過千八百次了，可從來沒見過有那麼一所屋子，不過現在每天一到夜裡，這所矮屋就會像那座山一樣清清楚楚地出現在眼前，只是見了這屋子他就害怕。那好像比什麼都重要，他每天晚上都會見到。

他倒也巴不得每天能看一看，只是他見了就會害怕，特別是有時見到屋前柳樹下運河岸邊還靜靜地停著一條船，那就怕得更厲害了。不過那運河的河岸跟這裡的河岸不一樣。運河的河岸更加低平，倒跟波托格朗台那一帶差不多，記得當初他們就是在波托格朗台看到那一批人，高高的捧著步槍，在水裡一步一掙扎，爬上淹沒的河灘而來，最後卻都連人帶槍紛紛被射倒在水裡。那個命令是誰下的？要不是腦子裡亂得像一鍋粥，他本來是可以想得起來的。他正是爲了這個緣故，所以凡事總要看個仔細，弄個清楚，心裡有了譜，臨事才可以應付自如，可是偏偏這腦子會無緣無故說糊塗就糊塗，例如現在他就糊塗了——他躺在營部的一張床鋪上，帕拉當上了營長，他呢，卻穿著一套倒帽的美軍制服。他仰起身來四下望望：只見大家都看著他。帕拉出去了。他就又躺了下來。

至於巴黎的那段經歷，論時間還要早些，對這一段事，他倒不是怎麼害怕，就算偶爾有些害怕吧，那也無非是因爲她跟著別人走了，否則就是擔心他們還會碰上早先照過面的那個車夫。他所害怕的無非就是這些。對前線的事倒是一點也不怕。他的眼前也不再出現前線的景象了，現在使他心驚膽戰、怎麼也擺脫不開的，倒是那幢長長的黃漆矮屋，以及那闊得異乎尋常的河面。他今天又重來這裡，走到了河邊，也去過了鎮上，卻看到並沒有那麼一所屋子。看到這裡的河也並非如夢中那樣。那麼他每天晚上去的到底是哪兒呢？那又有什麼可怕的呢？爲什麼他一醒過來就要遍體冷汗，爲了一幢屋子、一間長長的馬棚、一條運河，竟會比受到炮轟還嚇得厲害呢？

他坐了起來，小心翼翼地把腿放下；這雙腿伸直的時間一長，就要發僵；看到副官、信號兵和門口的兩個傳令兵都盯著他，他也盯了他們一眼，然後就把他那頂蒙著布罩的鋼盔戴上。

「很抱歉，我沒帶巧克力來，也沒帶明信片和香菸，」他說。「不過我還是穿著這身軍裝來了。」

「營長就快回來了。」那副官說。在他們部隊裡，副官不過是個軍士，不是軍官。

「這身軍裝還不完全符合規格，」尼克對他們說。「不過也可以讓大家心裡有個數。幾百萬美國大軍不久就開到了。」

「你說美國人會派兵到我們這兒來？」那副官問。

「那當然。這些美國人的塊頭都有我兩個那麼大，身體健壯，心地純潔，晚上睡得著覺，從來沒受過傷、挨過炸，也從來沒碰上過地洞倒塌，從來不知道害怕，也不愛喝酒，對家鄉的女友不會變心，多數從來沒有長過蝨子——都是些出色的小伙子，回頭你們就會看到。」

「你是義大利人？」那副官問。

「不，亞美利加人。你們看這身軍裝。是斯帕諾里尼服裝公司特地裁製的，不過縫得還不完全合乎規格。」

「北美，還是南美？」

「北美。」尼克說。他覺得那股氣又上來了。不行，要沉住點氣。

「可是你會說義大利話？」

「那又有什麼問題呢？難道我說義大利話不好嗎？難道我連義大利話都不可以說嗎？」

「你得了義大利勛章呢。」

「不過拿到了些勛表和證書罷了，勛章是後來補發的。不知是託人保管、人家走了呢，還是連同行李一起都遺失了。反正那在米蘭還買得到。要緊的是證書。你們也不要覺得不高興。你們在前線待久了，也會得幾個勛章的。」

「我是厄立特里亞戰役的老兵，」副官口氣生硬地說。「我在的黎波里打過仗。」

「真是幸會了，」尼克伸出手去。「那一仗想必打得挺辛苦吧。我剛才就注意到你的勛表了。你也許還去過了卡索吧？」

「我是最近才應徵入伍參加這次戰爭的，本來論年紀我已經超齡了。」

「我原先倒是適齡的，」尼克說。「可是現在也退役了。」

「那你今天還來幹什麼呢？」

「我是來讓大家看看這一身美軍制服的，」尼克說。「挺有意思的，是不是？領口是稍微緊了點，可是不需多久你們就可以看到，穿這種軍裝的要來好幾百萬，像蝗蟲那樣一大片。你們要知道，我們平日所說的蚱蜢——我們美國人平日所說的蚱蜢，其實也就是蝗蟲一類。真正的蚱蜢身軀小，皮色綠，蹦跳的勁頭也沒有那麼大。不過你們千萬不能弄錯，我說的是蝗蟲，不是蟬——不是知了。蟬會連續不斷地發出一種獨特的叫聲，可惜那種聲音我現在一時記不起來了。怎麼想也想不起來了。剛要想起來，一下子卻又逃得無影無蹤了。對不起，請讓我歇口氣。」

「去把營長找來，」副官對一個傳令兵說。「你受過傷的，我看得出來。」他又回頭對尼克說。

「受過好幾處傷啦，」尼克說。「要是你們對傷疤有興趣，我倒有幾個非常有趣的傷疤可以給你們看看，不過，我還是喜歡談談蚱蜢。我們所說的蚱蜢，其實也就是蝗蟲一類啦。這種昆蟲，在我的生命史上曾經起過不小的作用。說起來你們也許會感到有興趣，你們可以一邊聽我說，一邊就看我的軍裝。」

副官對另一個傳令兵做了個手勢，那傳令兵也出去了。

「好好的看著這套軍裝。要知道，這是斯帕諾里尼服裝公司裁製的。你們也請來看一看吧，」這句話，尼克是衝著那幾個信號兵說的。「我真沒有軍銜，不騙你們。我們是歸美國領事管的。只管請看，不要有什麼不好意思，睜大了眼睛看也不要緊。我這就來給你們講講美國的蝗蟲。根據我們一向的經驗，有一種叫做『茶色中個兒』的，那最好了。浸在水裡不容易泡爛，魚也最喜歡吃。還有一種個兒大些的，飛起來會發出響聲，很有點像響尾蛇甩響了尾巴似的，刺耳得很，翅膀的色彩都很鮮艷，有一色鮮紅的，有黃底黑條的，但是這種蟲子翅膀著水就糊，做魚餌嫌太爛，而『茶色中個兒』卻肉質肥，汁水足，又結實，儘管各位也許永遠也不會跟這種玩意兒打交道，不過假如可以冒昧推薦一下的話，我倒覺得這是非常值得向各位推薦的。只是有一點我還應該著重說一下，就是對付這種蟲子，你要是憑空用手去捉，或者拿個網拍去撲，那是捉上一輩子也不夠你做一天魚餌的。那種捉法簡直是胡鬧，是白白的浪費時間。我再說一遍，各位，那種捉法是絕對行不通的。正確的辦法，是使用捕魚用的拉網，或者拿普通的蚊帳紗做一張網。假如我可以發表點意見的話（說不定有一天我真會提個建議呢），我認為軍校裡上有關輕武器的課，應該把這個辦法也都教給每個青年軍官。兩個軍官把這樣長短的一張網子對角拉好，或者也可以一人拿一頭，躬著身子，一手捏住網的上端，一手捏住網的下端，就這樣迎著風快跑。蚱蜢順風飛來，一頭扎在網上，就都兜住了，逃不掉了。這樣不費多少工夫，就可以捕到好大一堆。所以依我說，每個軍官都應該隨身帶上一大塊蚊帳紗，需要時就可以做上這麼一隻捕蚱蜢的拉網。各位大概都聽懂我的意思了吧。有什麼問題嗎？如果對這一課還有什麼不明白的地方，請提出來，請儘管提出來。沒有問題嗎？那麼臨了我還想附帶講個意見。我要借用那位偉大的軍人兼紳士亨利．威爾遜爵士的一句話：各位，你們不做統治者，那就得被統治。讓我再說一遍。各位，有一句話我想請你們記住。希望你們走出本講堂的時候，都能牢牢記在心上。各位，你們不做統治者——那就得被統治。我的話講完了，各位。再見。」

他把那蒙著布罩的鋼盔脫下來，隨即又重新戴上，一彎腰從掩蔽壕的矮門裡走了出去。帕拉凡西尼跟著那兩個傳令兵，正從低窪的公路上遠遠的走來。陽光下熱極了，尼克把鋼盔脫了下來。

「這裡真應該弄個冷水設備，也好讓人家把這個用水沖沖，」他說。「我就到河裡去浸一浸吧。」他就舉步往堤岸上走去。

「尼古洛，」帕拉凡西尼喊道。「尼古洛，你到哪兒去呀？」

「其實去浸一浸也沒多大意思，」尼克捧著鋼盔，又從堤岸上走了下來。「反正戴著這麼重的鋼盔總是討厭。難道你們的鋼盔就從來不脫？」

「從來不脫，」帕拉說。「我戴得都快變成禿頂啦。快進去吧。」

一到裡面，帕拉就讓他坐下。

「你也知道，這玩意兒根本屁用也沒有，」尼克說。「我記得我們剛拿到手的時候，戴在頭上倒也膽子一壯，可是後來腦漿四溢的場面也見得多了。」

「尼古洛，」帕拉說，「我看你應該回去。依我看你要是沒有什麼慰勞品的話，到前線來反而不好。而這裡你也幹不了什麼事。就算你有些東西可以發發吧，你要是到前邊去走一走，弟兄們勢必都要擁到一塊兒，那不招來炮彈才怪呢。這可不行。」

「我也知道這都是胡鬧，」尼克說。「這本來也不是我的主意。我聽說我們的部隊在這兒，就想乘機來看看你，看看我的一些老相識。不然的話我也就到岑松或者聖唐納去了。我真想再到聖唐納去看看那座橋呢。」

「我不能讓你毫無意義的在這裡東走西走。」帕拉凡西尼上尉說。

「好吧。」尼克說。他覺得那股氣又上來了。

「你能諒解我吧。」

「當然。」尼克說。他極力想把氣按下去。

「這一類的行動是應當在晚上進行的。」

「是啊。」尼克說。他覺得他已經快按捺不住了。

「你瞧，我現在是這裡的營長了。」帕拉說。

「這又有什麼不該的呢？」尼克說。這一下可全爆發了。「你不是能讀書、會寫字嗎？」

「是的。」帕拉的口氣倒還溫和。

「可惜你手下的這個營人員少得也真可憐。等將來一旦兵員補足了，他們還會叫你回去當你的連長。他們爲什麼不把那些屍體埋一埋呢？我剛才算是領教過了。我實在不想再看了。他們不趕快埋，那是他們的事，跟我本來沒什麼相干，不過早些埋掉對你們可有好處。再這樣下去你們都要受不了的。」

「你把自行車停在哪兒啦？」

「在最末尾的那幢房子裡。」

「你看停在那兒妥當嗎？」

「不要緊，」尼克說。「我一會兒就去。」

「你還是躺一會兒吧，尼古洛。」

「好吧。」

他闔上了眼。出現在他眼前的，並不是那個大鬍子端起步槍瞄準了他，沉住了氣，一扣槍機，一道白光，恍惚一個悶棍打在身上，兩膝一軟跪了下去，一股又熱又甜的東西頓時堵住在喉嚨口，嗆得他都噴在石頭上，身旁湧過千軍萬馬——不，出現在他眼前的是一所黃牆長屋，旁邊有一間矮馬棚，屋前的河闊得異常，也平靜得異常。「天哪，」他說，「我還是走吧。」

他站起身來。

「我要走了，帕拉，」他說。「現在天還不晚，我還是早些騎車回去。回去看要是有什麼慰勞品到了，今兒晚上我就給你們送來。要是還沒有，等哪天有了東西，天黑以後我就送來。」

「這會兒還熱得很呢，你騎車不行吧。」帕拉凡西尼上尉說。

「你用不著擔心，」尼克說。「我這一陣子已經好多了。剛才是有點不對勁，不過並不厲害，現在就是發作起來也比以前輕多了。一發作我自己心裡就有數，只要看說話一嚕嗦，那就是毛病來了。」

「我派個傳令兵送你。」

「不用了吧，我認識路的。」

「那麼你就快些再過來，好吧？」

「一定。」

「我還是派——」

「別派了，」尼克說。「算是表示對我的信任吧。」

「好吧，那就回頭見了。」

「回頭再見，」尼克說。他回身順著低窪的公路往他放自行車的方向走去。下午只要過了運河，公路上就是一派濃蔭。在那一帶，兩邊樹木一點也沒有受到炮火的破壞。也就是在那一段路上，記得他們有一次行軍路過，正好遇上第三薩伏依騎兵團，舉著長矛，踏雪奔馳而過。

在凜冽的空氣裡，戰馬噴出的鼻息宛如一縷縷白煙。不，不是在那兒遇到的吧。那麼是在哪兒遇到的呢？

「還是趕快去找我那輛鬼車子吧，」尼克自言自語說。「可別迷了路，到不了福爾納奇了。」

15 在異鄉

秋天，戰爭持續打了一個秋天；然而我們卻不再參加了。米蘭的秋季氣候寒冷，夜晚來得非常早，街燈不久便亮起來了。這時沿街觀望櫥窗是一件愜意的事情。商店門外掛著許多獵物，雪花飛落在狐狸皮毛上，風吹拂著牠們的尾巴。鹿被懸吊在空中，看起來直挺挺、沉甸甸，而肚子則乾癟癟的；小鳥隨風飄蕩，羽毛被吹得倒翻起來了。

這是一個寒冷的秋天，風從高山吹來。

我們每天下午都在醫院裡，通過市區幽暗的街道到醫院裡去，有幾條不同的路線。其中兩條是沿運河而行，只是它們比較遠一些；但無論如何，總得越過運河上的一座橋才能進入醫院。總共有三座橋可以走。一座橋上有個婦人在賣炒栗子。站在她那炭火跟前感到暖烘烘的，栗子裝進衣袋裡以後仍然熱呼呼的。這家醫院十分古老而又十分美觀，你從大門口進來，步行穿過庭園，然後從對面大門口出去。平時葬禮就在這個院子裡舉行。在這座古老醫院的那邊，有一些磚砌的新亭閣，每天下午我們都到那裡相會：大家都很有教養，對自己的傷勢都十分關心，而且都坐在醫療器械上，據說這些器械具有顯著的復健效果。

醫生來到我坐在上面的那架機器跟前，說：「大戰以前你最喜歡做什麼呀？你參加過某種體育活動吧？」

我說：「是的，足球。」

「好，」他說。「你還能踢足球，會比以前踢得更好。」

我的膝部不能伸縮，我的小腿從膝蓋直垂到腳踝，一點也看不見腿肚，這機器就像騎三輪車那樣用來使膝蓋彎曲和運動。但是它並沒有彎曲；相反，當機器運轉到打彎的部位時，它突然傾斜了。那個醫生說：「以後就可以了。你是個有福氣的青年。你會像足球冠軍那樣重返球場的。」

下一台機器上坐著一個少校軍官，他有一隻嬰兒般的小手。當醫生檢查他那隻手的時候，他連連向我使眼色：他的手夾在兩根皮帶之間，皮帶上下跳動而拍打著他那僵硬的手指，他說：「我將來也會踢足球吧，上尉醫生？」他從前是一個十分出色的擊劍師，是義大利戰前最優秀的擊劍師。

醫生到他後面的辦公室裡取回一張顯影了一隻手的照片。這隻手在進行機器醫療以前已經萎縮得跟少校的手一樣小了；以後，稍微大了一些。少校用他那隻健康的手拿著照片，仔仔細細地端詳著。「受傷了？」他問。

「在一次操作中意外受傷的。」醫生說。

「很有趣，很有趣啊！」少校說。當即將照片遞給醫生。

「你有信心嗎？」

「沒有。」少校說。

有三個跟我年齡一樣大的男青年，每天也都來這裡。他們三個都是米蘭人，其中一個要作律師，一個想當畫家，另一個則立志從軍。機械治療過後，我們有時一同步行到在斯卡拉劇院旁邊的庫瓦餐館。因爲我們一行有四個人，便走近路，穿過共產主義者聚居的地區。由於我們是軍官，人們都憎恨我們；當我們路過一家酒店的時候，裡面常有人高聲叫喊：「打倒軍官！」另外一個青年偶爾也跟我們一起走路，於是我們便成爲五個人了。這個青年當時沒有鼻子，正待整容，所以他的臉上蒙著一塊黑絲手絹。他是從軍校直接到前線去的；當他第一次來前線陣地的時候，不到一小時便受傷了。他們給他整修了面部，他出身自一個非常古老的家庭，非常重視儀容，但他們永遠沒有將他的鼻子修整完好。他後來到南美洲去了，在一家銀行裡工作。不過這是很久以前的事情了。我們當中沒有人知道他後來的情形。我們當時只知道戰爭一直在進行著，而我們卻不再參加了。

我們都有同樣的勛章；只是那個臉上纏有黑絲綳帶的青年沒有，他在前線的時間太短了。那個臉色蒼白、個子高大而一心想當律師的青年，曾經當過阿迪提突擊隊的中尉，他一人就有三枚同樣的勛章，而我們每人只有一枚。他與死亡長年累月地打交道，便不由得習慣於冷眼看人生了。我們都有一種超然物外的態度，除了每天下午在醫院聚會之外，便沒有任何東西能將我們聯結在一起了。雖然，當我們走過市裡危險地段到庫瓦去的時候，在黑暗中行進，酒店裡有燈火，從裡面不斷傳出歌聲，有時不得不衝上街心；當人行道上男男女女擁擠不堪的時候，我們只有推撞他們才能邁步向前；我們感覺到某些發生過的事情使我們聯繫在一起了，而這是他們，那些不喜歡我們的人們，所不能理解的。

我們大家都熟悉庫瓦，這裡富足、溫暖，而且燈光柔和；在某一段時間裡，人聲嘈雜，煙霧瀰漫：女侍者一直不離餐桌左右，牆壁架子上還掛有插圖報紙。庫瓦餐館的女侍者是極其愛國的，而且我發現義大利最愛國的人是餐館裡的女侍者——我相信她們現在仍然具有愛國熱忱。

起初，這些青年人對我的勛章十分尊重，問我曾經立了什麼功勞才得的勛章。我把證書拿給他們看。這些證書措辭漂亮，滿紙兄弟情誼和獻身精神；但是，把這些形容詞勾銷，其真正想說的是，他們之所以授予我這些勛章，僅僅因爲我是個美國人。從此以後，他們對我的態度便產生了一些變化，儘管我是與他們一起反對外來侵略的朋友。我是他們的朋友，不過，在他們讀過這些嘉獎令之後，我便永遠不再真正是他們當中的一員了。我跟他們有了隔閡，因爲他們獲取勛章的理由與我的很不一樣。我在戰場上受過傷，這倒是千真萬確的，但是我們都知道，其實受傷畢竟是一次意外事件。然而，我從來沒有爲這些綬帶感到過羞愧，只是在飲過雞尾酒以後，有時想到自己也曾做過他們爲追逐勛章而幹出的種種事情。在夜晚回家的路上，穿過商店皆已關閉和秋風瑟瑟下空蕩蕩的街道，而盡量在路燈不行走的時候，我才認識到我從來沒有幹過這類事情，我極其怕死，夜間一個人躺在床上經常感到死的恐懼，我真不知道我重返前線之後又該如何呢？

第三個佩戴勛章的軍人有如獵鷹；我對那些從未打過獵的人來說雖然像鷹，卻畢竟不是鷹。他們這三個人比我更明白，於是我們彼此便逐漸疏遠了。然而我與那個到前線第一天便受了傷的青年則一直是好朋友；他現在無從知道他是怎樣受傷的，結果他也不爲人所理睬：因爲我想他也許不會成爲一隻鷹，所以我才喜歡他的。

那個過去曾是武藝高強的擊劍師少校，並不信奉勇敢無畏，在我們進行機械醫療的過程中，他把大部分時間用在糾正我語法的錯誤上。他稱讚過我的義大利語，所以我們一起交談得十分順利。一天，我告訴他，義大利語對我來說是如此容易的一種語言，我對它已不很感興趣了，一切都這麼容易表達。「啊，不錯，」少校說。「嗨，那你爲什麼不重視語法呢？」於是我們開始學習語法。不久，義大利語對於我又成爲一種困難的語言了，我心裡必須先搞清語法關係才敢和他講話。

少校來醫院總是非常按時。雖然我敢說他不相信器械醫療，但是我知道他從來沒有耽誤過一天。有一度我們誰都不相信這些器械，某天，少校說，這全是瞎胡鬧。機器在當時是新玩意兒，拿我們來作試驗。他說，這是一種荒唐的主意，「跟別的理論一樣，又是一種理論。」我沒有學好語法，他便說我是個令人感到無限恥辱的笨蛋；還說，他不厭其煩地教我學習語法，也真太傻了。他身材矮小，端端正正地坐在椅子上，右手伸進機器裡，眼睛凝視著前面的牆壁，這時皮帶和它裡面的手指上下撲擊著。

「如果戰爭能夠結束的話，那你以後打算怎麼辦？」他問我。「你說話要合乎語法！」

「我要回美國去。」

「你結婚了吧？」

「沒有，可是我希望結婚。」

「那你簡直是個大傻瓜，」他說。他像是非常憤怒。「男人絕不能結婚。」

「爲什麼，少校？」

「不要叫我『少校』。」

「男人爲什麼不能結婚呢？」

「男人不能結婚。男人不能結婚，」他忿忿地說。「他要是明明知道他將來要喪失一切，他就不應當將自己置於這樣的處境。他不應當將自己置於喪失的處境。他應當去追求他不會喪失的東西。」他非常氣憤和悲痛地說著；在他講話的時候，他目不轉睛地注視著前方。

「但他爲什麼一定會失掉一切呢？」

「他一定會失掉的，」少校說。他默默注視著牆壁。然後，他低頭望著機器，將那隻小手猛地從皮帶間抽出，並用它狠狠地抽打他的大腿。「他一定會失掉的，」他幾乎大聲叫喊起來。「不要跟我爭論！」他招呼那個操縱機器的護理人員。「過來，把這該死的東西關掉。」

他到另外一間屋子裡進行輕微的治療和按摩去了。不久，我聽他問醫生能不能用一下他的電話，同時把門關上。當他重回到這個房間裡的時候，我正坐在另外一台機器上。他披著斗篷，戴著帽子，一直來到我機器跟前，把他的手臂放在我的肩膀上。

「很對不起，」他說，同時用他那隻好手拍我的肩頭。「我不是無理取鬧。我妻子剛剛去世。請務必原諒我。」

「啊——」我說，爲他感到悲傷。「我也很難過。」

他站在那裡，咬著下嘴唇。「這太難了，」他說。「我也很難控制自己。」

他的目光一直掠過我，投向窗外。然後，他開始哭了。「我的確不能控制自己了。」他抽噎著說。當即放聲哭了起來，仰著頭，眼睛視若無睹地觀望著；他神態威嚴，不失軍人氣概；他緊咬雙唇，兩頰掛著淚花，從機器旁邊走過，到門外去了。

醫生對我說，少校的妻子死於肺炎；她十分年輕，直到他確知殘廢而脫離戰爭以後，他們才結婚。她只病了三、五天，可是誰也想不到她會死。這天之後，少校有三天沒有到醫院。以後又跟往常一樣按時來了，軍服上戴著黑袖章。當他回到醫院的時候，牆壁上掛著鑲有鏡框的大幅照片，說明各種創傷在機器醫療前後的情形。在少校使用的器械前，是病情跟他一樣而完全恢復原狀的三張以手為顯影內容的照片。我不知道醫生是從哪裡把它們弄來的。我一直認為我們是第一次使用這些器械。少校的眼睛只盯著窗外，所以這些照片對他沒有產生多大影響。

第四部

士兵在鄉

16

大雙心河（一）

列車順著軌道駛去，繞過上面有燒焦樹木的荒山中的一座，失去了蹤影。尼克在那捆由挑夫從行李車門內扔出來的帳棚和鋪蓋捲上坐了下來。這裡沒有鎮甸，除了鐵軌和火燒過的土地，什麼也沒有。沿著森尼鎮唯一的街道曾有十三家酒館，現在已經沒有留下一絲痕跡。廣廈旅館的屋基凸出在地面上。基石被火燒得破碎而迸裂了。森尼鎮就剩下這些殘垣，連土地的表層也給燒毀了。

尼克望著被火燒過的那截山坡，他原指望能看到鎮甸中的那些房屋散布在上面，然後他順著鐵路軌道走到河上的橋邊。河還在那裡。河水在橋墩的圓木樁上激起漩渦。尼克俯視著由於河底的卵石而呈褐色的清澈河水，觀看鱒魚抖動著鰭在激流中穩住身子。他看著看著，牠們倏地拐彎，變換了位置，然後又在急水中穩定下來。尼克對著牠們端詳了好半晌。

他看著牠們把鼻子探進激流，穩定了身子，這許多在飛速流動的深水中的鱒魚顯得稍微有些變形，因爲他是穿過水潭那凸型玻璃般的水面一直望到深處的。水潭表面的流水，拍打在阻住去路的圓木樁組成的橋墩上，滑溜地激起波浪。水潭底部藏著大鱒魚。尼克起初沒有看到牠們。後來他才看見牠們潛在潭底，這些大鱒魚在潭底的礫石層上穩住了身子，正處在流水激起的一股股像游移不定的迷霧般的礫石和沙子中。

尼克從橋上俯視水潭。這是個大熱天。一隻魚鷹朝上游飛去。尼克好久沒有觀望過小溪，也沒有見過鱒魚了，這回看到牠們感覺非常滿意。隨著那魚鷹在水面上的影子朝上游掠去，一條大鱒魚朝上游竄去，構成一道長長的弧線，不過僅僅是牠在水中的身影勾勒出了這道弧線，等到牠躍出水面，被陽光照著，瞬即就失去了身影：接著，牠穿過水面回到水裡，身影彷彿隨著水流一路漂去，毫無阻礙地直漂到牠在橋底下常待的地方。這時尼克繃緊了身子，逕自面對著橋下的激流。

隨著鱒魚的動作，尼克的心抽緊了。過去的感受全部襲上了心頭。

他轉身朝下游望去。河流一路向前伸展，卵石墊底的河面上有些淺灘和大漂石，在河水流到一處峭壁腳下拐彎的地方，有個深水潭。

尼克踩著一根根枕木回頭走，走到鐵軌邊一堆灰燼前，那兒放著他的背包。他感覺很愉快。他把背包上的帶子繞好，抽緊背帶，把背包挎上背去，兩條胳臂穿進背帶圈，用前額頂在寬闊的背物帶上，減少一些把肩膀朝後拉的分量。然而背包還是太重，實在太重。他一手拿著皮製的釣竿袋，身子朝前衝，使背包的分量壓在肩膀的上部，然後，他撇下那處在熱空氣中的已焚毀的鎮子，順著和鐵路軌道平行的大路走，然後在兩旁各有一座被火燒過的高山小丘邊拐彎，走上直通內地的大路。

他順著這條路走，感到沉重的背包勒在肩上的痛楚。大路持續地朝上坡延伸。登山真是艱苦的行程。尼克的肌肉發痛，天氣又熱，但他感到愉快。他感到已把一切都拋在腦後了，不需要思索，不需要寫作，不需要幹其他的事了。全都拋在腦後了。

自從他下了火車，挑夫把他的背包從敞開的車門內扔出以來，情況就和從前不同了。森尼鎮被焚毀了，那一帶土地被整個燒光了，換了模樣，可是這沒有關係，不可能什麼都被燒毀的。他明白這一點。他順著大路步行，在陽光下冒著汗，一路爬坡，準備跨過那道把鐵路和一片松樹覆蓋的平原分隔開的山脈。

大路一直往前，偶爾有段下坡路，但始終是在向高處攀登。尼克繼續朝上走。大路和那被火燒過的山坡平行伸展了一程，終於到達了山頂。尼克倒身靠在一截樹樁上，從背包圈中解脫出來。在他的面前，極目所見，就是那片松樹覆蓋的平原。被焚燒的土地到左面的山脈為止。前面平原上撅起了一座座小島似的黝黑松林。左面遠方是那道河流。尼克用目光順著它望去，看見河水在陽光中閃爍。

他的前面只有這片松樹覆蓋的平原了，直到遠方的那抹青山，它標誌著蘇必略湖邊的高地。他簡直看不大清楚這抹青山，隔著平原上的一片熱浪，它顯得又模糊又遙遠。如果他過分地凝神定睛望著，它就不見了。然而若是隨便一望，這抹高地上的遠山卻明明就在那兒。

尼克背靠著被燒焦的樹樁坐下，抽起香菸來。他的背包擱在這樹樁上，隨時可以套上背脊，它的正面有一個被他背部壓出的凹處。尼克坐著抽菸，眺望著山野。他用不著把地圖掏出來。他只要根據河流的位置，就知道自己正在什麼地方。

他抽著菸，兩腿伸展在前面，他看到一隻蚱蜢沿著地面爬，爬上他的羊毛短襪。這隻蚱蜢是黑色的。他剛才順著大路走，一路登山，曾驚動了塵土裡的不少蚱蜢。牠們全是黑色的。牠們不是那種大蚱蜢，起飛時會從黑色的翅鞘中伸出黃黑兩色或紅黑兩色的翅膀來呼呼地振動。

這些僅僅是一般的蚱蜢，不過顏色都是煙灰般黑。尼克一路走來時，曾經感到納悶，但並沒有認真思量過。此刻，他端詳著這隻正在用牠那分成四片的嘴唇，啃著他羊毛襪上的毛線的黑蚱蜢，認識到牠們是因為生活在這片被燒遍的土地上，才全都變成黑色的。他看出這場火災，該是在上一年發生的，這些蚱蜢如今全都變成黑色的了。他想，不知道牠們能保持這樣子多久。

他小心地伸下手去，抓住了這隻蚱蜢的翅膀。他把牠翻過身來，讓牠所有的腿兒在空中划動，看牠那有環節的肚皮。看啊，這肚皮也是黑色的，而牠的背脊和腦袋卻是灰暗的，閃著虹彩。

「繼續飛吧，蚱蜢，」尼克說，第一次出聲說話了。「飛到別處去吧。」

他把蚱蜢拋向空中，看牠飛到大路對面一個已燒成炭的樹樁上。

尼克站起身來。他側身靠著豎放在樹樁上的背包，把兩臂穿進背帶圈。他挎起背包站在山頂上，目光越過山野，眺望遠方的河流，然後撇開大路，走下山坡。腳下的坡地很好走。下坡兩百碼的地方，火燒的範圍到此為止了。接著要穿過一片高齊腳踝的香蕨木，還有一簇簇短葉松；面前是好長一片時常有起有伏的山野，腳下是沙地，四下又是一片生機盎然了。

尼克憑太陽定位他的方向。他知道要走到河邊的什麼地方，就繼續穿過這松樹覆蓋的平原走，登上小丘，一看前面還有其他小丘，有時候，從一個小丘頂上望見右方或左方有密密麻麻的大片松樹。他折下幾小枝樣子像石楠的香蕨木，插在背包的帶子下。它們被磨碎了，他一路走一路聞著這香味。

他跨過這高低不平、沒有樹蔭的平原，感到疲乏，而且很熱。他知道隨時都可以朝左手拐彎，走到河邊。至多一英里遠。可是他只顧朝北走，要在一天的步行中盡可能到達河的更上游。

尼克走著走著，有一段時間望得見一個大松林，聳立在他正在跨越的丘陵地上。他走下坡去，隨後慢慢地上坡走到橋頭，轉身朝松林走去。

在這片松林中沒有矮灌木叢。樹身一直朝上長，或者朝彼此傾斜。樹身筆直，呈棕褐色，沒有枝椏。枝椏在高高的樹頂，有些交纏在一起，在褐色的林地上投射下濃密的陰影。樹林四周有一片空地，褐色的泥土，尼克踩在上面，覺得軟綿綿的。這是松針累積而成的，一直伸展到樹頂那些枝椏的寬度以外。樹長高了，枝椏移到了高處，把這道它們曾用影子遮蓋過的空地讓給陽光來映照了。在這道林地延長地帶的邊緣，香蕨木地帶輪廓分明地開始入目了。

尼克卸去背包，在樹蔭中躺下。他朝天躺著，抬眼望著松樹的高處。他伸展在地上，脖子、背脊和腰部都覺得舒坦。背部貼在地上，感到很愜意。他抬眼穿過枝椏，望望天空，然後閉上眼睛。他張開眼睛，又抬眼望著。在高處的枝椏間刮著風。他又閉上眼睛，就此入睡了。

尼克醒過來時，覺得身子僵硬、痲痹。太陽差不多已經下山了。他的背包很重，挎在背上，帶子勒得很痛。他背著背包彎下身子，拎起皮釣竿袋，從松林出發，跨過香蕨木窪地，朝河邊走去。他知道路程不會超過一英里。

他走下一道布滿樹樁的山坡，走上一片草場。草場邊流著那條河。尼克很高興走到了河邊。他穿過草場朝上游走去。走著走著，褲腿被露水弄得濕透了。炎熱的白天一過，露水就凝結起來，很是濃稠。河流沒有一絲聲響。因爲它流得又急又平穩。尼克走完草場，還沒登上一片他打算在上面宿營的高地，就朝下游望去，觀看鱒魚躍出水面。牠們跳起來捕食日落後河道對面沼地上飛來的蟲子。鱒魚跳出水面捕捉牠們。尼克穿過河邊這一小段草場時，鱒魚就在高高地躍出水面了。他此刻朝下游望去時，發現蟲子大概都棲息在水面上，因為一路朝下游，都有鱒魚在興致勃勃地捕食。他一直望到這一長截河道的盡頭，只見鱒魚都在跳躍，攪出了不少圓形水紋，好像開始下雨時的光景。

地勢越來越高了，上有樹木，下有沙地，直到高得可以俯瞰草場、那截河道和沼地。尼克放下背包和釣竿袋，尋找一塊平坦的地方。這時他餓得很，但是要先搭了帳棚才做飯。在兩棵短葉松之間，土地很平坦。他從背包裡拿出斧頭，砍掉兩個撅出的根條，就弄平了一塊大得可供睡覺的地方。然後他伸手磨平沙地，把所有的香蕨木連根拔掉。他的雙手被香蕨木弄得很好聞。他磨平拔掉了香蕨木的泥土。他不希望鋪上毯子後底下有什麼隆起的東西。等他磨平了泥土，他鋪上三條毯子。他把第一條對摺起來，鋪在地上，另外兩條攤在上面。

他用斧頭從一個樹樁上劈下一片閃亮的松木，把它劈成可用來固定帳棚的木釘。他要的是又長又堅實的木釘，可以牢牢地敲進地面。再從背包裡取出了帳篷，攤在地上，使這靠在一棵短葉松上的背包看來小得多了。尼克拿起那根用作帳棚棟梁的繩子，一端繫在一棵松樹的樹身上，握著另一端把帳棚從地面上拉起來，繫在另一棵松樹上。帳棚從這繩子上掛下來，像曬衣繩上晾著的大帆布片。尼克把他砍下的一根樹幹撐起這塊帆布的後部，然後把四邊用木釘固定在地上，搭成一座帳棚。他用木釘把四邊繃得緊緊的，用斧頭那平坦的一面把它們深深地敲進地面，直到繩圈被埋進泥裡，帆布帳棚繃得像鼓一樣緊。

在帳棚敞開的門上，尼克安上一塊薄紗來擋蚊子。他拿了背包中的一些東西，從這擋蚊布下爬進帳棚，把東西放在帆布帳棚斜面下的床頭。在帳棚裡，天光透過棕色帆布滲透進來，有一股好聞的帆布氣味。已經有一些像家的氣氛了，而且還略帶有些神秘感。尼克爬進帳棚時，心裡很喜悅。這一整天，他也並非始終不愉快的。這下子當然完全不同了。回到這裡來宿營是他的心願。現在紮營的事兒辦好了。這次旅行實在很辛苦。他十分疲乏。現在這事兒終於辦好了。他搭好了野營。他安頓了下來。什麼東西都不會來侵犯他。這是個紮營的好地方。他就在這兒，在這個好地方。他正在自己搭起的家裡。眼下他餓了。

他從紗布下爬出來。外面一片黝黑，帳棚裡倒還亮些。

尼克走到背包前，用手指從底部一包用紙裹住的釘子中掏出一枚長釘子。他緊緊捏住了，用斧頭那平坦的一面把它輕輕地敲進一棵松樹。他把背包掛在這釘子上。他帶的用品全在這背包裡。它們現在離開了地面，受到保護了。

尼克覺得餓了。他認爲自己從來沒有這樣餓過。他開了一罐黃豆豬肉和一罐義大利式實心麵條，倒在平底煎鍋內。

「既然我願意把這種東西帶來，我就有權利吃它。」尼克說。他的聲音在這越來越黑的樹林裡聽上去很古怪。他不再說話了。

他用斧子從一個樹樁上砍下幾塊松木片，生了一堆火。在火上，他安上一個鐵絲烤架，用皮靴跟把它的四條腿敲進地面。尼克把煎鍋擱在烤架上，就在火焰的上面。這時他更餓了。眼見豆子和麵條熱了，尼克把它們攪和在一起。它們開始沸騰了，一些小氣泡困難地冒到麵上來。有一股好聞的味道。尼克拿出一瓶番茄醬，切了四片麵包。這會兒小氣泡冒得快些了。尼克在火旁邊坐下來，從火上端起煎鍋。他把鍋中大約一半的食物倒在白鐵盤子裡。食物在盤子裡慢慢地擴散。尼克知道還太燙。他倒了些番茄醬在上面。他知道豆子和麵條還是太燙。他望望火，然後望望帳棚，他可不想燙痛了舌頭，把這番享受給破壞掉。多少年來，他從沒好好享受過煎香蕉，因為他始終等不及讓它冷卻了才吃。他的舌頭非常敏感。他確實餓得厲害。他看見河對面的沼地在幾乎全黑的夜色中升起一片薄霧。他再望了一眼帳棚。一切都好。他從盤子裡吃了滿滿一匙。

「基督啊！」尼克說。「耶穌基督！」他高興地說。

他把一盤東西吃完了才想起麵包。尼克把第二盤和麵包一起吃了，把盤子抹得光亮。自從他在聖伊格內斯一家車站食堂喝了杯咖啡、吃了客火腿三明治以來，一直還沒吃過東西。這是段非常美好的經歷。他曾經這樣餓過，但當時沒法滿足食欲。如果他願意，他原可以早在幾小時前就紮營的。這條河邊多的是宿營的好地點。不過要現在這樣才美好啊。

尼克在烤架下面塞進兩大塊松木。火頭竄上來了。他剛才忘了舀煮咖啡用的水。他取出一個折疊式帆布提桶，一路下山，跨過草場的邊緣，來到河邊。對岸正籠罩在一片白霧中。他在岸邊跪下，把帆布提桶浸在河裡，覺得又濕又冷。提桶鼓起了，在流水中很有點分量。水冷得像冰。尼克把提桶漂洗了一下，裝滿了水拎到宿營地。離開了河流，感覺上才不那麼冷了。

尼克又敲進一枚大釘，把裝滿水的提桶掛在上面。他把咖啡壺舀了半壺水，又加了一些松木片在烤架下的火上，然後放上咖啡壺。他不記得自己是用什麼方法煮咖啡的了。他只記得曾為此跟霍普金斯爭辯過，但不記得自己到底贊成用哪種方法。他決定讓咖啡煮沸。他想起來了，這正是霍普金斯的辦法。他過去跟霍普金斯對什麼事情都要爭論。他在等咖啡煮沸的時候，開了一小罐糖水杏子。他喜歡開罐子。他把罐中的杏子全倒在一隻白鐵杯裡。他注視著火上的咖啡，喝著杏子的甜汁，起先小心地喝，免得溢出杯來，然後若有所思地喝著，把杏子都嚥下肚去。它們比新鮮杏子好吃。

他望著望著，咖啡煮開了。壺蓋被頂起來，咖啡和渣子從壺邊淌下來。尼克把壺從烤架上取下。這是霍普金斯的勝利。他把糖放在剛才吃杏子用的空杯子裡，倒了些咖啡在裡面，讓它冷卻。咖啡壺太燙，不好倒，他就用他的帽子來包住壺柄。他根本不想讓帽子浸在壺裡。反正倒第一杯時不能這樣。應該一直到底採用霍普金斯的辦法。霍普金斯應該受到尊重，他是十分認真的咖啡愛好者。他是尼克所認識的最最認真的人。不是莊重，是認真。這是好久以前的事。霍普金斯講起話來嘴唇不動。他當年是打馬球的。他在德克薩斯州賺到了幾百萬元。他當初借了車錢上芝加哥來，恰巧電報傳到，說他的第一口大油井出油了。他原可以拍電報去要求匯錢的，但這樣就太慢了。他們管霍普的女朋友叫金髮維納斯。霍普不在意，因爲她並不真正是他的女朋友。霍普金斯十分自負地說過，誰也不能拿他真正的女朋友開玩笑。

他是有理的。電報來到時，霍普金斯已經走了。他在黑河邊。過了八天，電報才送到他手裡。霍普金斯把他的二二口徑的科爾特牌自動手槍送給了尼克。他把照相機送給了比爾。這是作爲對他的永久性紀念。他們本來打算下一個夏天再一起去釣魚。霍普金斯發了財，他要買一條遊艇，大家一起沿著蘇必略湖的北岸航行。霍普容易激動，但很認真。他們彼此說了再見，大家都覺得不是滋味。這次旅行爲此而打斷了。他們後來沒有再見過霍普金斯。這是好久以前在黑河邊發生的事。

尼克喝了咖啡，是按照霍普金斯的方法煮的咖啡。這咖啡很苦。尼克笑了。這樣來結束這段故事倒很好。他的思想活躍起來了。他知道可以把這思路掐斷，因爲他相當累了。他潑掉壺中的咖啡，把咖啡渣倒在火裡。他點上一支香菸，走進帳棚。他脫掉鞋子和長褲，坐在毯子上，把鞋子捲在長褲中當枕頭，鑽進毯子下。

穿過帳棚的門，他注視著火堆的光。這時夜風正朝火堆在吹。夜很寧靜。沼地寂靜無聲。尼克在毯子下舒適地伸展著身子。一隻蚊子在他耳邊嗡嗡作響。尼克坐起身，劃了一根火柴。蚊子躲在他頭頂的帆布帳棚上。尼克把火柴迅速朝牠身上移去。蚊子在火中發出嘶的一聲，叫人聽來滿意。火柴熄滅了。尼克又蓋上毯子躺下來。他翻身側睡著，閉上眼睛。他昏昏欲睡。他覺得睡意襲來。他在毯子下蜷起身子，就酣然入睡了。

17

大雙心河（二）

旭日初昇，帳棚裡開始熱了起來。尼克從掛在帳棚門上的蚊帳紗下爬出來，觀覽清晨的景色。他爬出帳棚時，雙手被草弄濕了。他手裡拿著長褲和鞋子。太陽剛從小山後爬上來。面前是那草場、河流和沼地。河對面沼地邊的綠草地上長著些白樺樹。

河水在清晨顯得清澈，平順地快速流淌著。下游大約兩百碼的地方，有三根圓木橫擱在流水上。它們使被攔住在上面的河水顯得又平又深。尼克觀察的時候，有隻水貂從圓木上跨過河去，鑽進沼地。尼克很興奮。他被這清晨和河流帶來的感受逗引得很興奮。他因爲時程實在太匆促，不想吃早飯，但他知道還是必須吃。他升了一小堆火，放上咖啡壺。等著壺中的水燒開，他拿了一隻空瓶，從高地邊下坡走到草場上。草場被露水弄濕了。尼克想趁太陽尙未把草地曬乾前捉些蚱蜢當魚餌。他找到了許許多多好蚱蜢。牠們躲在草莖下，有時候就棲息在草莖上。牠們很冷，被露水弄濕了，要等太陽曬熱了身子才能蹦跳。尼克把牠們撿起來，專門挑中等大小的褐色蚱蜢，放在瓶子裡。他把一根圓木翻過來，就在它一邊的底下有幾百隻蚱蜢。那是個蚱蜢的窩。尼克把約莫五十隻中等大小的褐色蚱蜢放在瓶子裡。他一隻隻撿起來時，其他的蚱蜢給陽光曬熱了，開始跳走。牠們邊跳邊飛。牠們先飛了一段路，就棲息下來，保持了僵直的姿勢，彷彿死了一樣。

尼克知道，等他吃罷早飯，牠們就會和平時一般活躍。如果草上沒有露水，他得花上一整天工夫才能抓到一整瓶的好蚱蜢，而且用他的帽子猛撲上去，免不了會壓死好多隻。他在河裡洗了手。跑近河邊使他興奮。然後他走到帳棚前。蚱蜢已經在草叢間僵直地蹦蹦跳跳。瓶子給陽光曬熱了，被他捉來的蚱蜢在裡面一起蹦跳著。尼克塞上一截松枝，當作瓶塞。松枝正好塞住了瓶口，這樣蚱蜢沒法跳出來，同時也有足夠的空氣流通。

他把圓木翻回原處，知道每天早晨都可以在那兒抓到蚱蜢。

尼克把這個裝滿了蹦跳著的蚱蜢的瓶子，放在一棵松樹的樹身前。他迅速用水攪拌著一些蕎麥麵粉，攪得很均勻，用量是一杯麵粉加一杯水。他放了一把咖啡在壺裡，從罐子裡舀出一塊牛油，放在滾燙的煎鍋裡，弄得潑喇作響。他把麥糊滑溜地倒在這冒煙的煎鍋上。它像岩漿般擴散開來，牛油清脆地潑喇作響。蕎麥餅的四周硬起來，然後發黃，接著發脆。表面上慢慢起泡，現出氣孔。尼克拿一片乾淨的松木插進這餅被烤成棕色的底面。他把煎鍋朝橫裡一甩，餅就脫離了鍋面。我不想用鍋子把它翻面，他想。他把這片乾淨木片直插在整個餅的下面，把它翻了面。它在鍋面上潑喇作響。

烤好了餅，尼克在煎鍋上重新塗了牛油。他把剩下的麵糊全倒上去，又做成了一塊大煎餅，還有一塊小一點兒的。

尼克吃了一塊大煎餅和那塊小一點兒的，上面塗了蘋果醬。他把第三塊餅也塗上了蘋果醬，對摺了兩次，用油紙包好，塞在襯衫口袋裡。他把那瓶蘋果醬放回在背包裡，切了做兩塊三明治的麵包。

他從背包裡找出一個大球蔥。把它一切爲二，剝去有光澤的外皮。然後再把半個切成一片片，做成了球蔥三明治。他把它們用油紙包好，放進卡其襯衫的另一個口袋，扣上鈕扣。他把煎鍋翻轉，擱在烤架上，把加了煉乳而變甜的黃褐色咖啡喝掉，然後收拾宿營的家什。這裡真是個很好的宿營地。

尼克從皮釣竿袋中取出他的釣竿，把一節節連接起來，把釣竿袋塞進帳棚。他裝上卷軸，把釣絲穿過導軌。在穿的時候，他不得不用兩手輪流握住釣絲，不然它會因自身的重量而往回溜去。這是一根很粗的雙股釣絲。尼克好久以前花八塊錢買來的。它做得很粗，爲了可以在空中朝後甩，再筆直而有分量地朝前甩，這樣才能把簡直沒有份量的蠅餌甩進水裡。尼克打開放導線的鋁匣。匣中的導線捲起了嵌在濕漉漉的法蘭絨襯墊之間。尼克坐在朝聖伊格內斯開的火車上時，已經用冷卻飲水缸裡的水把襯墊弄濕。這些嵌在濕襯墊之間的羊腸導線變得柔軟了，這會兒尼克解下一根，用一圈細線把它紮在粗釣絲的末梢上。他在導線的另一端安上一個釣鉤。這是個小釣鉤，很細，富有彈性。

尼克把釣竿橫在膝上坐著，從釣鉤匣中取出這個釣鉤。他把鉤絲拉緊，試試那個結打得牢不牢，並試試釣竿的彈性。他感到很滿意。他小心翼翼，不讓釣鉤鉤住他的手指。

他起身朝小河走去，握著釣竿，脖子上掛著那瓶蚱蜢。那是用一條皮帶打了個活結繫在瓶頸上的。他的魚網掛在腰帶的一個鉤子上。他肩上掛著個很長的麵粉袋，每個角上挽了個結，用繩子掛在肩上。麵粉袋拍擊著他的大腿。

身上掛著這些東西，尼克感到走路有些不便，但心裡滿懷著釣魚行家的樂趣。那瓶蚱蜢揮擊著他的胸膛。他襯衫口袋裡塞滿了午餐的吃食和釣鉤匣，脹鼓鼓地頂在他身上。

他跨進小河，這使他身子爲之一震。他的褲腿緊貼在腿兒上。他感到鞋底踩在砂礫上。冰冷的河水使他不禁打了個哆嗦。

河水湧過他那浸濕的兩腿。他跨進去的地方，水沒到膝蓋以上。他順著河流蹚水而行。砂礫在他鞋底擦過。他低頭看看在腿下打旋的流水，倒轉玻璃瓶，打算捉一隻蚱蜢。

第一隻蚱蜢從瓶口一躍，跳到水裡。牠被在尼克右腿邊打旋的水吸了下去，在下游過去一點兒的地方冒出水面。牠飛快地漂去，腿兒踢動著，倏地一轉，打破了平滑的水面，就不見了。一條鱒魚把牠吞了肚。

另一隻蚱蜢從瓶口探出頭來。牠的觸鬚抖動著。牠正把兩隻前腳伸出瓶來，準備跳躍。尼克一把抓住牠的頭，捏著牠，把細鉤穿過牠的下巴，一直刺透咽喉直到牠肚子最下部的那幾個環節。蚱蜢用前腳攥住了釣鉤，朝它吐著菸草般的汁液。尼克把蚱蜢拋到水裡。

右手握著釣竿，他順著蚱蜢在流水中的拉力放出釣絲。他用左手從卷軸上解下釣絲，讓它穩穩當當地溜出去。他還看得見那蚱蜢在流水的細小波浪中蹦跳。後來就不見了。

釣絲抽動了一下。尼克把這繃緊的釣絲往回拉。這是第一次上鉤的魚兒。他把這時正在彈跳的釣竿橫在流水上，用左手回收釣絲。釣竿被急速地一次次拉彎，那條鱒魚逆著水流沖擊著。尼克知道這是條小東西。他把釣竿一直朝上拉到空中。魚兒拉得釣竿朝前彎曲。

他看見鱒魚在水中用頭和身子猛烈地抽動著，來對抗在河水中不時移動著的釣絲。

尼克用左手握住釣絲，把正在疲乏地逆著流水撞擊的鱒魚拉到水面上。牠的背部斑斑駁駁，顏色像透過清澈的水面一望可見的水底砂礫，牠的脅腹在陽光中閃亮。尼克用右臂挾住釣竿，彎下身子，把右手伸進流水。他用濕漉漉的右手抓住了始終在扭動的鱒魚，解下牠嘴裡的倒鉤，然後把牠拋回河裡。

牠搖晃不定地停在流水中，然後掉到河底一塊石頭邊。尼克伸手到水裡去摸牠，手臂一直被水浸到齊手拐處。鱒魚一動不動地待在流動的河水中，躺在河底砂礫上的一塊石頭旁邊。尼克的手指一碰到牠，感到牠在水下又滑又涼，牠立刻就溜走了，溜到了河底另一邊的陰影裡。

牠不會有問題的，尼克想。牠不過是疲乏罷了。

他剛才先弄濕了手才去摸那鱒魚，這樣才不致於抹掉那一薄層覆蓋在魚身上的黏液。如果用乾手去摸鱒魚，那灘被弄掉黏液的地方，就會被一種白色真菌所感染。好多年前，尼克曾到一處遊人眾多的小溪邊釣魚，前前後後都是用蟲餌釣魚的人，他曾一再看到身上長滿毛茸茸白色真菌的死鱒魚，被水沖到石頭邊，或者肚子朝天，浮在水潭裡。尼克不喜歡跟別人在河邊一起釣魚，除非和自己是一夥的。他們總使人掃興。

他順著小河涉水前進，流水淹過他的膝蓋，他穿過在小河邊那幾根圓木上游的五十碼淺水。他沒有在釣鉤上重新安上魚餌，一邊蹚水，一邊把釣鉤握在手裡。他明知道在淺水裡可以釣到小鱒魚，但他不想要。一天的這個時候，淺水裡根本沒有大鱒魚。

這時冷冷的河水陡地深得浸上了他的大腿。前面就是被圓木攔住的平穩水面。水面平坦而烏黑；左邊是那片草場的下緣，右邊是沼地。

尼克在流水中把身子向後仰，從瓶裡取出一隻蚱蜢。他把蚱蜢穿上釣鉤，為了求得好運，朝牠唾了一口。接著從卷軸上拉出幾碼釣絲，把蚱蜢拋在面前湍急、烏黑的水面上。蚱蜢朝圓木漂去，釣絲的分量把這釣餌拉到了水面下。尼克右手握住釣竿，從手指間放出釣絲。

釣絲給拉出了一大截。尼克猛拉了一下釣絲，釣竿動蕩起來，出現了險象，幾乎彎成了九十度，釣絲繃緊了，露出在水面上，繃緊了，被沉重、危險而持續地扯緊了。如果拉力越來越大，導線就會斷裂，尼克感到關鍵時刻快到來了，就放鬆了釣絲。

釣絲飛速地朝外溜，卷軸上的棘輪吱吱的響。太快了。尼克沒法控制這釣絲，它飛速地往外溜，隨著釣絲朝外滑去，卷軸的聲音越發尖利了。

卷軸的軸心露出來了，尼克緊張得心跳都快停止了，他在淹上大腿的冰冷水裡朝後仰著身子，用左手使勁卡住了卷軸。把大拇指伸進這卷軸的外殼，這時很難使得出力氣。

隨著他用力一撳，釣絲陡地被拉得硬梆梆的，於是在圓木的另一邊，一條大鱒魚高高地跳出水來。等牠一跳起來，尼克就把釣竿的末節朝下一沉。隨著他放低末節來減少緊張程度，他感到拉力最大的時刻來到了：繃得太緊啦。當然，那段導線斷了。當釣絲完全失去了彈性，變得硬梆梆的時候，這種感覺是錯不了的。接著它又變得鬆弛了。

尼克嘴裡發乾，心往下沉，把釣絲收繞在卷軸上。他從沒見過這樣大的鱒魚，分量很重，力氣大得拉不住，再說，牠跳起來時露出的個兒真驚人。牠看上去像鮭魚般寬闊。

尼克的手發著抖。他慢慢地收繞著釣絲。實在太刺激了。他依稀感到有點噁心，好像還是坐下的好。

導線在繫釣鉤的地方斷了。尼克把它握在手裡。他想到那條在河底某個地方的鱒魚，正平穩地躺在砂礫上，在天光達不到的深處，在那些圓木的下面，嘴裡叼著釣鉤。尼克知道這鱒魚的牙齒會咬斷釣鉤上面的那段蠶絲線。釣鉤本身會嵌在牠的上下齶之間。他可以打賭，這鱒魚一定會惱怒的。凡是這樣大小的魚都會惱怒。這是條鱒魚啊。牠給牢牢地釣住啦。像石頭般牢固。牠逃走之前，拉上去就像拉著一塊石頭。上帝啊，這是條大魚。上帝啊，牠是我所聽說過最大的魚了。

尼克攀登到草場上，站住了，水從他褲腿上和鞋子裡淌下來，他的鞋子格吱格吱地響。他走到圓木邊坐下來。他不想過分集中注意力在眼前的感受上。

他把鞋子浸在水裡，扭動著腳趾，從胸前口袋裡掏出一支菸。他點上了菸，把火柴扔在圓木下湍急的流水中。火柴在急流中旋轉著，一條小鱒魚冒出水面來啄它。尼克哈哈大笑。他要抽完這支菸再說。

他坐在圓木上，抽著菸，在陽光裡曬乾褲腿，太陽曬得他背脊很暖和，前面的河邊淺灘一路彎彎曲曲地進入樹林，望著這些迤邐伸展的淺灘，閃閃發亮的陽光，被水沖得很光滑的大石塊，河邊的雪松和白樺樹，被陽光曬暖的圓木光滑可坐，沒有樹皮，摸上去很古老；於是，失望的感覺慢慢地消失了。這種失望之感，方才在使他肩膀發痛的刺激襲來之後猛地出現，現在慢慢地消失了。眼前沒有問題了。尼克把釣竿橫在圓木上，在導線上重新繫上一個釣鉤，把那截羊腸緊緊套上，使它縮成一個牢固的結。

他穿上釣餌，然後撿起釣竿，走到圓木的另一端，準備跨進水裡，那兒的水並不太深。圓木的下面和另一面是一個深水潭。尼克繞過沼地附近的淺灘，一直走到淺水河床上。

左邊，草場盡頭樹林開始的地方，有棵給連根拔起的大榆樹。它是在一場暴風雨中朝著樹林倒下的，樹根上尚凝結著泥土，根株之間長著草，像是河邊一段堅實的渚岸。河水直沖刷到這棵被拔起的樹邊。從尼克站著的地方，可以看見流水在淺水河床上沖出的一道道深槽，就像車轍一樣。他站著的地方鋪滿了卵石，再過去一點的地方也鋪滿了卵石，還有不少漂石：在河流在樹根邊拐彎的地方，河床是泥灰岩的，而在深水下那一道道槽痕之間，有綠色的水藻在流水中搖擺。

尼克把釣竿甩到肩後，再朝前甩，釣絲就朝前一彎，把蚱蜢投在一道深槽的水藻間。一條縛魚咬住了餌，尼克把牠釣住了。

尼克把釣竿遠遠地伸向被拔起的樹，在流水裡潑濺著朝後退，那鱒魚上下顛簸著，釣竿靈活地一次次朝下彎，他一步步把鱒魚從水藻間穩穩地拉到廣闊的湖面上。握住了逆著流水上下靈活晃動的釣竿，尼克把鱒魚往回拉。他用力地拉著，施的勁道卻恰到好處，絕不讓牠脫鉤。他那有彈性的釣竿順從著一次次的猛拉，有時候在水裡彈跳著，但是始終在把魚往回拉。尼克一面猛拉，一面輕巧地朝下游走。他把釣竿舉到頭頂上，讓鱒魚懸在抄網上面，然後向上舉起網來。

鱒魚沉甸甸地豎在抄網中，網眼間露出了斑駁的背部和銀色的脅腹。尼克把牠從釣鉤上解下來：厚實的脅腹很容易握得住，大下齶突出著，他讓這喘息著的魚，滑落到從他肩上直垂至水裡的長布袋中。

尼克逆著水流張開布袋，它灌滿了水，很沉重。他把它提起來，讓底部留在水裡，於是水從布袋的兩邊流出來。在它的底部，那條大鱒魚在水裡活動著。

尼克朝下游走去。掛在他面前的布袋沉甸甸地浸在水裡，拉扯著他的兩肩。

天氣越來越熱了，太陽熱辣辣地曬在他的脖頸上。

尼克釣到了一條好鱒魚。他並不想釣到很多鱒魚。這裡的河水又淺又寬，兩岸都長著樹木。在午前的陽光中，左岸的樹木在流水上投射下很短的陰影。尼克知道每攤陰影中都有鱒魚。到了下午，太陽朝群山移去後，河水另一邊蔭涼的陰影中也會有鱒魚。最大的魚會待在靠近河岸的地方。在黑河上你是總能釣到大魚的。等太陽下了山，牠們會都游到激流中去。太陽下山前水面上一片耀眼的反光，就在此時，你可能在激流中的任何地方使一條大鱒魚上鉤。但是那時候簡直無法釣魚，因爲水面非常耀眼，就像陽光裡的一面鏡子。當然，你可以到上游去釣，可是在黑河或像這條河那樣的河道上，你不得不逆水吃力地走，而在水深的地方，水會朝你身上直湧。這樣大的激流，逆水而到上游去釣魚，可並不是輕鬆的事。

尼克穿過這片淺灘一路朝前走，留意著沿岸是否有深水潭。緊靠河邊長著一棵山毛櫸，它的枝椏直垂到河水裡。河水回流到樹葉下面。這種地方總是有鱒魚的。

尼克不大想在那個水坑中垂釣。他知道他的釣鉤一定會讓枝椏鉤住。

水潭看來相當深。他投下蚱蜢，讓流水把牠送到水下，朝後直送到伸出在水面上的樹枝下面。釣絲繃緊了，尼克猛地一拉。鱒魚用力地折騰著，在樹葉和枝椏之間半露出在水面上。釣絲給鉤住了。尼克使勁一拉，鱒魚脫鉤了。他把釣鉤收回來，握在手裡，朝河的下游走去。

前面，緊靠著左岸，有一根大圓木。尼克看出來它是空心的，朝著上游，流水滑溜地灌進去，僅僅在它的兩端有一小片漣漪。水越來越深了。空心圓木的頂面是灰色和乾燥的，它有一部分是在陰影裡。

尼克拔出裝蚱蜢那瓶子的瓶塞，有一隻蚱蜢附著在上面。他把牠撿起來，穿在釣鉤上，然後甩出去。他把釣竿遠遠地伸出去，這一來，這隻在水面上的蚱蜢就漂到流進空心圓木的那股水流中去了。尼克把釣竿放低，蚱蜢漂進去了。驀然間，釣鉤給重重地咬住了。尼克甩動釣竿來對抗這股拉力。他感覺到好像鉤住了圓木本身，只有一點不同，釣竿上有著在彈跳的感覺。

他竭力強迫這魚游入水流中。牠沉甸甸地順從了。

釣絲鬆弛下來，尼克以爲這鱒魚逃掉了。隨後他看見了牠，很近，正在水流中，搖晃著腦袋，想甩掉釣鉤。牠的嘴給箝住了。牠正在清澈的水流中使勁地掙脫釣鉤。

尼克用左手把釣絲繞成一圈圈往回收，揮起釣竿使釣絲繃緊，想法把鱒魚朝那張抄網拉去，可是牠好像跑了，看不見了，釣絲上下抖動著。尼克逆著流水跟牠搏鬥，讓牠隨著釣竿的彈跳在水中砰砰地撞擊著。他把釣竿移到左手，朝上游緩緩地拉那鱒魚，把牠提起在空中，讓牠在釣竿下掙扎著，然後把牠朝下放進抄網。他從水裡提起抄網，牠沉重地待在滴著水的網裡，彎成個半圓形。他把牠從釣鉤上解下來，放進布袋。

他張開袋口，低頭看這兩條大鱒魚鮮龍活跳地待在袋中的水裡。

尼克穿過越來越深的河水，蹚著水走到那根空心圓木前。他從頭上褪下布袋，底部從水裡給提上來時，鱒魚拍打著，他接著把布袋掛在身上，讓鱒魚深深地待在水裡。然後他爬上圓木，坐下來了，水從他的褲腿和皮靴上淌到河裡。他擱下釣竿，把身子移到圓木背陰的那一端，從口袋裡拿出三明治。他把三明治浸在冷水裡。流水把一些麵包屑帶走了。他吃掉三明治，拿帽子舀滿了水來喝，水從他喝的地方的旁邊溢了出來。

坐在陰影裡的圓木上，感覺很涼快。他掏出了支香菸，劃了一根火柴要點。火柴掉在灰色的圓木上，燒出一小道凹痕。尼克探身到圓木的一邊，找到一塊堅硬的地方，劃著了火柴。他坐著抽菸，注視著河流。

前面的河道變得窄了，伸進一片沼地。河水變得又平又深，沼地裡長著雪松，看上去很密實，它們的樹幹靠攏在一起，枝椏密密層層。要步行穿過這樣一片沼地是不可能的。枝椏長得真低啊，你簡直得平俯在地上才能挪動身子。你沒法在樹枝之間硬衝過去。這該是爲什麼住在沼地裡的動物都生來就在地上爬行的原因吧，尼克想道。

他又想，但願自己帶了些書報來。他很想讀些東西。他不想繼續向前走進沼地。他朝河的下游望去。一棵大雪松斜跨著河水。再過去，河道流進了沼地。

尼克不想這會兒就進沼地。他不打算涉著深水前進，走得兩邊腋窩下的水越來越深，在那種地方，釣到了大鱒魚也沒法拿上岸。在沼地裡，兩岸光禿禿的，巨大的雪松在頭頂上會聚攏在一起，陽光照不進來，只有一些斑駁的光點；在湍急的深水裡，在半明不暗的光線中，釣魚會是一種悲劇。在沼地裡釣魚，是一樁悲劇性的冒險行動。尼克不想這樣幹。他今天不想要再朝下游走了。

於是他掏出摺刀，打開了插在圓木上。接著他提起布袋，把手伸進去，取出一條鱒魚。牠在他手裡活蹦亂跳的，很難握住，但他捏住了靠近尾巴的地方，朝圓木啪的打去。鱒魚抖了一下，就不動了。尼克把牠擱在圓木上的陰影裡，用同樣方法甩斷了另一條魚的脖子。他把牠們並排放在圓木上。牠們是很好的鱒魚。

尼克把牠們開膛，從肛門一直剖開到下齶尖。內臟和魚鰓被整個兒取出了。兩條都是雄的；灰白色的長條生殖腺，又光滑又潔淨。全部內臟又潔淨又完整地被挖出來了。尼克把這些都拋到岸上，讓水貂來覓食。

他把鱒魚在河水中洗乾淨。當他把牠們背脊朝上放在水中時，牠們看上去仍像是活魚。牠們的血色尚未消失。他洗淨了雙手，在圓木擦乾，然後把鱒魚攤在鋪在圓木上的布袋上，把牠們捲在裡面，紮好，放進抄網。他的摺刀還豎立著，刀刃揮進了圓木。他把刀在木頭上擦乾淨，放進口袋。

尼克在圓木上站起身，攥著釣竿，把沉甸甸的抄網掛在肩上，然後跨進水裡，潑濺著水朝岸邊走。他爬上河岸，穿進樹林，朝高地走去，要走回宿營地。他回頭望去，河流在樹林裡隱約可見。往後到沼地去捕魚的日子，可還長著呢。

18

寫作

天氣越來越熱了，太陽熱辣辣地曬在他的脖頸上。

尼克釣到了一條好鱒魚。他可不想釣到很多鱒魚。這裡的河水又淺又寬，兩岸都長著樹木。在午前的陽光中，左岸的樹木在流水上投射下很短的陰影。尼克知道每攤陰影中都有鱒魚。在一個炎熱的日子，他和比爾、史密斯在黑河邊發現了這一點。等到下午，太陽落山之後，河水另一邊蔭涼的陰影中也會有鱒魚。

最大的鱒魚通常會待在靠近河岸的地方。在黑河，你是總能釣到大魚的。比爾和他發現了這一點。等太陽下了山，牠們全都游到激流中去。太陽下山前水面上一片耀眼的反光，就在此時，你可能在激流中的任何地方，使一條大鱒魚上鉤。但是那時簡直無法釣魚，水面耀眼得很，就像陽光裡的一面鏡子。當然，你也可以到上游去釣，可是在黑河或這條河那樣的河道上，你不得不逆水吃力地走，而在水深的地方，水會朝你身上直湧。到上游去釣魚可並不有趣，儘管所有談釣魚的書本上都說，到上游去釣是明智之舉。

所有的書本都是那樣。他和比爾在過去這些歲月裡看書看得可過癮了。這些書都是以一個虛假的前提做出發點。就像獵狐活動一樣。比爾・伯德在巴黎的牙醫師對他說過，甩釣竿釣魚時，你是在和魚鬥智。我一向是這樣認爲的。詩人依茲拉卻說。這話引人發笑。然而能引人發笑的事多著呢。在美國，人們以爲鬥牛是個笑話。依茲拉則認爲釣魚是個笑話。許多人認爲詩是個笑話，英國人也是個笑話。

還記得在西班牙的潘普羅納時，人家當我們是法國人而把我們從圍欄後推到場子裡的公牛面前嗎？比爾的牙醫師從另一方面來看待釣魚，也同樣的糟糕。這是說比爾・伯德。從前，比爾是指比爾・史密斯，現在是指比爾・伯德。比爾・伯德目前正在巴黎。

他結了婚，就此失去了比爾・史密斯、奧德加、吉伊等過去相交密切的一夥人。這是因爲他們都是處男的緣故嗎？吉伊肯定不是處男。不，他之所以失去他們，是因爲他以結婚的行動，來承認世上還有比釣魚更重要的事兒。

朋友們釣魚的興趣是他一手培養的。他和比爾認識以前，比爾從沒釣過魚。他們到哪裡都大夥兒在一起。黑河、斯特金河、松樹荒原、明尼蘇達河上游，還有那麼許多小河。關於釣魚的事情，大都是他和比爾一起發現的。他們在農場裡幹活，從六月到十月，就去釣魚，到樹林裡去遠足。比爾每年春天總是辭去他的工作。他也這樣。依茲拉卻認爲釣魚是個笑話。

比爾對於他在他們倆認識之前的釣魚活動能夠諒解。對他曾到過那麼許多河上釣魚能夠諒解。他確實爲這些事感到驕傲。這就像一個女孩子對其他女孩的看法。如果她們是你過去搞的，那就無所謂，可是你後來再搞就不同了。這就是爲什麼他失去了他們的原因，他想。

他們全都和釣魚結了婚。依茲拉把釣魚看作笑話，其他人大都也這樣想。他在和海倫結婚以前就和釣魚結了婚。確實和它結了婚。這絕對不是笑話。

所以他失去了他們大夥兒。海倫卻以爲那是因爲他們不喜歡她。

尼克在一塊背陰的漂石上坐下來，把布袋垂在河裡。河水在漂石的兩邊打旋。背陰的地方很涼快。河邊樹木下，河灘是沙質的。沙灘上有水貂的足跡。他還是避開陽光的好。漂石又乾燥又涼快。他坐著，讓水從靴子裡流出來，順著漂石的一邊往下淌。

海倫以爲是因爲他們不喜歡她。她真的這麼想。唉，他想起了自己當初對人們結婚總懷著恐懼，真是可笑。或許是因爲他一向跟上了年紀不主張結婚的人來往，才會這樣。

奧德加老是想跟凱特結婚。凱特說什麼也不想跟人結婚。她和奧德加老是爲了這個吵架，可是奧德加只愛凱特，不要別人，而凱特卻什麼人都不要。她只要求彼此做好朋友，奧德加也願意做好朋友，他們倆一直很苦惱，一邊竭力做好朋友，一邊不斷爭吵。

這套禁欲主義思想是老夫人灌輸給大家的。吉伊在克利夫蘭跟幾家人的女孩們來往，但他接受了這種想法，不敢偷吃禁果。尼克也有過這種想法。這一套全是虛假的僞君子行徑。你讓這種虛假的理想在心理扎下了根，你就只能過禁欲苦行的生活。

於是，一切愛好全都放在釣魚和過夏天上了。

他愛好釣魚甚於一切。他愛好跟比爾在秋天裡掘馬鈴薯，乘汽車長途旅行，在海灣中釣魚，炎熱的日子裡躺在吊床上看書，在碼頭邊游水，在查爾福瓦和彼托斯基打棒球，在海灣邊生活，吃老夫人做的飯菜，看到她和藹地對待僕人們，在餐廳中吃飯，眺望窗外的長條田地和地岬對面的大湖，跟她交談，和比爾的老爹一起喝酒，離開農場出去釣魚，或純然無所事事地躺在地上。

他愛好漫長的夏季。從前，每當八月一日來臨，他想到僅僅只有四個星期可釣鱒魚的季節就要過去的時候，總覺得心頭苦澀。如今，他有時在夢裡還會有這種感覺。他會夢到夏季就快過去了，而他還沒有釣過魚。這使他在夢裡覺得不是滋味，彷彿他在坐牢似的。

瓦隆湖邊的山丘，在湖上駕汽艇時遇到的暴風雨，在引擎上張著一把傘不讓沖上船來的波浪弄濕火星塞，用唧筒排出船內的積水，在大暴雨中駕船沿著岸邊送蔬菜，爬上浪峰，溜下波谷，浪濤緊跟在後方，帶著用油布蓋住的伙食、郵件和芝加哥報紙從大湖的南端北來，坐在這些東西上面使之保持乾燥，風浪大得無法登陸。在火堆前烤乾身子，他光著腳去取牛奶時，大風在鐵杉的枝間刮著，腳下是濕漉漉的松針。天亮時起床划船過湖，雨後徒步翻過山丘上霍頓斯溪去釣魚。霍頓斯溪一向需要雨水。歇爾茲溪碰到下雨就不行了，泥水奔流，橫流氾濫，流到草地上。一條小溪弄成這樣，到哪兒去找鱒魚呢？

這就是有條公牛把他追得翻過圍欄的地方，他弄丟了皮夾子，釣鉤全放在裡頭。

要是他當初就像現在這樣瞭解公牛就好了。鬥牛士馬艾拉和阿爾加凡諾如今在哪兒？八月，瓦倫西亞和桑坦德的週日，在聖塞巴斯蒂的那幾場糟糕的鬥牛賽。桑契斯．梅西斯一口氣殺了六頭公牛。鬥牛報紙上的那些詞句自始至終老是浮現在他腦中，弄得他到頭來只得不再看報。用米烏拉公牛的鬥牛賽。儘管他的「自然揮巾」動作不夠自然，缺點昭然若揭。安達盧西亞的鮮花。「騙子」奇克林。胡安．特雷莫托。貝爾蒙蒂．布埃爾凡又怎麼樣？

馬艾拉的小弟弟如今也是個鬥牛士了。事情就是這樣發展的。

整整一年，他的內心世界全是鬥牛的情景。友人欽克看到馬給牛扎傷，臉色煞白，可憐巴巴。唐恩對這事卻無所謂，他說：「於是我恍然大悟，我會愛上鬥牛的。」這一定是去看馬艾拉鬥牛時的事。馬艾拉是他所知道最了不起的一位鬥牛士。欽克也這樣認爲。他在馬艾拉把公牛趕進牛欄時目光一直跟著他轉。

他，尼克，是馬艾拉的朋友，所以馬艾拉從他們在出入口上方第一排座位上面的八十七號包廂對他們揮手，等他看到了海倫，又一次揮揮手。海倫很崇拜他。包廂裡還有三名長矛手，而所有其他長矛手正在包廂前面的場子裡趕那些公牛出場。他們抬眼望著，事前事後都揮揮手，於是他對海倫說，長矛手只替彼此賣力，這一點當然是事實。這正是他看到過最出色的長矛功夫，包廂裡那三名頭戴科爾多瓦帽的長矛手，每看到長矛出色地扎中一次就點點頭，其他的長矛手則對上面那三位揮手，然後展開他們的作業。就像葡萄牙長矛手上場的那一回，那名老長矛手把帽子丟進場子，自己則趴在圍欄上觀看那小夥子達．凡依加表演。這是他曾見過最傷心的場面。這就是那名胖長矛手想擔當的角色，當一名鬥牛場上的騎手。上帝啊，這小子達．凡依加的騎馬功夫多帥。這才叫騎馬功夫，然而拍成電影卻不怎麼樣。

電影把什麼都給毀了。就像談論什麼美好的事物一樣。正是這點使戰爭成爲不真實。啊，話講得太多了。

不管談論什麼事都不好。不管寫什麼真實的事也都不好。因爲總不免把精華給破壞了。唯一多少有點優點的作品是你虛構出來的，你想像出來的。這樣使什麼事物都變得逼真了。就像他寫《我的老頭子》時，他從沒見過一名騎師摔死，但第二個禮拜，喬治．帕弗雷蒙在跳那一個柵欄時摔死了，而情況果然如他寫的一樣。他曾經寫過的所有好作品都是他虛構的，沒有一樁情節曾真正發生過。其他事倒發生過。說不定是更好的事吧。這正是家人無法理解的地方。他們以爲他的作品全是根據經驗寫的。

這就是愛爾蘭名作家喬艾斯的弱點。他所寫《尤里西斯》書中的戴德勒斯就是喬艾斯本人，所以這角色糟透了。喬艾斯把他寫得太浪漫又太理智了。他虛構了布洛姆這一人物，所以布洛姆寫得真好。他虛構了布洛姆太太。她簡直成爲全世界最偉大的角色。

這就是麥克的寫作方式。麥克寫得太接近生活了。你必須領悟生活，然後創作出你自己的人物。不過麥克算是有料的。尼克在他創作的故事中從來不寫他本人。他都是虛構的。當然啦，他從沒見過一個印第安婦女生孩子。這正是使他以此題材所寫的那個故事頗爲出色的原因。誰也不知道這事的底蘊。他曾在去卡拉加契的路上看見過一個女人生孩子。就是這麼回事。

他希望能始終這樣寫作。他有時候這樣寫。他想當個偉大的作家。他相當確信能夠當成。他從好多方面看出這一點。他無論如何要當成。不過這是艱難的。

如果你愛這個世界，愛生活在這個世界上，愛某些人物，那麼，要當一個偉大的作家是十分艱難的。如果你愛許許多多地方，要當大作家也絕非易事。因爲那樣一來，你就身體健康，心情舒暢，過著愉快的日子，別的就都不在乎了。還當得成什麼大作家？

每當海倫不舒服的時候，他在寫作上總是能表現得最出色。因爲有那麼多的不滿和摩擦。再說，還有些你不得不寫作的時候。不是出於良心，僅僅是傳導體間發生的作用而已。你有時候感到不可能再寫作了，可是隔了不久，你就知道早晚你能再寫出一篇好故事來。

這實在比什麼都有趣。這才真正是你爲什麼寫作的原因。他過去從沒體會到這一點。這不是出於良心，僅僅因爲這是最大的樂趣。它比任何事都更過癮。然而要寫得出色真是難得很。

寫作的訣竅可真不少。

如果你懂得利用訣竅，寫作就很容易了。人人都利用訣竅在寫作。喬艾斯發明了幾百個新的訣竅。但光憑新的訣竅，並不保證會寫得比較好，新的訣竅也全都會變成陳詞濫調。

他想要像塞尙繪畫那樣地寫作。

塞尙在開始作畫時什麼訣竅都用到了。後來他打破了各種規矩，創作出真材實貨的作品。這樣做夠難得的了。他是最偉大的一個。永遠是最偉大的。但沒有成爲人們崇拜的偶像。他，尼克，希望抒寫鄉野，這樣可以像塞尙在繪畫方面那樣永存於世。你必須從自己的內心出發來寫，根本沒有任何訣竅可言。誰也沒有以這樣方式寫過鄉野。他爲此簡直懷有一種神聖感。這是非常嚴肅的事情。如果你爲了它奮鬥到底，你就能獲得成功，如果你懂得睜大你的雙眼來生活，你就能寫出好作品。

這是沒法在口頭上談論的事兒。他打算一直寫作下去，直到成功爲止。也許永遠不會成功，但是等他接近了目標，他是會知道的。這是椿艱鉅的工作，也許要他幹上一輩子。

寫人物並不難。寫所有那些討好時髦的玩意兒也不難。在這個時代背景下，有摩天大樓式的所謂原始藝術家，但那是自動化的作品，詩人康明斯在趨時髦時，走的也是自動化寫作。但他的作品《巨房》則不是，那是一部傑作，是偉大的作品之一。康明斯花了很大的心力才寫成的。

還有別的作家嗎？年輕的艾希有點才華，可是還說不準。猶太作家很快就退化。他們開始時都很好。麥克有點能耐。唐恩·斯圖亞特僅次於康明斯，是最有料的。比如說他筆下的哈多克夫婦。或許林·拉德納也是如此。非常可能。舍伍德這樣的老一輩作家。德萊塞這樣更老一些的作家。還有什麼其他人嗎？也許有些年輕的傢伙。偉大的無名作家。然而真正了不起的作家是從來不會是無名的。

他們追求的目標跟和他所追求的不同。

他能看到塞尙的作品。女評論家葛・斯坦茵家中保存的那幅畫像。如果他猜得不錯，她已看出這是塞尙的精品。此外還有在盧森堡看到的那兩幅好作品，以及他在伯恩海姆博物館展出外借展品的畫展上，每天所看到的那些作品。畫的是士兵們脫掉衣服準備游水，樹木間的房屋，其中一棵樹的後面有座屋子，不是胭脂紅的那棵，而是另一棵。還有男孩子的畫像。塞尙也能畫人物。這對他而言還比較容易，他用從鄉間寫生得到的經驗來畫人物。尼克也能夠這樣做。寫人物是較容易的，誰也不知道他們的底細。如果讀起來覺得很傳神，人家會重視你的作品。人家就重視喬伊斯的作品。

他確切地知道塞尙會怎樣來畫這一段河流。上帝啊，要是有他在這兒作畫多好啊。前輩名家死了，真是可惜。他們工作了一輩子，然後上了年紀，死了。

尼克看清了塞尙會怎樣畫這一段河流和沼地，站起身來，朝下走進河水。水很冷，是實際存在的。他蹚過流水，在這幅畫面上移動著。他在河邊砂礫地上跪下，把手伸進盛鱒魚的布袋。牠被擱在流水裡，就在他把牠通過淺灘一路拖過來的地方。這老傢伙還活著。尼克打開布袋口，把鱒魚放在淺水裡，看牠越過淺灘游走，背脊露出在水面上，穿過石塊之間游向那深水處。

「牠太大了，不好吃，」尼克說。「我到宿營地前面去釣兩條小的當晚餐。」

他爬上河岸，把釣絲繞在卷軸上，起身穿過灌木叢。他吃了一塊三明治。他忙著趕路，釣竿很礙事。他不再思索。他把一些想法存放在腦子裡。他要趕回宿營地，動手工作。

他把釣竿緊挾在身邊，穿過灌木叢。釣絲鉤住了一根樹枝。尼克停住了，割斷釣鉤上的導線，把釣絲捲好。他把釣竿朝前伸著，現在可以輕鬆地穿過灌木叢了。

他看見前方有隻兔子，平躺在小路上。他站住了，心裡很不忍。兔子差一點斷氣了。兔子腦袋上叮著兩隻扁蝨，每隻耳朵後面一隻。牠們是灰色的，吸飽了血，有一顆葡萄那麼大。尼克把牠們摘下，牠們的頭細小而堅硬，幾對腳在動彈著，他把牠們放在地上，一腳踩下去。

尼克拎起這眼睛呆滯無神像是鈕扣，而身軀軟綿綿的兔子，把牠放在小路邊一叢香蕨木下。他放下牠時，感覺得到牠的心在跳。兔子在樹叢下靜靜地躺著。牠也許會醒過來的，尼克想。也許是當牠蹲伏在草叢中時，扁蝨叮上了牠。也許是牠在開闊地上歡欣蹦跳之後發生的。他不知道。

他繼續上坡順著小路走向宿營地。他頭腦裡產生了一些想法。

19 某件事的結束

霍頓斯灣從前是一個盛產木材的城鎮。那裡的居民沒有一個不曾聽見湖邊木材廠鋸木料的聲音。後來有一年，沒有木料可供製做木材的了。運木材的帆船駛進灣來，裝上堆在場地上已經鋸好的木頭。一堆堆木材都運走了。廠裡凡是可以搬走的機器都搬了出來，爲廠裡工作的人把它們起卸、裝運到一條帆船上。帆船出灣駛向廣闊的湖上，船上載有兩把大鋸子、往旋轉圓鋸上拋木頭的活動車、滾軸、車輪、調帶和鐵器，統統堆放在滿滿一船的木頭上面。這上面再罩著帆布，用皮條拴得緊緊的，帆船張滿了帆，駛進大湖，把使工廠成爲一個工廠、霍頓斯灣成爲一個城鎮的一切東西，統統運走了。

一層樓的集體宿舍、食堂、公司倉庫、工廠的辦公室和大廠房本身，孤零零地矗立在灣邊滿是木屑的沼澤草地上。

十年之後，當尼克與馬嬌莉沿著湖岸划船到了此地，工廠已經什麼都不剩了，只見殘破的白色地基裸露在新長出來的沼澤草地上。他們正沿著峽邊垂釣，那個地方的水渚很特殊，從淺灘陡然下墜到十二英尺深的暗水裡。他們是想到那個地方去垂釣，認爲晚上可以釣到五彩鱒魚。

「那就是我們的老地方，尼克。」馬嬌莉說。

尼克邊划船邊瞧綠樹間的白石頭。

「就是這地方。」尼克說。

「你還記得過去有一家工廠嗎？」馬嬌莉問。

「記得。」尼克說。

「看來像一座城堡似的。」馬嬌莉說。

尼克不作聲。他們沿岸邊向前划去，直到看不見工廠的遺址。接著尼克划過灣去。

「魚沒有銜餌。」他說。

「沒有。」馬嬌莉說。他們垂釣時她始終注意釣魚竿，甚至說話的時候也如此。她喜歡釣魚。她喜歡和尼克一起釣魚。

靠近船邊的一條大鱒魚蹦出水面。尼克用力划一支槳，讓船轉身，這樣遠垂在後面的魚餌可以經過鱒魚正要覓食的地方。鱒魚背脊露出水面時，好多條小秋刀魚也跳騰得很厲害。牠們弄得水花四濺，像是一梭子彈射進水裡。又一條鱒魚蹦出來，牠是在船的另一邊覓食。

「牠們正在吃。」馬嬌莉說。

「但是牠們不會上鉤。」尼克說。

他划轉船身以便下釣竿，經過了正在覓食的魚，然後朝小岬划去。馬嬌莉等船靠岸時才繞進線軸。

他們把船拖上岸，尼克拎出一桶活鱸魚。鱸魚在水桶裡游動。尼克用手抓了三條，砍掉牠們的腦袋，剝了皮，而馬嬌莉用手在桶裡逮，終於逮到了一條，去了頭掀了皮。尼克看了看她那條魚。

「你不要把腹鰭去掉，」他說。「做魚餌，去掉也行，不過留著腹鰭更好。」

他用鉤穿進每條去了皮的鱸魚的尾巴。每根釣竿上面裝有兩個小鉤。馬嬌莉把船划出去，划到岬邊，她用牙咬著釣絲，眼睛望著尼克，尼克站在岸上，拿著釣竿把釣絲從軸裡往外放。

「差不多了。」他叫道。

「我該放餌了吧？」馬嬌莉回答，手裡拿著釣絲。

「可以，放吧。」

馬嬌莉把釣絲拋出船外，看著魚餌沉下水去。

她把船划回來，用同樣辦法放出第二條釣絲。每放一次，尼克就拿一塊湖上漂來的厚木頭壓住釣竿的柄，讓它穩住，再用小木片把它支成一個角度。他收緊線軸，把鬆弛的線拉緊，讓魚餌垂到小岬帶沙的水底，然後把轉軸卡住。如果有鱒魚在水底吃餌，卷軸就會轉動，很快地放出釣絲來，還會發出喀躂喀躂的響聲。馬嬌莉把船划開一點，免得碰著岬邊的釣絲。她使勁划槳，船靠向沙灘。水面起了層小小的波浪。馬嬌莉跨出船來，尼克把船拖上岸。

「幹什麼，尼克？」馬嬌莉問。

「我不知道。」尼克說著去拾柴木準備升火。

他們用漂來的木頭升起一堆火，馬嬌莉到船上取來一條毯子。晚風把煙吹向小岬，於是馬嬌莉在火堆與湖面之間鋪開毯子。

馬嬌莉背朝火坐著等尼克。他過來挨在她身邊坐在毯子上。他們身後是岬地長起的第二輪樹木，前面是霍頓斯河灣的出口。天還不十分黑，火光照得見水。他們兩人都看見兩根鋼做的釣竿斜支在黑色的水面上。火光反射在轉軸上。

馬嬌莉打開了盛晚餐的籃子。

「我不想吃。」尼克說。

「吃吧，尼克。」

「好吧。」

他們吃飯，都不說話，看著那兩根釣竿和映在水上的火光。

「今晚有月亮。」尼克說。他眺望河灣那邊輪廓漸漸顯明起來的山丘。他知道，山後面月亮正在升起。

「我知道。」馬嬌莉高興地說。

「你什麼都知道。」尼克說。

「哎喲，尼克，請你別說了！你別這樣說嘛！」

「我要說，」尼克說。「你就是這樣，什麼都知道。問題就在這裡。你知道你就是這樣。」

馬嬌莉沒說什麼。

「我什麼都教給你。你知道你是這個樣子。你還有什麼不知道的？」

「哎喲，你別說了，」馬嬌莉說。「月亮出來了。」

他們坐在毯子上，誰也不挨誰，望著月亮升起。

「你用不著說傻話，」馬嬌莉說。「到底什麼事？」

「我不知道。」

「你當然知道。」

「不，我不知道。」

「你說下去吧。」

尼克望著月亮從山後面升起。

「已經沒意思了。」

他怕看馬嬌莉。這時他看著馬嬌莉。她坐在那兒，背朝著他。他看著她的背。「已經沒意思了，一點也沒意思。」

她沒有說話。他往下說：「我好像覺得我心裡的一切都死了似的。我不明白，嬌莉，我不知道說什麼好。」

他還看著她的背。

「愛情也沒有意思？」馬嬌莉說。

「沒有。」尼克說。馬嬌莉站起來。尼克坐在那裡，手捧著頭。

「我去取船，」馬嬌莉向他喊道。「你可以繞著岬地走回去。」

「好，」尼克說。「我幫你推。」

「不用了。」她說。她在月光下泛舟而去。尼克走回來，蒙頭躺在火旁的毯子裡。他聽得見馬嬌莉在水裡划槳的聲音。

他躺了很長時間。他躺著，聽見比爾從林間漫步來到這片空地。他感覺得到比爾正走近火邊。比爾也沒有驚動他。

「她真的走了？」比爾說。

「嗯，走了。」尼克說，臉埋在毯子上躺著。

「吵了架嗎？」

「沒有，沒有吵架。」

「你覺得怎麼樣？」

「啊，請走開，比爾！請走開一會兒。」

比爾從飯籃子裡挑了一塊三明治，走過去看看釣竿。

20 三天大風

尼克轉入通過果園的路時，雨已停了，果子已經摘光，秋風吹拂著光禿禿的果樹。尼克停下來，在路邊撿起一個華格納蘋果，那蘋果落在褐色的草地上，雨水淋過，亮晶晶的。他把蘋果放進他那馬金諾短外套的口袋裡。

這條路從果園通向山頂。那兒有幢農舍，門口空空的，煙囪冒著煙。後面是車庫、雞圈，還堆有一些粗木材，儼然是抵禦後面樹林的屏障。他注視著大樹隨風劇烈搖晃。這是頭一場秋季狂風。

尼克穿過果園上邊的開闊地，農舍的門開了，比爾走了出來。他站在門口觀望著。

「嗨，尼克。」他說。

「嘿，比爾。」尼克說著，踏上台階。

他們站在一起，順著果園方向，俯視著路那邊的原野、低窪地和湖岬的樹林。風直吹到湖面上。他們可以看見十英里岬角一帶刮起的漣漪。

「正在刮風了。」尼克說。

「這樣的風要刮三天。」比爾說。

「你爹在嗎？」尼克問。

「不在。他帶著獵槍出去了。進來吧。」

尼克走進農舍。壁爐裡的火很旺。風助火勢，呼呼作響。比爾關上門。

「喝一杯嗎？」他說。

他走進廚房，拿來兩只杯子和一瓶水。尼克從壁爐上取下威士忌酒瓶。

「行嗎？」他說。

「沒問題。」比爾說。

他們坐在爐前，喝著摻水愛爾蘭威士忌。

「這酒有一股極好的煙熏味兒，」尼克邊說，邊透過酒杯看著火爐。

「那是泥炭味兒。」比爾說。

「你不會把泥炭放在酒裡的。」尼克說。

「放了也沒關係。」比爾說。

「你看見泥炭了嗎？」尼克問。

「沒有。」比爾說。

「我也沒有。」尼克說。

他把鞋伸到爐邊，開始在火爐旁冒熱氣。

「最好把鞋脫掉。」比爾說。

「但我沒有穿襪子。」

「把鞋脫掉，烤一烤，我去給你找襪子。」比爾說。他上閣樓去了。尼克聽得見他在頭頂上的走動聲。屋頂下的房間相當寬暢，比爾、他父親還有尼克有時也在那兒睡覺。後面是化妝室。他們把柵欄從雨中移了回來，並蓋上了膠毯。

比爾拿著一雙厚厚的羊毛襪下來了。

「天晚了，不穿襪子，不方便走動。」他說。

「我最不喜歡穿襪子。」尼克說。他穿上襪子，一屁股坐在椅子上，把腳放在爐火前的屏風上。

「這樣會弄壞屏風的。」比爾說。尼克把腳靠近爐邊。

「有什麼可看的嗎？」他問。

「只有報紙。」

「卡茲隊打得怎麼樣？」

「輸給巨人隊兩分。」

「他們應該沒問題。」

「本該如此，」比爾說。「只要麥克羅能把大聯盟的好隊員都買下來，就不會出問題。」

「他可以把他們都買下來。」尼克說。

「需要的人他都買下來，」比爾說。「否則他就給他們找麻煩，這樣一來，他們不得不賣他的帳。」

「像海涅・吉姆。」尼克表示贊同。

「那個笨傢伙對他可有用呢。」

比爾站了起來。

「他能得分。」尼克冒了一句。火爐的熱氣烤著他的腿。

「他也是個不錯的球員，」比爾說。「不過他也輸球。」

「搞不好是麥克羅讓他這麼幹的。」尼克猜道。

「或許吧。」比爾表示同意。

「事情常有我們所不知道的一面。」尼克說。

「當然。不過正因爲離得遠，我們才看得相當有意思。」

「正像你雖然不見那些馬，你也會選得很好。」

「那當然。」

比爾伸手拿威士忌酒瓶。他的大手牢牢抓住酒瓶。他把威士忌倒進尼克端著的酒杯裡。

「多少水？」

「一半一半。」

他坐在尼克椅子邊的地板上。

「秋季暴風雨來了，真不錯，對吧？」尼克說。

「是不錯。」

「這是一年裡最好的時光。」尼克說。

「城裡會不會遭殃？」比爾說。

「我想看大聯盟比賽。」尼克說。

「噢，他們現在總是不在紐約就在費城，」比爾說。「它不會給我們帶來什麼好處。」

「我懷疑卡茲隊能不能贏到錦標？」

「我們這輩子看不到他們贏了。」比爾說。

「哼，他們發瘋了。」尼克說。

「你記得他們坐火車出事前的那場比賽嗎？」

「好傢伙！」尼克邊想邊說。

比爾朝窗下的桌子伸過手去，拿起顛倒放著的一本書，他進門時把書放在那兒了。他一手握酒杯，一手拿著書，靠在尼克的椅子上。

「你看什麼書？」

「《理查．菲夫萊爾》。」

「我卻看不進去。」

「這書不錯，」比爾說，「不壞，尼克。」

「你有什麼我沒看的書嗎？」尼克問。

「你看過《森林情人》嗎？」

「看過。說的是兩人晚上睡覺時，中間放著一把出鞘劍的故事。」

「那是本好書，尼克。」

「是不錯。可是我不明白劍能派上什麼用場。它必須永遠是劍刃朝上，因爲如果放平了，你從劍上滾過去，也不會出什麼問題。」

「那只是個象徵。」比爾說。

「當然，」尼克說，「可是不切實際。」

「你看過《堅忍不屈》嗎？」

「那書很好，」尼克說，「是一本真實的書。說他家老頭子一直追他。你還有渥爾波爾寫的書嗎？」

「《黑森林》，」比爾說。「說的是俄國的事。」

「他瞭解俄國嗎？」尼克問。

「不瞭解。那些俄國佬簡直無從說起。或許他小時候在那裡待過，知道不少俄國的事。」

「我想見見他。」尼克說。

「我倒想見見契斯特頓。」比爾說。

「但願現在他在這兒，」尼克說。「我們明天帶他去伏克斯釣魚。」

「我懷疑他願不願意去釣魚。」比爾說。

「保準願意，」尼克說。「他肯定是釣魚好手。你記得《飛翔的客棧》嗎？」

「如果天使來自上蒼，
帶給你美酒佳釀，
謝謝他用心良苦；
但去把它倒進陰溝。」

「沒錯，」尼克說。「想不到他比渥爾波還強一些。」

「噢，他是個比較好的傢伙，沒錯。」比爾說。

「但渥爾波是個比較好的作家。」

「不知道，」尼克說。「契斯特頓是文學大師。」

「渥爾波也是大師。」比爾堅持道。

「但願他倆都在這兒，」尼克說。「我們明天把他倆都帶到伏克斯釣魚去。」

「咱們來個一醉方休吧。」比爾說。

「好。」尼克表示贊同。

「我家老頭子不會管的。」比爾說。

「真的嗎？」尼克說。

「我知道。」比爾說。

「我現在有點兒醉了。」尼克說。

「你沒醉。」比爾說。

他從地板上站起來，去拿威士忌酒瓶。尼克伸出酒杯。比爾斟酒時，他緊緊盯著。

比爾倒了半杯威士忌。

「給自己兌些水，」他說。「只剩一口了。」

「再沒酒了？」尼克問。

「有的是，但爹只讓我喝有開封的。」

「真的。」尼克說。

「他說開了封的酒是給酒鬼喝的。」比爾解釋道。

「說得對。」尼克說。他對這話印象很深。以前他從來沒想過這個問題。他總以爲獨自喝酒才會醉的。

「你爹怎樣？」他帶著敬意問道。

「他很好，」比爾說。「只不過有時脾氣挺躁。」

「他真是好人。」尼克說。他把水罐裡的水倒進酒杯。水和威士忌慢慢融合了。威士忌多於水。

「你說的倒是。」比爾說。

「我家老頭子也不錯。」尼克說。

「肯定很好。」比爾說。

「他說他這輩子滴酒不沾。」尼克彷彿是在證明一件科學事實。

「噢，他是醫生。我家老頭子是個畫家。不一樣。」

「他錯過了不少機會。」尼克傷感地說。

「別說了，」比爾說。「有失有得。」

「他自己說錯過了不少機會。」尼克表白道。

「噢，我爹也有過不順心的時候。」比爾說。

「都一樣。」尼克說。

他們坐在那兒望著火，想著這個深刻的道理。

「我去後廊搬些柴薪來，」尼克說。他望著爐火時，發現火快滅了。他還想顯示自己沒有醉意，能夠做事。即便他父親滴酒不沾，比爾若自己不醉，也沒法把尼克灌倒。

「抱一大塊山毛櫸木頭來。」比爾說。他也有意表示清醒。

尼克穿過廚房、抱著乾柴進來的時候，把廚桌上一口鍋給撞翻了。他放下柴薪，拾起鍋子。鍋裡泡的是乾杏。他小心翼翼地拾起地上的杏子，有些杏子滾到壁爐下面，他把它們放回鍋中。他從桌旁水桶裡舀些水倒在杏子上面。他自己覺得頗得意。他還完全清醒。

他抱著柴薪進來，比爾從椅子上站起來，幫他把乾柴放進火裡。

「這柴薪真不錯。」尼克說。

「爲了對付壞天氣，我一直留著，」比爾說。「這樣的柴薪可以燒一夜。」

「到了早晨，還剩下木炭可以再升火。」尼克說。

「說得對。」比爾表示贊同。他們的談話水準頗高。

「再喝一杯吧！」尼克說。

「我想廚櫃裡還有一瓶開封的。」比爾說。

他跪在廚櫃前一角，取出一個方形酒瓶。

「這是蘇格蘭威士忌。」他說。

「我再去弄點水。」尼克說。他又走進廚房，用戽勺從水桶裡把冰冷的泉水灌滿水罐。他返回起居室時，經過餐廳的鏡子，便照起鏡子來。他的臉看上去很怪。他對著鏡子微微一笑，映出他那咧嘴而笑的模樣。他朝鏡子擠擠眼就走了。那不像是他的臉，但也沒什麼不同。

比爾斟起酒來。

「這可是滿滿的一大杯。」尼克說。

「不是爲我們，尼克。」比爾說。

「那爲什麼喝？」尼克端著酒杯問。

「爲釣魚而喝！」比爾說。

「好的，」尼克說。「先生們，我打魚給你們。」

「一切爲打魚，」比爾說。「到各處去打魚。」

「打魚，」尼克說，「我們就以這個名義喝。」

「這比壘球好。」比爾說。

「根本不能相提並論，」尼克說。「我們怎麼談起壘球來了？」

「真是不應該，」比爾說。「壘球是蠢人的運動。」

他們舉杯暢飲。

「讓我們爲契斯特頓乾杯。」

「還有渥爾波。」尼克插了一句。

尼克斟酒。比爾倒水。他們面面相覷，感到十分愜意。

「先生們，」比爾說，「爲大作家契斯特頓和渥爾波乾杯。」

「對極了，先生們！」尼克說。

他們一飲而盡。比爾斟滿酒杯。他們坐在爐火前的大椅子上。

「你很聰明，尼克。」比爾說。

「什麼意思？」尼克問。

「把和馬婿莉的事兒吹掉了。」比爾說。

「我想也是。」尼克說。

「只能這麼辦。否則這會兒你就得趕快回家，爲結婚而幹活掙錢。」

尼克一言不發。

「男人一旦結婚了，肯定受欺負，」比爾接著說。「他不會得到什麼。一無所得。啥也得不到。那他就完了。你見過那些結過婚的傢伙。」

尼克一言不發。

「你知道他們，」比爾說。「你見過那些結了婚的傢伙的蠢樣子。他們完了。」

「當然。」尼克說。

「吹掉了，也許很糟，」比爾說。「不過你總是迷上別人，然後覺得不錯。迷上了可以，但別讓她們毀了你。」

「是的。」尼克說。

「如果你娶了她，那就得娶那一家子。記住她母親，還有她母親嫁的那個傢伙。」

尼克點點頭。

「想想看，她們一家子天天在屋裡轉，去她們家吃星期天晚餐，又請她們一起吃飯，她媽又天天告訴嬌莉該幹什麼，又怎麼幹等等。」

尼克靜靜地坐著。

「你從那件該死的事情中脫身了，」比爾說。「她現在可以嫁給和她一類的人，快快活活地安家落戶了。油和水不能混在一起，正像我不能和給斯特拉頓斯幹活的伊達結婚一樣，你絕不能把那種事搞混了。她大概也是想結婚。」

尼克一言未發。他的酒力消失了，一個人孤零零的。比爾不在跟前。他沒有坐在爐前，第二天也不會和比爾或比爾他爹去釣魚，或者幹別的事情。他沒有喝醉。一切都過去了。他所知道的就是他和馬嬌莉相好過，然後又失去了她。她走了，他打發她走了。那就是全部事情所在。也許他再也見不到她了。大概他不會再去見她了。一切都過去了，結束了。

「再喝一杯吧。」尼克說。

比爾斟酒。尼克摻進一點水。

「要是你繼續和她相好，我們現在就不會在這兒了。」比爾說。

這倒是真的。他最初的打算是回家鄉找個工作。然後他準備在查理伏克斯待上一個冬天，這樣他離馬嬌莉就近了。現在他不知道該怎麼辦。

「或許我們明天不能去釣魚了，」比爾說。「你做得對，很對。」

「我沒辦法。」尼克說。

「我知道。事情就是這樣。」比爾說。

「突然間所有的事情一下子都結束了，」尼克說。「我不知道怎麼會這樣。我沒辦法了。就像現在刮的三天大風暴，樹上的葉子都刮完了。」

「噢，它已經結束了。這是關鍵。」比爾說。

「是我的錯。」尼克說。

「這和誰的錯沒有關係。」比爾說。

「是的，是這樣。」尼克說。

頭號大事是馬嬌莉走了，他大概再也見不到她了。他曾對她說過他們要一起去義大利，說過他們在一起會多麼有樂趣，還討論過他們要一起去的地方。現在這一切都已過去。他畢竟失去了某些東西。

「只要事情過去了，就用不著再想它了，」比爾說。「跟你說吧，尼克，我當時就擔心那事情還在繼續。你做得對。我知道她母親惱火得要命。她對許多人說你們訂婚了。」

「我們沒訂婚。」尼克說。

「周遭的人都說你們訂婚了。」

「那我沒辦法，」尼克說。「我們沒有訂婚。」

「你沒打算結婚嗎？」比爾問。

「曾經打算過，但我們沒訂婚。」尼克說。

「這有什麼不同？」比爾評判似地問。

「不知道。反正不一樣。」

「我可看不出來。」比爾說。

「好吧，」尼克說。「不如喝個痛快。」

「好吧，」比爾說。「真的喝個痛快。」

「喝個痛快，然後游泳去。」尼克說。

他一飲而盡。

「我真他媽的對不起她，可是我能做什麼？」他說。「你知道她母親怎麼樣？」

「她實在夠恐怖的！」比爾說。

「事情一下子就過去了，」尼克說。「我不該再說它了。」

「你沒有說，」比爾說。「是我說的。現在我說完了。我們別再說那件事了。你不用去想它了，不然又會想起來傷腦筋。」

尼克沒有想過那件事。事情似乎絕對如此了。這個想法使他感覺不錯。

「當然，」他說。「是有那個危險。」

他現在感到快活。世上沒有不可改變的事情。他或許星期六晚上進城。今天是星期四。

「總會有機會的。」他說。

「你自己得小心。」比爾說。

「我會小心的。」他說。

他感到快活。沒有什麼事情結束了。什麼也沒有失去。他星期六要進城。他感到更輕鬆了，和比爾說起那件事情之前的感覺一樣。天無絕人之路。

「咱們帶上獵槍，到那個地方找你爹去。」尼克說。

「好吧。」

比爾從牆壁掛架上取下兩支獵槍。他打開一盒子彈。尼克穿上短外套和鞋子。他的鞋已烘得硬梆梆。他醉意未減，但頭腦清醒。

「你感覺怎麼樣？」尼克問。

「很好。我恰到好處。」比爾扣上毛衣。

「喝醉了不好。」

「是的。我們該去外面了。」

他們走出大門。大風還在刮著。

「刮風時鳥兒都躲在草裡。」尼克說。

他們朝果園奔去。

「我早晨看見一隻山鷸。」比爾說。

到了外面，嬌莉的事兒不再那麼令人悲傷了。甚至這件事並不十分重要。大風就這般地吹走了所有事情。

「這風正好是從大湖上吹來的。」尼克說。

他們逆風聽到了槍聲。

「我爹開的槍，」比爾說。「他在沼澤地。」

「我們順那條路去吧。」尼克說。

「咱們抄過那片低窪草地，看看會不會蹦出什麼東西來。」比爾說。

「好吧！」尼克說。

眼前沒有什麼重要事情了。大風刮走了他的思緒。星期六晚上，他還是要進城的。這樁好事得保留住。

21 夏天的人們

從霍頓斯灣通向湖畔的礫石路途中，有一處清泉。泉水從路邊低凹的瓦溝中冒上來，潺潺地流過瓦溝邊緣那些破碎的排水管，穿過密集的薄荷叢，流入沼澤地。尼克摸黑把手臂伸進泉水，因爲太沁涼，無法在水中擱上一會兒。他感到輕柔的沙子從底部泉水錐口噴到手指上。尼克想，要是自己整個身體能泡在水裡就好了。泉水肯定會把自己安定住的。他收回水中的手臂，坐在路邊。今晚真熱。

透過樹林順著小路望去，他可以看見湖水那邊山丘上白色的比恩住宅。他不想去碼頭。他們都去那兒游泳了。他不想讓凱特和奧德加在一起。他看得見倉庫近旁路上的汽車。奧德加和凱特就在那兒。奧德加每每都用炸魚一樣的灼灼目光看著凱特。奧德加不瞭解情況嗎？凱特不會嫁給他的。她不會嫁給不和她發生關係的人。如果他們企圖和她發生關係，她會縮成一團，渾身繃緊，溜之大吉。奧德加當然可以和她發生關係。她不會渾身縮緊，不會溜走，而是溫順地、柔軟而放鬆地伸展身體，寫意自如地應承。奧德加認爲，這麼做正是愛情的表現。可是他眼球長有白斑，而且是爛眼皮。她忍受不了讓他接觸撫摸。事情全壞在他的眼睛上。這樣，奧德加只能和她成爲正常交往的朋友。可以在沙灘上玩耍，玩泥巴遊戲，一起坐小船划上一天。凱特總是穿著游泳衣。奧德加盯著她目不轉睛。

奧德加三十二歲，因靜脈舒張有問題動過兩次手術。他看上去很醜，人們都喜歡笑話他的面孔。奧德加對此一籌莫展。對他來說，長相意味著世界上的一切。每到夏天，他的容貌顯得更糟。怪可憐的。奧德加其實爲人不錯，他待尼克比待誰都好。如果尼克想和凱特幹那種事的話，是能一拍即合的。

尼克想，倘若奧德加知道了，會自殺的。真想像不出他會怎麼自殺。他不願意奧德加死掉。大概他不會這麼做的。有人會的。這不僅僅是因爲愛情。奧德加認爲，只有愛上了，才會這麼做。奧德加很愛她，天知道，幹那種事完全是愛好，對肉體的愛好，頗有連哄帶勸、伺機而動的味道，不要叫人害怕，對異性嘛，你只顧拿，不要去求，要溫存和表示喜愛，使對方高興、愉悅，談笑風生，別讓人家害怕。可使以後的事情順利。這不是談情說愛。談情說愛是令人害怕的。他，尼克可以爲所欲爲。或許這種事不能持久。或許他不再幹這種事了。他情願讓奧德加這麼幹，或者告訴他這事怎麼幹。這種事只可意會，不可言傳。對奧德加尤其如此。不，不僅對奧德加如此，走遍天下對誰都一樣。多嘴是他常犯的大毛病。有許許多多事情都被他說壞了。按說可以給普林斯頓、耶魯和哈佛的童男們幹些事情。幹嘛州立大學沒有童男？或許是男女同校的關係。男青年見得到一心想結婚的女孩，女孩們順著他們的意願，於是他們就結婚了。像奧德加、哈威、麥克這些人怎麼會成爲夥伴的呢？他不知道。他閱歷太淺。他們是世上最好的人。他們的情況怎麼樣呢？他要是知道才見鬼了呢。他瞭解生活才十年，他怎麼能寫得像資深作家哈代和哈姆遜呢。他辦不到。等到五十歲再說吧。

他在黑暗中跑下來，掬了一捧泉水喝。感覺不錯。他知道自己會成為了不起的作家。他瞭解很多事情，他們趕不上他。沒人能趕得上。只是他對事情瞭解得不夠深刻。會有轉機的，他知道。泉水冰涼，涼得他眼睛發痛。他一口嚥得太多，像霜淇淋。他喝水的方式就是把鼻子伸到水裡。他覺得最好去游泳。思考沒有什麼好處。思考一開始，就停不下來。他順路走去，經過汽車和左邊的大倉庫，緊靠倉庫的船上堆著秋天的蘋果和馬鈴薯，接著又經過刷著白漆的比恩住宅：有時，他們打著提燈在那裡的硬木板地上跳舞，現在他終於來到了碼頭，他們正在那裡游泳。

他們都從碼頭的一端游走了。當尼克從聳出水面高低不平的木板上走過時，他聽到長跳板上發出的兩下起跳聲和入水聲。下面樁基濺得嘩嘩響。那一定是吉伊幹的，他想。這時凱特像海豹似的從水中鑽出來，走上梯子。

「是尼克，」她向別的人喊道。「來啊，尼克，好極了。」

「尼克。」奧德加說。

「朋友，舒服極了。」

「尼克在哪兒？」那是游出很遠的吉伊在打招呼。

「是那個不游泳的尼克嗎？」比爾的聲音在水面上很低沉。

尼克感覺不錯。有人如此對他叫喊，實在好玩。他踢掉粗帆布鞋，從頭頂拉掉襯衫，從褲筒抽出雙腿。他赤著的腳掌感覺到碼頭的沙板。他飛快跑到一踏就彎的跳板上，腳趾猛蹬跳板盡頭，渾身綳緊，平展而深深地扎入水中，跳水時竟毫無意識。他起跳時深深吸了一口氣，在水裡憋著，躬著背，伸直腳，向前滑行。接著，他浮出水面，臉朝下漂著。他翻過身，睜開眼睛。他的注意力不在游泳上，只是想跳水，想到水裡去。

「怎麼樣，尼克？」吉伊正好在他身後。

「暖和得像尿一樣。」尼克說。

他深吸一口氣，雙手抱住足踝關節，膝蓋彎到下頷下，慢慢沉到水中。頭頂上很暖，但他迅速降到涼爽水層，接著就感到冰冷了。尼克在水底輕柔地漂著。水底泥灰岩很多，他一伸腳，就很不情願地觸到泥灰岩，於是，他用力一蹬，到上面換氣。從水裡升到黑漆漆的上面，蠻奇怪的。尼克在水面上休息，輕輕打水，顯得逍遙自在。奧德加和凱特在碼頭上一塊兒說話。

「卡爾，你在海裡游泳時見過那兒發磷光了嗎？」

「沒有。」奧德加在和凱特說話，語調有些不自然。

我們可以用火柴摩擦全身，尼克想。他深吸一口氣，屈膝，蜷緊，沉到水裡，這次他睜著眼睛。他緩緩下沉，先把身體轉向一邊，然後頭先沉下。毫無用處。黑漆漆的水中什麼也看不見。他第一次跳水時閉上眼睛是明智之舉。像那樣的反應怪有趣的，儘管不見得都明智。他並不一味往下沉，轉而穿過涼水，在溫暖的水面來回游弋。潛泳有說不出來的樂趣，一般的游泳沒有多大的意思。在大洋水面上游泳才有趣呢。那是浮力。但有鹹味，還使你口渴。新鮮的水好些。就像炎熱的夜晚在這兒游泳一樣。他恰好在碼頭突出邊緣底下上來換氣，順著梯子爬了上來。

「嗨，跳水呀，尼克，跳嗎？」凱特說。「來一個漂亮動作。」

他們一塊兒靠坐在一大堆貨上。

「來一個不出聲的，尼克。」奧德加說。

「好吧。」

尼克渾身滴著水，走到跳板上，思忖著該怎麼跳。奧德加和凱特注視著，他在夜幕中顯得模模糊糊，站在跳板盡頭，先做了一下平衡動作，然後起跳，這是他從海獺那兒學來的。他在水裡翻過身，上來換氣，尼克想，唉，要是我能讓凱特下來該多好。他穿出水面，覺得水淹在眼睛和耳朵處。他必須深深吸一口氣。

「真漂亮，漂亮極了！」凱特在碼頭上喊。

尼克順著梯子上來。

「他們都上哪兒去了？」他問。

「他們都游到灣裡了。」奧德加說。

尼克挨著凱特和奧德加躺在碼頭上。夜幕中，他能聽到吉伊和比爾游泳的聲音。

「你跳水最棒了，尼克，」凱特說著，用腳碰了碰他的背。她這一碰，尼克緊張起來。

「不。」他說。

「你跳得真好，尼克。」奧德加說。

「不好。」尼克說。他在想是否有可能和一個人一起潛到水裡，他能踩著湖底的沙子憋三分鐘氣，他們可以一塊兒浮上去換氣，然後再潛下去，只要通水性，潛下去很容易。爲了逞能，他曾經在水下喝過一瓶牛奶，並剝皮吃了一根香蕉，這樣可以增加重量。雖然他盡力朝下使勁了，但如果有水底拳擊比賽，他仍可以伸手，他也能打得很好。唉，這事兒怎麼幹，當然不會讓女孩子去幹，女孩子幹不了，她會嗆水的，水會淹死凱特的，凱特在水下束手無策；但願有什麼女孩幹得了，或許他能讓女孩那麼幹，大概永遠不會，什麼人也幹不了，只有他在水裡能這麼幹。會游泳有什麼了不起，游泳的都是笨蛋，誰也不熟悉水性，只有他熟悉，伊凡斯頓有個傢伙能憋氣六分鐘，不過他是個瘋子。但願他是條魚，可惜他不是。他笑了。

「笑什麼，尼克？」奧德加學著凱特的語調，沙啞地說。

「但願我是條魚。」尼克說。

「這笑話不錯。」奧德加說。

「當然。」尼克說。

「別傻了，尼克。」凱特說。

「你想變成魚嗎，凱特？」他頭枕板條，臉背著他們說。

「不想，」凱特說。「今晚不想。」

尼克的背使勁靠著她的腳。

「你想變成什麼動物，奧德加？」尼克說。

「大富翁J．P．摩根。」奧德加說。

「你說得真好，奧德加。」凱特說。尼克覺得奧德加很得意。

「我想變成尼克。」凱特說。

「你永遠可以做尼克的夫人。」奧德加說。

「不會有什麼尼克的夫人。」尼克說。他繃緊背部肌肉。凱特的兩隻腿伸靠在他的背上，彷彿她把腿搭在爐火前的木頭上休息。

「別把話說死了。」奧德加說。

「說死了又怎麼樣，」尼克說。「我打算娶一個女子游泳健將。」

「那她不就成爲了尼克的夫人。」凱特說。

「不，她不會的，」尼克說。「我不會讓她成爲我太太的。」

「那你怎麼弄呢？」

「我有辦法。不妨就讓她試一試。」

「女子游泳健將不嫁人。」凱特說。

「正合我意。」尼克說。

「反社會法案會抓住你的。」奧德加說。

「我們待在四英里界限外面，」尼克說。「我們從走私的手裡搞吃的。你可以搞一套跳水服，可以來拜訪我們，奧德加。要是凱特想來，就帶她來。每星期四下午，我們都在家。」

「我們明天幹什麼？」奧德加學著凱特的聲音，沙啞地說。

「噢，算了，別說明天的事了，」尼克說。「說說我的女子游泳健將吧。」

「游泳健將的事兒都說過了。」

「好吧，」尼克說。「你和奧德加說你們的吧。我要想想她。」

「你不道德，尼克。太不道德了。」

「不，我沒有。我很真誠的，」這會兒，他閉著眼睛躺在那兒說，「別打擾我，我正想她呢。」

他躺在那兒，想著他的女子游泳健將，這時凱特的腳背抵著他的背，她和奧德加在說話。奧德加和凱特的談話，他一句都沒有聽。他躺著，不再想什麼了，相當快活。

比爾和吉伊走上湖岸，順著湖灘走向汽車，然後把汽車倒駛到碼頭上。尼克站了起來，穿上衣服。比爾和吉伊由於游得時間太久，都疲倦地坐在前座。尼克和凱特、奧德加坐後邊。他們朝後面一靠。比爾呼地把車開上山丘，然後轉到大路上。在公路上，尼克看得見前邊汽車的燈光，比爾的車爬坡時，燈光消失，變得模糊起來，趕上前邊的車時，又看得見閃閃的燈光了，但比爾一超車，外邊又一片漆黑。沿著湖岸修的道路顯得很高。從查爾福瓦開出的大汽車趕了上來，又超了過去，司機後面坐著有錢的闊佬，那些車在路上橫衝直撞，連車燈都不開。他們像火車似的超了過去。車進樹林，沿路上比爾打開一閃一閃的照明燈，向別的車顯示出他們的位置變化。沒人從後邊超過比爾，儘管後邊的車還不時打亮車前燈，直到此爾甩開他們。比爾將車速減慢，爾後猛地把車拐入沙路，穿過果園開向村舍。汽車緩緩穿過果園。凱特的嘴唇貼在尼克的耳朵上。

「大約一小時後，尼克。」她說。尼克的大腿緊緊貼著她的大腿。汽車在果園上面的山丘頂打了個圈，停在房前。

「姑媽睡了，我們別出聲。」凱特說。

「晚安，朋友們！」比爾悄悄說。「我們會停到早晨的。」

「晚安，史密斯！」吉伊悄悄說。「晚安，凱特。」

「晚安，吉伊！」凱特說。

奧德加站在房前。

「晚安，朋友們！」尼克說。「回頭見，摩根。」

「晚安，尼克！」奧德加在走廊上說。

尼克和吉伊順著路走進果園。尼克一伸手，從一棵「女公爵」果樹上摘下一個蘋果。蘋果還是青的，他咬了一口，嚼了嚼酸汁，便把渣子吐掉了。

「你和比爾游得相當遠，吉伊。」他說。

「不算太遠，尼克。」吉伊答道。

他們步出果園，經過州公路旁的郵箱。山谷裡瀰漫著冷霧，這條路穿過小河。尼克在橋上停下來。「走吧，尼克。」吉伊說。

「好吧。」尼克應道。

他們走上山丘，這條路在那兒轉進教堂附近的那片小樹林。他們走過時，家家戶戶都熄燈了。霍頓斯灣整個沉睡了。沒有汽車從他們身邊駛過。

「我覺得好像還沒拐彎。」尼克說。

「要我和你一起走嗎？」

「不用，吉伊。不麻煩了。」

「好吧。」

「我一直和你走到家，」尼克說。他們取下大門搭扣，走進廚房。尼克打開冷藏櫃，一陣尋覓。

「來些這個嗎，吉伊？」他說。

「來一塊餡餅。」吉伊說。

「我也要一塊。」尼克說。他用冰箱頂上的油紙包了一些炸雞和兩塊櫻桃餅。

「我把這個帶上。」他說。吉伊從水桶裡舀了滿滿一勺子水洗了洗餡餅。

「想看書的話，到我房間去拿，吉伊。」尼克說。吉伊直勾勾地盯著尼克包起來的便餐。

「別他媽的犯傻了，尼克。」他說。

「沒關係的，吉伊。」

「好吧，只要別犯傻就行。」吉伊說。他推開隔門，穿過車地，朝著村舍走去。尼克關上燈，走出來，掛上隔門的搭扣。他把吃的包在報紙裡，穿過濕漉漉的草地，翻過柵欄，走上通向城裡的路，頭頂上都是高大的榆樹，經過十字路口處最後一個農村郵遞信筒，來到查西順瓦公路。過了小河，他穿過田野，繞過果園，沿著空曠地邊走去，然後翻過圍欄，進了樹林。林中央的四棵鐵杉樹相距很近。地上落滿了柔軟的松針，一點兒露水都沒有。這裡的林木從未被砍伐過，森林地面乾燥而暖和，沒有生長那種矮小樹叢。尼克把那包便餐靠著鐵杉樹根部放下，躺下來等候。黑暗中，他看見凱特穿過樹林走來，但他沒有站起來。她還沒看見他，抱著兩條毯子站了一會兒。那身影在黑暗中看上去像是大肚子孕婦。尼克為之一震。卻又感到有趣。

「喂，凱特！」他說。毯子從她手上掉了下來。

「噢，尼克，你不該那樣嚇我。我真擔心你不來。」

「親愛的凱！」尼克說。他緊緊摟住她，感覺得到她那貼著他的身體，她那嬌軀真是妙不可言。她緊緊貼住他。

「我真愛你，尼克。」

「親愛的，親愛的好凱特！」尼克說。

他們鋪開毯子，凱特把毯子拉平。

「拿毯子來真危險。」凱特說。

「我知道，」尼克說。「脫衣服吧。」

「噢，尼克。」

「脫了更有意思。」他們坐在毯子上脫衣服。尼克覺得這樣坐著有點兒彆扭。

「你喜歡我不穿衣服嗎，尼克？」

「嘖，讓我們下去些，」尼克說。他們躺在粗糙的毯子上。他熱烘烘地貼著她那涼爽的身軀，摸索著，感覺很好。「這樣好嗎？」

凱特貼緊他的身體，算是回答。

「這樣好嗎？」

「噢，尼克，我要你這樣，我真需要你。」

他們一起躺在毯子裡。尼克的鼻子貼著她的脖子，他的頭向下滑去，滑到兩個乳房之間。乳房就像鋼琴的鍵。

「挨著你真涼爽。」他說。

他的嘴唇輕柔地貼在她一個小巧的乳房上。那乳房被嘴唇撫得漸漸有了彈性，他的舌頭抵著乳房。他覺得所有感覺又上來了，雙手向下滑去，把凱特翻了過來。他向下摸索著，她緊緊順應著他。她用力貼緊他那平滑的腹部。她覺得很美妙。他笨拙地摸索著，然後摸到了。他把雙手放在她的乳房上，摟著她。尼克吻著她的背。凱特的頭向前低垂。

「這樣好嗎？」他說。

「我喜歡這樣。噢，來吧，尼克，求求你，尼克。」

「就來了。」尼克說。

他突然意識到，墊在赤裸身體下的毯子凹凸不平，有些扎人。

「我不好嗎，尼克？」凱特說。

「不，你很好，」尼克說。他這時頭腦冷靜而清晰。他看待任何事情都非常尖銳和清晰。

「我餓了。」他說。

「但願我們一夜都能睡在這兒。」凱特緊貼著他。

「這樣當然好，」尼克說。「但不可能。你還得回家去。」

「我不想回去。」凱特說。

尼克站了起來，微風拂著他的身軀。他穿上襯衣，愉快地穿在身上。他又穿上長褲和鞋子。

「穿衣服吧，懶蟲。」他說。她躺在那兒，毯子蒙著頭。

「等一會兒。」她說。尼克從鐵杉樹旁拿起便餐。他打開紙包。

「來呀，穿衣服，懶蟲。」他說。

「我不想嘛，」凱特說。「我打算在這兒睡一夜。」她在毯子上坐了起來。「把那些東西給我，尼克。」

尼克把衣服遞給她。

「我剛想起，」凱特說。「我要是睡在這兒，他們只會以爲我是傻瓜，帶毯子來這兒睡一下當然沒關係。」

「你不會舒服的。」尼克說。

「如果不舒服，我就進去了。」

「我走以前，咱們吃些東西吧。」尼克說。

「我要穿上些什麼。」凱特說。

他們坐在一起，吃炸雞，每人吃一份櫻桃餡餅。

尼克站起來，然後跪下，吻了吻凱特。

他穿過濕漉漉的車地，來到村舍，悄無聲息地上樓進了自己房間。躺在床上真不錯，四肢伸展，有床單，頭可以陷在枕頭裡。床上不錯，舒適，快活。明天釣魚去。想得起來的話，他總是祈禱，爲家庭、爲自己祈禱，祈禱當個大作家，祈禱凱特、哥兒們、奧德加、釣魚都能走運，爲可憐的奧德加祈禱，可憐的奧德加，他睡在那邊的村舍，或許睡不著，或許整夜睡不著。可是你毫無辦法，真的一點辦法也沒有。

第五部

兩人同行

22

婚宴之日

他剛游過泳，跋涉了上坡的山路後，現在正把腳放在水盆裡洗濯。房間裡很熱，達奇和盧曼兩人站在一旁，樣子很緊張。尼克從櫃子抽屜裡拿出一套乾淨的內衣，乾淨的襪子，新買的吊襪帶，一件白襯衣和衣領，開始著裝。他站在鏡子前繫領結。達奇和盧曼使他想起拳擊和足球臨賽之前更衣室裡的情景。他們這麼緊張，他感到高興。他心想，如果他這是去上絞刑，是不是也這個樣子。可能是。什麼事都要等發生了才知道。達奇走出去，拿來一隻螺絲起子，進屋打開了酒瓶。

「來一大口，達奇。」

「你先來，尼克。」

「不。怎麼。來，你喝。」

達奇喝了好大的一口。尼克嫌他喝得太多。畢竟只剩下唯一的一瓶威士忌了。達奇把瓶子遞給他。他傳給盧曼。盧曼吸的一口不像達奇吸的那麼長。

「行了，尼克，老兄，看你的了。」他把酒瓶遞給尼克。

尼克喝了兩口。他喜歡威士忌。尼克穿上褲子。他什麼都不想。霍尼．比爾、亞特．梅耶和吉伊都在樓上穿衣服。他們應該喝點烈酒的。基督呀，爲什麼只剩一瓶酒了呢。

婚禮結束後，他們乘坐約翰．柯提斯基的福特車，駛過山路，來到湖邊。尼克給了約翰．柯提斯基五塊錢，柯提斯基幫他們把行李拿到船上。他們兩人都和柯提斯基握了手，福特汽車沿山路返回。他們聽得見汽車駛去的聲音，許久才消失。尼克找不到他父親爲他擺在冷藏室後面梨樹林裡的船槳，海倫在船上等他。後來他找到了，拿著船槳來到湖邊。

黑夜裡在湖上划這麼一段，要相當長的時間。夜裡天氣又熱又悶，兩人都沒說多少話。有幾個人在婚宴上喧鬧，營造了氣氛。他們快靠岸的時候，尼克使勁划著槳，飛也似地把船划到沙灘上。他把船停住，海倫跨出船來。尼克吻她，她熱烈地回吻。那是他教她的，叫她張開一點嘴，這樣兩個人才能互相舔玩舌頭。他們緊緊擁抱，然後走向農舍別墅。這條路又黑又長。尼克打開門，回到船上取行李。他點上燈，他們一起檢視了農舍。

23

阿爾卑斯山牧歌

即使是清早就下山，走進山谷仍覺得天氣很熱。太陽把我們隨身所帶滑雪板上的積雪融化了，把木板也曬乾了。山谷裡是春天，但是，太陽實在熱得炙人。我們沿著大道來到加耳都爾，隨身帶著滑雪板和帆布背包。我們經過教堂墓地時，那兒剛剛舉行過一場葬禮。一個神父從教堂墓地出來，經過我們身旁，我對他說「與主同在」。神父哈一哈腰。

「奇怪，神父總是不跟人說話。」約翰說。

「你以爲他會說『與主同在』吧。」

「他們從來不答腔。」約翰說。

我們在路上停了下來，目睹教堂司事在鏟新土。一個農民站在墓穴旁邊，他有一臉濃黑的絡腮鬍子，腳蹬高筒皮靴。教堂司事歇下來，伸了伸腰。那個穿高筒靴的農民把教堂司事手裡的鏟子拿了過來，繼續把土塡進墓穴——像在菜園潑灑肥料那樣，把土潑灑得很均勻。在這個陽光燦爛的五月清晨，這樁塡墓穴的事情，看來好像不是真實的。我簡直不能想像會有什麼人死亡。

「你倒想想看，像今天這樣的日子，竟然會有人入土。」我對約翰說。

「我不喜歡這種事。」

「呃，」我說，「我們才不要這麼做。」

我們繼續沿大道走去，經過鎮上許多房屋，到客棧去。我們已經在西爾維列塔滑了一個月的雪，這會兒能夠下山，來到山谷，真是不錯。在西爾維列塔滑雪固然很好，可是，那是春天滑雪，雪只在清晨和黃昏才適合滑。其餘的時間，雪等於讓太陽給糟蹋了。我們兩人都對太陽感到厭煩。你沒法逃避太陽。唯一的陰影就是岩石和一間茅舍投下的，茅舍就在冰川旁邊，靠一塊岩石的庇護而起造。可是，在這陰涼的地方，汗水卻在你的襯衣褲裡凍結了。你不戴上墨鏡，就無法坐到茅舍外面去。臉孔曬得黧黑本來是件樂事，無奈太陽一直令人覺得十分疲累。你不能在太陽底下休息。能夠離開雪，走下山來，我感到真開心。春天上西爾維列塔山，時間太遲了。我對滑雪也有點兒感到厭煩了。我們待的時間太長。我嘴裡還有我們一直在喝的雪水所呈現的味道，是茅舍的鉛皮屋頂上融化的雪水。這股味道也是我對於滑雪感受的一個組成部分。我真高興，除了滑雪，還有其他一些事情。我很高興能夠下山，能夠離開高山上那種反常的暮春氣候，置身在山谷裡這種五月早晨的天氣中。

客店老闆坐在門廊那兒，他的坐椅向後翹起，抵著牆壁。廚師坐在他身旁。

「滑雪，嗨！」客店老闆說。

「嗨！」我們說著，把滑雪板倚在牆根，卸下我們的帆布背包。

「山上怎樣啦？」客店老闆問道。

「很好。太陽稍嫌大了點。」

「是呀。今年這時候太陽是太大了。」

廚師仍是坐在椅子裡。客店老闆陪我們進去，打開他的辦公室，取出我們的郵件。有一捆信和一些報紙。

「來點啤酒吧。」約翰說。

「好啊。我們到裡頭去喝。」

客店老闆拿來兩瓶酒，我們邊喝酒邊看信。

「最好再來些啤酒。」約翰說。這回送酒來的是個女郎。她臉露笑容，打開瓶蓋。

「好多信。」她說。

「是呀，好多。」

「恭喜，恭喜！」她說著，拿了空瓶出去。

「我已經忘記啤酒是什麼味道了。」

「我沒有忘記，」約翰說。「在山上茅舍裡，我總是大想特想啤酒。」

「唔，」我說，「這會兒我們終究喝到了。」

「任何事情都絕不應該弄得時間太長。」

「是呀。我們在山上待的時間太長了。」

「真他媽的太長了，」約翰說。「把事情弄得時間太長，沒有好處。」

太陽透過敞開的窗戶照進來，透過啤酒瓶，照在桌上。瓶子裡都還有一半酒。瓶子裡的啤酒上都有一些浮沫，並不很多，因爲天氣還十分冷。你把啤酒倒進高腳杯子裡，泡沫就泛上來。我從敞開的窗戶望出去，看著白色的大道。道旁的樹木都滿是塵埃，遠處是碧綠的田野和一條小溪。溪邊植了一行樹木，還有一個利用水力的磨坊，通過磨坊空曠的一邊，我看到一根長長的木頭，一把鋸子不斷地在木頭上起起落落。似乎沒有人在旁邊照料。四隻烏鴉在綠野裡走來走去。一隻烏鴉蹲在樹上監視著。陽台外面，廚師離開他的坐椅，經過門廳，走進後面的廚房。裡邊，陽光透過空玻璃杯，落在桌上。約翰頭靠在雙臂上，身子往前傾斜。

透過窗戶，我看到兩個人走上門前的台階。他們走進飲酒室。一個是腳蹬高筒靴、長著絡腮鬍子的農民。另一個是教堂司事。他們在窗下的桌邊坐下。那個女郎進來，站在他們的桌邊。那個農民好像沒有看見她。他雙手放在桌上，坐在那兒。他穿著一套舊軍服，肘腕上有補釘。

「怎麼樣啦？」教堂司事問道。那個農民卻理也不理。

「你喝什麼？」

「杜松子酒。」農民說。

「他叫的之外，再來四分之一升的紅葡萄酒。」教堂司事對那個女郎說。

女郎取來了酒，農民把杜松子酒喝了。他望著窗外。教堂司事瞅著他。約翰已經把頭完全靠在桌上。他睡著了。

客店老闆進來，跑到那張桌子那兒去。他用方言說話，教堂司事也用方言回答。那個農民望著窗外。客店老闆走出了房間。農民站了起來。他從皮夾子裡取出了一張折疊的一萬克羅寧的鈔票，把它打開來。那個女郎走上去。

「一起算？」她問道。

「一起算。」他說。

「葡萄酒我來付。」教堂司事說。

「一起算。」那個農民又對女郎說一遍。她把手探進她的圍兜口袋，拿出許多硬幣來，數出了該找的錢。農民走出門去。等他一走，客店老闆又進來和教堂司事談話。他在桌旁坐下，他們用方言談話。教堂司事覺得很有趣，客店老闆卻是一派厭惡的神情。教堂司事從桌旁站了起來。他是個留著一撮小鬍子的矮子。他探身伸出窗外，望著大道。

「他進去啦。」他說。

「到羅汶酒店去啦？」

「是。」

他們又談了一陣子話，接著，客店老闆向我們桌子這邊走來。客店老闆是高個子的老頭兒。他看到約翰睡著了。

「他很累。」

「是呀，我們起得早。」

「你們要馬上吃東西嗎？」

「隨便，」我說。「有什麼吃的？」

「你要什麼有什麼。那姑娘會拿菜單卡來。」

女郎拿來了菜單。這時約翰醒了。菜單是用墨水寫在卡片上，然後把卡片嵌在一塊木板上。

「菜單來了。」我對約翰說。他看看菜單，人還是迷迷糊糊的。

「你來和我們喝一杯好嗎？」我問客店老闆。他坐下來。「那些個農民真不是人。」客店老闆說。

「我們進鎮來的時候，看到那個農民在舉行葬禮。」

「那是他妻子入土。」

「啊。」

「他簡直不是人，所有這些農民都不是人。」

「你這是什麼意思？」

「你簡直不會相信。你簡直不會相信剛才那個人是怎麼一種情況。」

「你倒說說看。」

「說了你們也不會相信。」客店老闆對教堂司事說。「弗朗茲，你過來。」教堂司事來了，手裡拿著他那小瓶酒和酒杯。

「這兩位先生是剛從威斯巴登茅舍下來的。」客店老闆說。我們握握手。

「你要喝什麼？」我問道。

「什麼也不要。」弗朗茲晃了晃手指頭。

「再來四分之一升怎樣？」

「好吧。」

「你懂得方言嗎？」客店老闆說。

「不懂。」

「究竟是怎麼回事？」約翰問道。

「他在說我們進鎮來時看到的那個在填墓穴的農民，要把相關情況告訴我們。」

「不過，我聽不懂，」約翰說。「說得太快了。」

「那個農民，」客店老闆說，「今天送他的妻子入土。她是去年十一月裡死的。」

「十二月。」教堂司事說。

「這沒多大關係。那麼，她是去年十二月死的，他報告過村社。」

「十二月十八日。」教堂司事說。

「總之，雪不化，他就不能送她來入土。」

「他住在巴茲瑙那邊，」教堂司事說，「不過，他屬於這個教區。」

「他根本就不能送她出來？」我問道。

「是呀。要等到雪融化了，他才能從他住的地方坐雪橇來。所以他今天送她來入土，神父看了看她的臉，不肯掩埋她。你接下去講吧，」他對教堂司事說。「說德國話，別說方言。」

「神父覺得很稀奇，」教堂司事說。「給村社的報告是說她因心臟病死的。我們也知道她患心臟病。她有時候會在教堂裡昏厥。她已經好久沒上教堂了。她沒有力氣爬山。神父揭開毯子，看了她的臉，就問奧爾茲：『你老婆當時病得很厲害吧？』『不，』奧爾茲說。『我回到家，她已經橫在床上死了。』

神父又看了她一下。他並不喜歡看她。

『她臉上怎麼弄成那個樣子？』

『我不知道。』奧爾茲說。

『你還是去弄弄清楚吧。』神父一邊說，一邊又把毯子蓋好。奧爾茲什麼話也沒說。神父望望他。奧爾茲也望望神父：『你要知道嗎？』

『我一定要知道。』神父說。」

「精彩的地方就在這兒，」客店老闆說，「你聽著。弗朗茲，往下說吧。」

「『呃，』奧爾茲說，『她死的時候，我報告過村社，我把她放在柴間裡，擱在一塊大木頭上面，後來我要用那塊大木頭，她已經硬梆梆了，我就把她挨著牆豎起來。她的嘴巴張開著，每當我晚上走進柴間去劈那塊大木頭時，我就把燈籠掛在她嘴上。』

『你幹嘛那麼做？』神父問道。

『我不知道。』奧爾茲說。

『你那樣掛過許多回？』

『每當我晚上到柴間去幹活時都這樣掛。』

『這真是大錯特錯的事，』神父說。『你愛你的妻子嗎？』

『對，我愛她，』奧爾茲說。『我真愛她。』」

「你全都明白了吧？」客店老闆問道。「你對他妻子的情況都明白了吧？」

「我聽見了。」

「吃東西了，好嗎？」約翰說。

「你點菜吧，」我說。「你認爲這是真的嗎？」我問客店老闆。

「當然是真的，」他說。「這些農民真不是人。」

「他這會兒到哪裡去啦？」

「他到我的同行羅汶酒店那兒去喝酒了。」

「他不願跟我一起喝酒。」教堂司事說。

「自從司事知道他妻子的情況以後，他就不願和我一起喝酒。」客店老闆說。

「喂，」約翰說，「吃東西了，好嗎？」

「好啦。」我說。

24

穿越雪原

鐵纜車又顛簸了一次，然後便停下了。這時雪已經密密實實地封閉了軌道，纜車不能繼續前進。狂風掠過山坡上裸露的地面，在擋風之處將表層的雪吹積成堆。尼克正在行李車中給滑雪板打蠟，將靴子塞進鐵製的腳趾套裡，並緊緊扣上夾板。他從車上斜跳到一個堅硬的雪堆上，立即彈跳旋轉，屈曲縮身，拖著滑雪杖，急速溜下山坡。

喬治在下方白茫茫的雪地上一起一伏，起起伏伏，漸漸消逝了。尼克一躍下山，疾馳而去。這時他心中別無他念，只想盡情飛騰，體會自己身體墜下的快感。不久，他挺起身來輕輕向高處滑行：後又急轉直下，向下越滑越快，最後迅速衝下一個陡峻的長坡。此時雪就像是從他身下飛墜而來。爲了降低重心，他弓背下蹲，幾乎坐到了身後的滑雪板上，眼見雪如飛砂走石般衝天而起，他知道自己行進的速度太快了。但是他還能支撐得住。他不會因爲失去控制而跌倒。後來，他被風吹進坑窪裡面鬆軟的積雪中，一跤絆倒；他連連翻了好幾次觔斗，腳上兩柄滑雪板碰撞作聲，他覺得自己就像是中了槍彈的兔子：但不久便停下了，他兩腿交叉，雪板直豎著，鼻子和耳朵都灌滿了雪。

喬治站在山坡下不遠的地方，用力拍去他風衣上的殘雪。

「你的樣子真好看，尼克，」他對尼克大聲說。「那個軟雪坑可真討厭，也照樣把我絆了一下子。」

「在那個大峽谷滑雪又會怎樣呢？」尼克仰臥著，後來站起身，將滑雪板周圍踢了踢。

「那你必須靠左邊滑。雖有圍籬擋護，但你急速滑下去，在底部也少不了一個大倒旋。」

「稍等一下，我們一起去那兒。」

「不，你先走吧。我很想看看你是怎麼樣溜下這大峽谷的。」

尼克從喬治面前走過，他那寬厚的脊背和金黃色的頭髮仍然殘留著雪花；他開始用滑雪板的邊緣滑行，疾馳下山，腳下晶亮的雪粒發出嘰嘰的聲響：當在波峰起伏的山谷中奔騰而下的時候，就好似在上下飄蕩著。他向左邊滑去；最後，當他向圍籬衝去的時候，他雙膝緊緊地靠攏在一起，像上螺絲釘一樣旋轉著自己的身軀，又將滑雪板陡然向右帶去，激起一團雪霧，然後放慢速度，跟山坡和鐵絲圍籬平行著停了下來。

他朝山上望去。喬治正以內外旋轉的滑雪姿勢，曲著雙膝迎面而來；一條腿在前面彎曲著，另一條腿在後邊拖著；他的滑雪杖就像某些昆蟲那乾瘦的腿兒一樣懸垂著，當它們蹭著地面的時候，激起陣陣雪浪；最後，他單腿下跪的整個身影打了個漂亮的右旋，便蹲伏而行，雙腿前後甩動，身軀外傾旋轉，雪杖有如亮點使曲線格外分明。這一切全都發生在一團狂驟的飛雪之中。

「我不敢倒旋滑雪，」喬治說，「雪太厚了。你做得漂亮極了。」

「我的腿可不會下曲旋轉呀。」尼克說。

尼克用滑雪板將圍籬頂上的一股鐵絲壓低，喬治乘勢溜過去。尼克隨後滑到大路上。他們沿路曲膝滑行，逕直滑入一座大松林。這裡的路面已成爲光滑的堅冰，只是被拖運木料的車隊染上了橙紅色和草黃色的斑痕。兩人沿著路旁的雪地滑行，大路向一條小溪陡然傾斜下去，而後又直奔上山。他們從樹林深處望到一座久經風雨剝蝕的、屋簷長而低矮的房舍。從樹林間發現那是一座色澤暗淡的黃房子。走近一看，才見塗有綠顏色的窗櫺。油漆已經剝落了。尼克用一根滑雪杖將腳上的夾板敲鬆，踢了一下滑雪板。

「我們還是把滑雪用具帶到這兒來的好。」他說。

他扛著滑雪板攀登陡峭的山路，鞋跟上的釘子連連扎進腳下的冰凍裡。他聽到喬治在他身後喘息和踏著他的足跡爬坡。他們把滑雪板收攏到一起，豎貼在店牆上，將每人褲子上的雪撲打下來，將皮靴上的雪踩個乾淨，然後走進客棧。

屋內很暗。一個大瓷爐子在牆角落裡熊熊燃燒。天棚低矮。後面暗處有光滑的長凳，室內四邊都擺著滿是酒漬的桌子。火爐一旁，有兩個瑞士人正坐著抽菸斗，面前擺著兩杯渾濁的新酒。火爐的另一旁有幾個男孩子，他們脫下上衣，靠牆坐下。隔壁房間裡的呼叫聲使歌唱停止了；一個身穿天藍色圍裙的少女走進門來，問他們要什麼酒。

「一瓶西翁酒，」尼克說。「你看好不好，喬治？」

「好，」喬治說。「在酒方面，你比我內行多了。任何一種酒我都喜歡。」

那女孩子走了出去。

「實在沒有什麼運動比滑雪更過癮的了，是不是？」尼克說。「當你長距離滑行，第一次停下來的時候，便有這種感覺。」

「嘿，」喬治說。「真是妙不可言。」

那女侍者把酒送來了，瓶塞子很難拔。但尼克終於打開了酒瓶子。女侍者回去了，他們聽到她在隔壁唱德語歌曲。

「酒裡有點軟木塞的碎渣子，不要緊。」尼克說。

「不知道那女孩子有沒有蛋糕。」

「讓我們問問看。」

那女侍者來了。這時尼克才注意到她的圍裙鼓鼓脹脹地遮著她那懷孕的身軀。尼克暗自思忖：怪了，她頭一回進來的時候，我怎麼沒發現呢。

「你在唱什麼？」他問她。

「歌劇，德國歌劇。」她不喜歡討論這個問題。「我們有蘋果乳酪卷，不知道你們要不要。」

「她對客人不太熱心，是吧？」喬治說。

「噢，對。她不認識我們，也許她以爲我們要取笑她的唱歌呢。她也許是從德語區過來的人，不高興待在這裡：她也許還沒有結婚就懷孕了，所以她不耐煩。」

「你怎麼知道她還沒結婚呢？」

「她沒戴戒指啊。媽的，這一帶的女孩子都是不懷孕就不結婚的。」

門開了，一群伐木工人順路走了進來，他們在室內跺靴子和散發著熱氣。女侍者爲這夥人送來了三升新酒，他們坐在兩張餐桌周圍，靜靜地抽菸：他們都已經摘下帽子，有的背靠著牆，有的趴在桌面上。店外木雪橇上的馬匹偶爾抬頭揚鬃的時候，鈴鐺便發出刺耳的響聲。

喬治和尼克都十分高興。兩人彼此投緣。他們知道，他們回家的路程還遠得很呢。

「你什麼時候回學校？」尼克問。

「今天晚上，」喬治回答。「我必須趕十點四十分從蒙特婁來的那趟車。」

「我希望你再待一天，那我們明天便可以一塊滑回去。」

「嘖，尼克，你不希望我們在一起痛痛快快地玩一陣子嗎？帶著滑雪板上火車，找個地方好好滑一下：然後繼續趕路，在客店過夜，一直越過奧波蘭，到華萊斯，跑遍安卡丁，只帶上修理包以及背袋中多餘的毛衣和睡衣，上學的事不用管了，其他什麼也都不用去管。」

「好，就這樣再穿過史瓦茲渥德。嘖，走遍一切好地方。」

「那是你去年夏天釣魚的地方，對吧？」

「對。」

他們吃蘋果乳酪卷，喝完剩餘的酒。

喬治背靠著牆，合上了眼睛。「我喝了酒總有這種感覺。」他說。

「覺得難受？」尼克問。

「不。覺得很舒服，只是有點奇怪。」

「我懂。」尼克說。

「當然。」喬治說。

「再來一瓶好嗎？」尼克問。

「我可不要了。」喬治說。

他們坐在那裡，尼克將手臂肘抵著桌子，喬治倚在牆上。

「海倫快生了吧？」喬治說。他身子離開了牆，伏倚在桌面上。

「是的。」

「什麼時候？」

「明年夏末。」

「你開心吧？」

「是呀，現在就很開心。」

「你打算回美國去嗎？」

「我想會的。」

「你很想回去嗎？」

「不。」

「海倫呢？」

「也不。」

喬治默默地坐著。他注視著那只空瓶子和空玻璃杯。

「很煩悶，是不是？」他說。

「不，不完全是。」尼克說。

「怎麼回事？」

「我不知道。」尼克說。

「你們在國內會想一起滑雪嗎？」喬治說。

「我不知道。」尼克說。

「美國可滑雪的山不多吧。」喬治說。

「不多，」尼克說。「美國的山石頭太多，樹木太多，而且也太遠了。」

「不錯，」喬治說，「加利福尼亞就是這個樣子。」

「是的，」尼克說，「我去過的地方都是這個樣子。」

「對，」喬治說，「都是這個樣子。」

那些瑞士人站了起來，付了帳，走了出去。

「我真希望我們也是瑞士人。」喬治說。

「他們全都有腫脖子病。」尼克說。

「我不信。」喬治說。

「我也不信。」尼克說。

他們都笑了。

「也許我們今後不能再在一起滑雪了，尼克。」喬治說。

「當然，」尼克說。「你若不能來滑，那就毫無意思了。」

「我們一起滑回去，沒問題。」喬治說。

「一定的。」尼克同意說。

「我希望我們能立個約就好了。」喬治說。

尼克站起身。他將風衣扣緊。他依著喬治，把豎在牆上的兩根雪杖拿起來。他把其中一根插在地上。

「立約也沒有什麼好處。」他說。

他們打開門，走了出去。外面很冷。雪凍得硬梆梆的。眼前有條路直奔山坡而去，然後進入松林。

他們把豎在客店牆上的滑雪板拿起來。尼克戴上手套。喬治已經上路了，肩上扛著滑雪板。現在他們要一起趕路回家了。

25 等了一天

我們還沒起床，他就走進屋來關上了窗子，我看見他的氣色很差。他在發抖，臉色蒼白，他走得很慢，好像連走一步都在隱隱作痛似的。

「怎麼啦，蕭茲？」

「我頭痛。」

「你最好回去睡覺。」

「不。我睡過了。」

「睡覺去吧。我穿好衣服就來看你。」

但當我下樓時，他卻穿著衣服坐在爐火旁，看樣子病得很嚴重，可憐的孩子才九歲。我把手放在他額頭上，才知道他在發燒。

「上樓睡去吧，」我說，「你病了。」

「我還好。」他說。

醫生來了，他給孩子量了體溫。

「多少？」我問他。

「一百零二度。」

下了樓，醫生留了三種不同顏色的膠囊藥，並說明了用法。一種是退燒的，另一種是瀉藥，第三種是防治體內酸性過多的。他解釋說，流行性感冒的病菌必須在酸性的條件下才能生存。他似乎瞭解各種流行性感冒，說體溫不超過華氏一百零四度，就沒有什麼可擔心的。這只是輕度流行性感冒，只要避免肺炎，就沒有任何危險。回到屋裡，我寫下孩子的體溫，把吃不同藥物的時間記下來。

「你想讓我給你唸點什麼故事書來聽嗎？」

「好的，如果你願意的話，」孩子說。他的臉色十分蒼白，眼圈下發黑。他仍躺在床上，似乎心不在焉。

我朗讀起霍華德．派爾的《海盜之書》來；但我看得出來，他並沒在聽我讀。

「你感覺怎麼樣，蕭茲？」我問他。

「到現在還是那樣。」他說。

我坐在床邊，一邊等著到時間給他吃另一種藥，一邊自己讀給自己聽，這樣他自然能夠睡著，但當我抬頭時，他卻看著床腳，表情十分奇怪。

「你爲什麼不想睡覺呢？我會叫醒你吃藥的。」

「我想醒著躺一會兒。」

過了些時，他對我說：「你不必和我一起待在這兒，爸爸，如果這樣打擾了你的話。」

「不會打擾我的。」

「不，我是說如果這樣會打擾了你的話，你不必待在這兒。」

我以爲或許他有點神志不清，十一點的時候，給他服下醫生開的藥，我出去了一會兒。

這是個晴朗而寒冷的日子，地上鋪滿了雨雪，彷彿所有的樹木、灌木叢、砍倒的樹枝和草地都結凍了，大地披上了銀裝。我帶著愛爾蘭小獵狗沿著結凍的小河一路走去，但在鏡子般光滑的路面上，站立或行走都很艱難。那條紅顏色的獵狗連滑帶溜地走著，我重重地摔倒兩次，還有一次把獵槍掉在地上，槍順著冰溜了開去。

我們驚飛了一群鵪鶉，牠們棲在一處高土壩上伸出的灌木叢中，當牠們飛離土壩頂上的時候，我打下了兩隻，牠們在樹叢中落了下來，但多數的鵪鶉飛進了灌木叢中。牠們要驚飛之前，定會在外面結了一層冰的小樹枝堆上蹦跳幾次。當你搖搖晃晃在冰上平衡時，牠們就飛出來，跳進很難用槍打著的灌木叢中。我打中了兩隻，驚跑了五隻。我愉快地開始返回，接近房子時又發現了一群，我很高興，剩下這麼多可以待我下次再來打。

在家裡，他們說孩子拒絕讓任何人進屋。

「你進不去，」他說。「你用不著像我一樣碰一鼻子灰啦。」

我來到他跟前，發現他一動沒動地還在原來的位置上。臉色蒼白，但因爲發燒，兩頰上泛著紅潮，依然像他開始時那樣看著床腳。我量了量他的體溫。

「多少？」

「一百度左右。」我說。體溫是一百零二度又十分之四。

「是一百零二度。」他說。

「誰說的？」

「醫生。」

「你的體溫正常，」我說。「不用擔心。」

「我不擔心，」他說，「但我免不了要想。」

「別想了，」我說。「不要緊張。」

「我不緊張。」他說著，望著前方。很明顯的，他在擔憂著什麼。

「用水服下這個。」

「你認為有用嗎？」

「當然有用。」

我坐下來，翻開那本《海盜》，開始朗讀起來，但我看得出，他並沒在聽，於是我停了下來。

「你認為我什麼時候要死呢？」他問。

「什麼？」

「我離死還有多久？」

「你不會死的。你怎麼啦？」

「噢，是的，我要死了。我聽見他說一百零二度了。」

「發燒一百零二度是不會死的，別蠢了。」

「我知道這是會死的。在法國學校裡，有同學告訴我，發燒到四十四度他就活不成了。我已經一百零二度了。」

原來自從早晨九點鐘以來，他一整天都在等死。

「可憐的蕭茲，」我說。「可憐的蕭茲，這就好比英里和公里，你不會死的。攝氏和華氏兩種體溫計不一樣。那種體溫計三十七度算正常。這種是九十八度。」

「真的？」

「絕對沒錯，」我說。「這就好比英里和公里。你知道嗎？就像我們車速七十英里是相當於多少公里那樣。」

「噢！」他說。

他那注視床腳的目光漸漸鬆弛了。終於，他自己輕鬆下來，第二天，他非常輕鬆，對完全不重要的一些小事情，他也起勁叫喊，顯得十分自在。

26
父與子

城裡大街的中心地段，豎著一塊要求車輛繞道行駛的牌子，可是車輛到此卻都公然直穿而過；尼克心想，那大概是因爲修路工程已經完竣，所以也就逕自順著那空蕩蕩的磚鋪大街往前駛去。星期天來往車輛稀少，紅綠燈卻變換頻繁，弄得他還要停車，他想，明年要是公家無力籌措這筆電費的話，這些紅綠燈也就要亮不起來了。

再往前去，是兩排濃蔭大樹，這是標準的小城風光，如果你是當地人，常在樹下散步，一定會從心底裡喜愛這些大樹的；只是在外鄉人看來，總覺得枝葉未免過於繁密，遮住了陽光，以致大樹下的房子不見天日，溼氣太重。

過了最後一幢住宅，便是那高低起伏、筆直向前的公路，紅土的路堤修得平平整整，兩旁都是第二代新長的幼樹。這裡雖不是他的家鄉，但是仲秋時節驅車行駛在這一帶，觀覽遠近景色，也確實賞心悅目。棉花早已摘完，墾地上已經翻種了一片片玉米，有的地方還間種著一道道紅高粱。一路行來，車子開得平順，兒子早已在身旁睡熟，一天的路程已經趕完，今晚過夜的那個城市又是他熟悉的，所以尼克現在滿有心思看看玉米地裡哪兒還種有黃豆，哪兒還種有豌豆，隔開多少樹林子有一片墾地，宅子和雜用小屋離田地和林子有多遠。他一路開過去，心裡還在思忖在這裡打獵該如何下手。他每過一片空地，都要打量一下飛禽野鳥會在哪兒覓食，會在哪兒找窩，暗暗估計到哪兒去找準能找到一大窩，鳥兒竄起來又會朝哪裡飛。

要是打鵪鶉的話，一旦獵狗找到了鵪鶉，那你千萬不能把鵪鶉逃回老窩的路給堵住，否則鵪鶉哄的一竄而起，會一股腦兒向你撲來，有的馬上衝天直飛，有的從你耳邊擦過，呼的一聲掠過你眼前時，那身影之大可是你從來也沒見過的。要獵這種鳥，只有一個好辦法，那就是背過身子，等鵪鶉從你肩頭上飛過，在停住翅膀快要斜掠入林的將下未下之際，瞄準了開槍。這種打鵪鶉的竅門都是父親教給他的。這會兒，尼克開始懷念起父親來了。一想起父親，首先出現在眼前的總是他的那雙眼睛。魁偉的身軀，敏捷的動作，寬闊的肩膀，彎彎的鷹鉤鼻，那老好人式的下巴底下的一把鬍子，這些都還在其次——他最先想到的總是那雙眼睛。兩道眉毛擺好陣勢，在前面構成了一道屏障，眼睛就深深地嵌在頭顱裡，彷彿是什麼無比貴重的儀器，需得加以特殊保護似的。父親眼睛銳利，看得遠，比起常人來要勝過許多，這一點是父親得天獨厚之處。父親的眼光之銳利，可以說不下於巨角野羊，不下於雄鷹。

當年他常常跟父親一起站在湖邊，那時他自己的眼力也還非常好，父親有時會對他說：「對岸升旗了。」尼克卻怎麼也瞧不見旗子更瞧不見旗竿。父親接著又會說：「瞧，那是你妹妹桃樂西。旗子就是她升上去的，這會兒她走上碼頭來了。」

尼克隔湖望去，看見了對面那林木蓊鬱的一長列湖岸，河岸背後聳起的大樹，突出在裡湖口的尖角地，牧場一帶光潔的山崗，以及綠樹掩映下的他們家白色的小木屋，可就是瞧不見旗竿，也瞧不見碼頭，看到的只是一灣湖岸，白茫茫的淺灘。

「靠近尖角地那面的山坡上有一群羊，你看得見嗎？」

「看見了。」

他只看見青灰色的山上有一塊淡淡的白斑。

「我還數得出羊的數目。」父親說。

父親非常神經質，人只要有某一方面的官能超過了常人的需要，那就難免會有這種毛病。而且他還很感情用事，感情用事的人往往就像他這樣，心腸雖冷酷，卻常常受欺負。此外，他遇到的倒楣事也很多，這未必是他自己招來的。人家做了個圈套，他去稍稍幫了點忙，結果倒反而遭到背叛，落在這個圈套裡送了命——其實在他生前也早就受夠這幫子傢伙形形色色的陷害了。感情用事的人就是這樣，老是要受到人家的陷害。尼克現在還沒法把父親的事情寫出來，那只能期諸將來了。不過眼前這片打鵪鶉的好地方，倒使他又想起了他小時候心目中的父親。那時有兩件事他很感激父親，那就是父親教會了他釣魚和打獵。

在這兩件事上，父親的見解確是相當精闢的，雖然在另一些問題上，比如在兩性問題上，他的看法就很不高明了。不過尼克覺得，幸虧父親教得有道理的是前者而沒道理的是後者，因為男孩子的第一把獵槍總得有個來路，或是有人給你，或是有人幫你搞來讓你使用：再說，要學打獵或釣魚也總得住在個有游魚、有鳥獸的地方啊！他今年三十八歲了，愛釣魚、愛打獵的興致，至今還不下於當年第一次跟隨父親出獵的時候。他這股熱情從不曾有過絲毫的衰減。他真感激父親培養了他這股熱情。

至於另一個問題，父親不高明的那個問題，那就不同了。性事其實無需外求，一切都是生而有之，人人都是無師自通，住在哪裡都是一樣的做愛。他記得很清楚，在這個問題上，父親給過他的資訊總共只有兩條。某次他倆一起出去打獵，尼克在一棵青松上打中了一隻紅松鼠。松鼠著了傷，摔了下來，尼克過去一把抓住，沒想到那小東西竟把他的大拇指咬了個對穿。

「這下流的小狗日的！」尼克一面罵一面就把松鼠腦袋啪的一聲往樹上砸去。「看牠咬得我多厲害。」

父親看了一下說：「快用嘴吸一下，連血吐掉，回到了家裡還得再塗點碘酒。」

「這小狗日的，」尼克又罵了一聲。

「你可知道狗日是什麼意思？」父親問他。

「一句平常的罵人話吧！」尼克說。

「狗日的意思就是說人跟畜生亂交。」

「人幹嘛要這樣呢？」尼克說。

「我也不知道，」父親說。「反正這種壞事是傷天害理的。」

那番對話引起了尼克的遐想，他愈想愈覺得汗毛直豎，他一種種畜生想過來，覺得無論就吸引力或實用性而言，這種事好像都不可能。父親傳給他直截明白的性知識除此之外還有一條。那是有一天早上，他看到報上刊載一則消息，說是恩立科．卡羅素因犯誘姦罪遭到逮捕。

「誘姦是怎麼回事？」

「這是一種最最傷天害理的壞事。」父親回答說。尼克便只好發揮他的想像力，設想這位男高音名歌唱家見到一位女士，美麗迷人有如菸盒子裡畫上的安娜．海爾德，驚艷之下，手裡拿了個搗馬鈴薯泥的器具之類，對她做出了什麼稀奇古怪、猥褻冒犯的事情。尼克儘管心裡相當害怕，不過還是暗暗打定主意，等自己年紀大了，至少也要這麼來一下試試。

在這方面父親後來還做了總結：手淫會引起眼睛失明、精神錯亂，甚至危及生命，而宿娼則會染上見不得人的花柳病；所以一定要切記不可去結識這類放縱性慾的人。當然，另一方面，父親的眼睛之好，確實是尼克見所未見的特例。尼克非常愛他，從小就非常愛他。可是現在尼克對所有的前因後果都已瞭然於心，而他一想起家運衰敗前的那些歲月，回憶就充滿了苦澀。要是能寫出來的話，倒也可以排遣悲懷。許多事情他一寫出來，就都排遣開了。可是要寫這件事還爲時過早。好多人都還在世。所以他決定還是換點別的事情想想。父親的悲劇是無可挽回的，他早已翻來覆去想過多少回了。那殯儀館老闆在父親臉上怎麼化的妝，他都還歷歷在目，其他的種種光景也都記憶猶新，連遺下多少債務都還沒有忘記。他恭維了殯儀館老闆幾句。那老闆相當得意，一副沾沾自喜的樣子。其實父親的最後遺容，並不決定於殯儀館老闆的手藝。殯儀館老闆不過是看見化粧上有什麼瑕疵，便設法把缺陷予以彌補了而已。父親的相貌是長時期來，在內外兩方面因素的影響下步步形成的，特別是最後三年，就完全定型了。這事說起來倒是很有意思，可是牽涉到在世的人太多，目前不便寫出來。

至於那種年輕人的事兒，尼克還是在印第安人營地後面的青松林裡自己開蒙的。他們的小木屋背後有一條小徑，穿過樹林可以直抵牧場，從牧場再轉上一條蜿蜒曲折的路，越過林中空地，便到了印第安人的營地。他真巴不得還能赤著兩隻腳到那林間小徑上去走上一回。小木屋背後是一片青松林，一進林子便是遍地腐熟的松針，倒地的老樹都成了堆堆木層，雷擊劈開的長枝條兒像標槍一樣掛在樹梢。小溪上架著根獨木橋，你要是踩一個空，橋下等著你的便是黑黝黝的淤泥。翻過一道柵欄，就出了樹林，這裡陽光下的田野小道就是硬篤篤的了，田野裡只剩些草碴，有的地方長著些小酸模草和天蕊花，左邊有個泥水塘，那就是小溪的盡頭，是個鳥覓食的所在。牧場的水上冷藏所就蓋在這小溪裡。牲口棚下邊有些新鮮的畜糞，另外還有一堆陳糞，上面已經乾結。再翻過一道柵欄，走過了從牲口棚到牧場房子又硬又燙的小道，就是一條燙腳的沙土大路，一直通到樹林邊，中途又要跨過小溪，這條小溪上倒有一座橋，橋下一帶長著些香蒲草，晚上用魚叉去捕魚，就是用這種香蒲草浸透了火油，點著了做篝火來照明的。

大路到了樹林邊就向左轉，繞過林子上山而去，這時就得另走一條寬闊的黏土碎石子路進入林子。上有樹蔭，踩上去是沁涼的，而且路面也特別開闊，因爲印第安人剝下的青松皮須得往外拖運。青松皮疊得整整齊齊，一長排一長排堆在那兒，頂上另外再蓋上樹皮，看去真像房子一樣。砍倒了樹剝去了皮，剩下那粗大的黃色樹身，就都扔在原處，任其在樹林子裡枯爛，連樹梢頭的枝葉都不砍掉，也不燒掉。他們要的就是樹皮，剝下來好賣給波依恩城的皮革廠；一等冬天湖上封凍，就都拉到冰上，一直拖到對岸。所以樹林就一年稀似一年，而那種光禿禿、火辣辣、不見綠蔭、但見滿地雜車的林間空地，地盤愈來愈大了。

不過在當時，那裡的樹林還挺茂密，而且都還是原始森林，樹幹都長到非常高才分出枝椏來，在林子裡走，腳下盡是一片褐色的鬆軟松針，乾乾淨淨，沒有一些亂叢雜樹，外邊天氣再熱，那裡也是一片蔭涼。那天他們三個就靠在一棵青松的樹幹上，那樹幹之粗，超過了兩張床的長度。微風在樹頂上拂過，漏下來斑駁蔭涼的天光。比利開口說：

「你還要普魯娣嗎？」

「普魯娣，你說呢？」

「嗯哼。」

「那咱們去吧。」

「不，這兒好。」

「可是比利在……」

「那有什麼。比利是我哥哥。」

後來他們三個就又坐在那裡，靜靜的聽，枝頭高處有一隻黑松鼠，卻看不見。他們等著那小東西再叫一聲，只要牠一叫，一豎尾巴，尼克就看見哪兒有動靜，就可以朝那兒開槍。他打一天獵，父親只給他三發子彈，他那把獵槍是二十號單筒槍，槍筒非常長。

「這王八蛋一動也不動。」比利說。

「你開一槍，尼克。嚇嚇牠。等牠往外一逃，你就再來一槍。」印地安女孩普魯娣說。她難得能說上這樣幾句連貫的話。

「我只有兩發子彈了。」尼克說。

「這王八蛋。」比利說。

他們就背靠大樹坐在那兒，都不作聲。尼克覺得肚子餓了，心裡卻挺快活。

「艾迪說他總有一天晚上要跑來跟你妹妹桃樂西睡上一覺。」

「什麼？」

「他是這麼說。」

普魯娣點了點頭。

「他就想來這一手。」她說。艾迪是他們的異母哥哥，今年十七歲。

「要是艾迪．吉爾貝晚上敢來，膽敢來跟桃樂西說一句話，你們知道我要拿他怎麼辦？我就這樣宰了他。」尼克把槍機一扳，簡直連瞄也不瞄，就是叭的一槍，把那個雜種小子艾迪・吉爾貝的腦袋上、或是肚子上打出個巴掌大的窟窿。「就這樣。就這樣宰了他。」

「那就勸他別來。」普魯娣說。她把手伸進了尼克的口袋。

「得勸他多小心點。」比利說。

「他是個吹牛大王。」普魯娣的手在尼克的口袋裡摸了個遍。「可是你也別殺他。殺了他要惹大禍的。」

「我就要這樣宰了他。」尼克說。艾迪・吉爾貝躺在地上，胸口打了個大開膛。尼克還神氣活現地踏上了一隻腳。

「我還要剝他的頭皮。」他興高采烈地說。

「那不可以，」普魯娣說。「那太狠了。」

「我要剝下他的頭皮，給他媽送去。」

「他媽早就死了，」普魯娣說。「你可別殺他，尼克。看在我的份上，別殺他。」

「剝下頭皮以後，就把他扔給狗吃。」

比利這下有了心事。「得勸他小心點。」他悶悶不樂地說。

「叫狗把他撕得粉碎，」尼克說。他想起這個情景，得意極了。把那個無賴雜種剝掉了頭皮以後，他就站在一旁，看那傢伙被撕得粉碎，他連眉頭都沒皺一下，正看著；忽然一個踉蹌往後倒去，靠在樹上，脖子被緊緊勾住了——原來是普魯娣摟住了他，摟得他氣都透不過來了，一邊還在那裡嚷嚷：「別殺他呀！別殺他呀！別殺他呀！別殺！別殺！別殺！尼克！尼克！」

「你怎麼啦？」

「別殺他呀。」

「非殺了他不可。」

「他是吹吹牛罷了。」

「好吧，」尼克說。「只要他不上門來，我就不殺他。快放開我。」

「這就對了，」普魯娣說。「你現在想不想？我現在倒覺得可以。」

「只要比利肯走開點兒。」尼克殺了艾迪．吉爾貝，後來又饒他不死，自以爲男子漢大丈夫也不過如此。

「你走開點兒，比利。你怎麼老是死纏在這兒。走吧走吧。」

「王八蛋，」比利罵了一聲。「真把我煩死了。咱們到底來幹嘛？是來打獵還是怎麼著？」

「你把槍拿去吧。還有一發子彈。」

「好吧。我管保打上一隻又大又黑的。」

「等會兒我們叫你。」尼克說。

過了好半天，比利還沒有回來。

「你看我們會生個孩子出來嗎？」普魯娣快活地盤起了她那雙黝黑的腿，挨挨擦擦地偎在尼克身邊。尼克卻不知有什麼心思牽掛在老遠以外。

「不會吧，」他說。

「不會？不會才怪呢。」

他們聽見比利的一聲槍響。

「不知他打到了沒有？」

「管他呢！」普魯娣說。

比利從樹林子裡走過來了，槍挎在肩上，手裡提著隻黑松鼠，抓住了兩隻前腳。

「瞧，」他說。「比隻貓還大。你們做完啦？」

「你在哪兒打到的？」

「那邊。看見牠逃出來，就打著了。」

「該回家啦！」尼克說。

「還早哪！」普魯娣說。

「我得回去吃晚飯。」

「那好吧。」

「明天還打獵嗎？」

「好。」

「松鼠你們就拿去吧。」

「好。」

「吃過晚飯還出來嗎？」

「不了。」

「你覺得怎麼樣？」

「還好。」

「那好吧。」

「在我臉上親一下。」普魯娣說。

這會兒尼克開著汽車行駛在公路上，天色很快就要黑下來了，他還一直在那裡回憶父親的事。一到黃昏，他可就不會再想父親了。每天一到黃昏，尼克就不許別人打攪了，他要是不能清清靜靜地過上一晚，就會覺得渾身不對勁。他每年一到秋天或者初春，就常常會懷念父親，或是因爲看見大草原上飛來了小鷸，看見地裡架起了玉米堆，或是因爲看見了一泓湖水，有時哪怕只要看見了一輛馬車，或是因爲看見了雁陣，聽見了雁聲，或是因爲隱蔽在水塘邊上打野鴨，想起了有次大雪紛飛，一頭老鷹從空而降抓住布篷裡的野鴨子，拍了拍翅膀正要竄上天去，卻冷不防讓布篷勾住了爪子。

他只要走進荒蕪的果園，踏上新耕的田地，到了樹叢裡，到了小山上，他只要踩過滿地黃葉，只要一劈柴，一提水，一走過磨坊、榨房、水壩，特別是只要一看見野外燒起了篝火，父親的影子總會猛然間出現在他眼前。不過他住過的一些城市，父親卻沒有去過。從十五歲起他就跟父親完全分開了。

寒冬時父親鬍鬚裡結著霜花，一到熱天卻又汗出如漿。他喜歡頂著太陽在地裡幹活，因爲這本來不是他的份內事，但他就是愛幹些力氣活兒，而尼克可就不愛。尼克熱愛父親，卻討厭父親身上的那股氣味。一次，父親有一套襯衣縮得自己不能再穿了，就叫他穿，他穿著覺得直噁心，就脫下來扔在小溪裡，上面用兩塊石頭壓住遮好，回家只說是弄丟了。父親叫他穿上的時候，他對父親說過那有股味兒，可是父親卻說衣服才剛洗過。衣服也確實是剛洗過。尼克請他聞聞看，父親頗生氣，拿起來一聞，連聲說滿乾淨、滿新鮮。等到尼克釣魚回來，身上的襯衣已經沒了，誑稱是他弄丟了。就因爲撒了這個謊，結果挨了一頓鞭子。

事後，他就把獵槍上了子彈，扳起槍機，坐在小柴間裡，柴間的門開著，從門裡可以看見父親坐在門廊的紗窗下看報，他心裡想：「我一槍可以送他去下地獄。我打得中他。」到最後他的氣終於消了，可是想起這把獵槍是父親給的，還是覺得有點噁心。於是他就摸黑走到印第安人的營地上，想去散散這股氣味。家裡只有一個人的氣味他不討厭，那就是妹妹。跟別人他就儘量避免接觸。等到他開始抽菸，他那個鼻子就不那麼敏銳了。這對他倒是件好事。捕鳥獵犬的鼻子愈敏銳愈好，可是人的鼻子太敏銳就未必有什麼好。

「爸爸，你小時候常常跟印第安人一塊兒去打獵，你們是怎麼打的呀？」

「這怎麼說呢。」尼克倒吃了一驚。他沒有注意到孩子已經醒了。他看了看坐在身邊的孩子。他已經進入了獨自一人的境界，其實這孩子卻睜大了眼在他身邊。也不知道孩子醒來有多久了。「我們常常去打黑松鼠，一打就是一天，」他說。「我父親一天只給我三發子彈，他說要這樣才能把打獵的功夫學精，小孩子拿了槍劈劈啪啪到處亂放，是學不到本領的。我就跟一個叫比利・吉爾貝的印地安小伙子，還有他的妹妹普魯娣，一塊兒去打。有一年夏天，我們幾乎天天都去。」

「真怪，印第安人也有叫這種名字的。」

「那可不。」尼克說。

「跟我說說，他們是什麼樣子的？」

「他們是奧吉勃威族人，」尼克說。「人都是很好的。」

「跟他們作伴，有趣嗎？」

「這很難說得清！」尼克說。難道能跟孩子說，就是她第一個給了他從未有過的樂趣？難道能對孩子提起那豐滿黝黑的大腿，那平滑的肌膚，那結實的小小的奶子，那摟得緊緊的手臂，那靈活的舌尖，那迷離的雙眼，那嘴裡的一股美妙的味兒？難道能講隨後的那種不安，那種親熱，那種甜蜜，那種滋潤，那種溫存，那種體貼，那種刺激？能講那種無限圓滿、無限完美的境界，那種沒有窮盡的、永遠沒有窮盡的、永遠永遠也不會有窮盡的境界？可是這些突然一下子都結束了，眼看一隻大鳥就像暮色蒼茫中的夜梟一樣飛走了；然而樹林子裡還是一派光亮，留下了許多松針還黏在肚子上。真是刻骨銘心啊！以後你每到一個地方，只要那兒住過印第安人，你就嗅得出他們留下的蹤跡。空藥瓶的氣味再濃，嗡嗡的蒼蠅再多，也壓不倒那種香草的氣息，那種煙火的氣息，還有那另外一種新剝貂皮似的氣息。即便聽到了挖苦印第安人的玩笑話，看到了蒼老乾枯的印第安老婆子，這種感覺也不會改變。也不怕他們身上帶著一股過於刺鼻的香味。也不管他們最後做了些什麼工作。他們的歸宿如何並不重要。反正他們的結局全都是一樣。很久以前還不錯，現今可非常淒慘。

再拿打獵來說吧。打下一隻飛鳥，跟打遍天上的飛鳥其實還不是一回事？鳥兒雖然有各種各樣，飛翔的姿態也各個不同，可是打鳥的快樂都是一樣的，打頭一隻鳥好，打末一隻鳥又何嘗不好。他能夠懂得這一點，實在應該感謝父親。

「你也許不會喜歡他們，」尼克對兒子說。「不過我覺得他們是很惹人喜愛的。」

「爺爺小時候也跟他們在一塊兒住過，是嗎？」

「是的。那時我也問過他印第安人是什麼樣子的，他說印第安人有好多是他的朋友。」

「我將來也可以去跟他們一塊兒住嗎？」

「這我就不好說了，」尼克說。「這是應該由你來決定的。」

「我到幾歲才可以拿到一把獵槍，獨自一個兒去打獵呀？」

「十二歲吧，如果到那時我看你做事小心的話。」

「我要是現在就有十二歲，該有多好啊。」

「反正那也快了。」

「我爺爺是什麼樣子的？我對他已經沒啥印象了，只記得那年我跟你從法國來美國，他送了一把氣槍和一面美國國旗給我。他是什麼樣子的？」

「他這個人很難形容，打獵的本領了不起，捕魚的本領也了不起，還有一雙好眼睛。」

「比你還了不起嗎？」

「他的槍法要比我強得多了，他的父親也是一個打飛鳥的神槍手。」

「我不相信他打獵比你還厲害。」

「噢，他真比我還強。他出手快，打得準。看他打獵，比看誰打獵都過癮。他對我的槍法是很不滿意的。」

「咱們怎麼從來也不到爺爺墳上去禱告禱告？」

「咱們的家鄉不在這一帶。離這裡遠著呢。」

「在法國可就沒有這樣的問題。要是在法國，咱們就可以去。我想我總應該到爺爺的墳上去禱告禱告。」

「改天去吧。」

「以後咱們可別住得那麼遠才好，不然，將來我到不了你的墳上去禱告，那怎麼行呢。」

「那以後再瞧著辦吧。」

「你說咱們大家都葬在一個方便的地方好不好？咱們都葬在法國吧。葬在法國好。」

「我可不想葬在法國。」尼克說。

「那也總得在美國找個比較方便的地方。咱們就都葬在牧場上，可以嗎？」

「這個主意倒不壞。」

「這樣，我在去牧場的路上，就可以在爺爺墳前順便停一停，禱告一下。」

「你倒想得很實際嘛。」

「呃，爺爺的墳連一次也沒去過，我心裡總覺得不大舒坦啊。」

「我們總要去的，」尼克說。「放心吧，我們總要去的。」

全書完

◎海明威年表

一八九九年　一歲

七月廿一日出生在伊利諾州的橡樹園，父親為克萊倫斯．愛德門滋．海明威醫生，母親為葛麗絲．赫爾，出身望族，喜好音樂，海明威為六個孩子中的老二。

一九〇一年　二歲

父親給他釣具，夏天全家前往密西根州北端華倫湖畔的別墅度假，自此，海明威每年夏季均與其父親在此釣魚、打獵，留下快樂的回憶。

一九〇九年　十歲

生日那天，父親贈以獵槍，海明威愛不釋手。

一九一三年　十四歲

秋，進橡樹園高中。在學校中，編輯校刊，並於校刊上發表短文，此時已展現文學上的才華。並為游泳、足球選手。

一九一七年　十八歲

四月，美國加入第一次世界大戰，海明威立即志願入伍從軍，但因左眼受傷，未能如願。秋，畢業於橡樹園中學；旋即在堪薩斯市「星報」擔任實習記者。

一九一八年　十九歲

四月，與友人辭去「星報」職務，應徵義大利軍的紅十字會救護車司機。五月末，前往紐約登船，六月，經巴黎至米蘭。七月，腿部被迫擊砲碎片炸成重傷，進米蘭陸軍醫院，約三個月出院，再投效戰場。十一月，大戰結束，義大利政府授以勳章。

一九一九年　二十歲

一月退役。在密西根湖畔度過秋冬，努力寫作。

一九二〇年　二十一歲

擔任加拿大多倫多市「明星報」與「明星週刊」的記者。五月返回美國，發現父母親不和，海明威同情其父，與母親的感情日益疏離。秋，前往芝加哥，認識了日後成為他首任妻子的哈德莉。

一九二一年　二十二歲

與大他八歲的哈德莉從戀愛到結婚，居於多倫多；十二月，擔任「明星報」駐歐特派員，離開美國，前往歐州。

一九二二年　二十三歲

在作家安德森介紹下，往訪巴黎著名女評論家斯坦茵女士，獲得賞識；並結識當時在巴黎的名詩人龐德及作家喬艾斯。秋，赴現場報導土希戰爭及洛桑和平會議消息。其妻哈德莉在赴洛桑與他會合途中，遺失裝有海明威多篇作品初稿的皮箱，令海明威沉痛萬分。

一九二三年　二十四歲

七月，第一本書《三個故事與十首詩》（Three Stories and Ten Poems）在巴黎出版，嶄露頭角。

一九二四年　二十五歲

一月，三十二頁的小冊書《在我們的時代》在巴黎出版。夏，旅行西班牙，觀賞鬥牛，從此對鬥牛念念不忘。

一九二五年　二十六歲

《在我們的時代》（In our Time），美國版由伯尼．李佛萊特公司出版。此書是把巴黎版的小冊書更新並擴大，加入了十四個短篇故事。

一九二六年　二十七歲

五月，海明威的諧謔嘲諷之作《春潮》（The Torrents of Spring），由紐約的查理斯書記之子出版家（Charles Scribner's Sons）出版，也就是後來他一系列作品的出版者。海明威的首部長篇小說《太陽依然昇起》（The Sun Also Rises）在十月出版，為他帶來了如潮湧至的好評。海明威從此成為純文學領域中的暢銷書作家。

一九二九年　三十歲

一月，與哈德莉離婚；與寶琳・費佛結婚。九月，《戰地春夢》（A Farewell to Arms），海明威的第一部獲利成功之作出版：初版八萬本，四個月內銷售一空。十月，出版《沒有女人的男人》（Men Without Women），包括十四個短篇小說，其中有四篇曾在雜誌中發表過。此書奠立了海明威簡潔冷峭的短篇小說風格。

一九三二年　三十三歲

出版報導文學《午後之死》（Death in the afternoon）。隨即又出版震撼文壇的小說集《勝利者一無所獲》（Winner Take Nothing），共十四個故事。

一九三五年　三十六歲

出版《非洲青山》（Green Hills of Africa）。

一九三六年～一九三七年

寫作、演講，並為西班牙內戰的保皇黨募錢。

一九三七年　三十八歲

在西班牙，為北美報業同盟採訪內戰新聞，出版《有錢・沒錢》（To have and have not），包括三個互有關連的故事，其中有兩個曾單獨發表過。另出版《第五縱隊與首批四十九篇故事》（The fifth Column and the first Forty-Nire Stories），其中包括戲劇，以及前三階段發表的短篇小說，再加以七個以前曾經出版過的故事。

一九四〇年　四十一歲

以西班牙內戰為背景的長篇小說《戰地鐘聲》（For Whom the Bell Tolls）出版，是海明威的最佳暢銷書。同年，其妻寶琳．費佛與他離異；他又與女記者瑪莎．傑爾洪結婚。

一九四二年　四十三歲

出版《人在戰爭中》（Men at War）。本書收集了所有有關戰爭的故事，重新出版，並加有海明威的介紹。

一九四二年～一九四五年

投身第二次世界大戰的現場，為報章雜誌擔任戰場採訪任務，並報導歐洲戲劇之爭論。

一九四四年　四十五歲

與瑪莎．傑爾洪離婚；接著與瑪麗．威爾絲結婚。

一九五〇年　五十一歲

寫作了甚久的長篇小說《渡河入林》（Across the River and Into the Tress）出版。

一九五二年　五十三歲

畢生巔峰之作《老人與海》（The old Man and The Sea）發表在「生活雜誌」九月號期刊上。隨即出版單行本，風靡全球，膾炙人口。由此，海明威儼然成為現代文學的傳奇人物。

一九五四年　五十五歲

獲得諾貝爾文學獎。獲獎理由提到「他精擅現代化的敘述藝術，有力而獨創一格」，與海明威同為廿世紀美國文學巨擘、也榮獲諾貝爾文學獎的福克納對他推崇備至，稱譽海明威的作品是「文學界的奇蹟」。

一九六〇年　六十一歲

長年積勞，一邊奔波忙碌，一邊埋首寫稿，海明威的身體出現病徵，入明尼蘇達州羅徹斯特醫院接受電擊治療。

一九六一年　六十二歲

一月出院，四月底再次入院，六月末又堅持出院。七月二日凌晨，被發現死在自宅樓下的槍架前，一般認為係屬自殺。

經典新版世界名著：27

尼克的故事【全新譯校】

作者：〔美〕海明威
譯者：秦懷冰
發行人：陳曉林
出版所：風雲時代出版股份有限公司
地址：10576台北市民生東路五段178號7樓之3
電話：(02) 2756-0949
傳真：(02) 2765-3799
執行主編：劉宇青
美術設計：吳宗潔
行銷企劃：林安莉
業務總監：張瑋鳳

初版日期：2022年8月
ISBN：978-626-7153-16-1

風雲書網：http://www.eastbooks.com.tw
官方部落格：http://eastbooks.pixnet.net/blog
Facebook：http://www.facebook.com/h7560949
E-mail：h7560949@ms15.hinet.net
劃撥帳號：12043291
戶名：風雲時代出版股份有限公司

風雲發行所：33373桃園市龜山區公西村2鄰復興街304巷96號
電話：(03) 318-1378
傳真：(03) 318-1378
法律顧問：永然法律事務所 李永然律師
北辰著作權事務所 蕭雄淋律師

行政院新聞局局版台業字第3595號 營利事業統一編號22759935

定價：320元

國家圖書館出版品預行編目資料

尼克的故事 / 海明威著 ; 秦懷冰譯. -- 再版. -- 臺北市 : 風雲時代出版股份有限公司, 2022.07　面；　公分

譯自 : The Nick Adams stories
ISBN 978-626-7153-16-1 (平裝)

874.57　111008741